Catalogage avant publication de Bibliothèque et Archives nationales du Québec et Bibliothèque et Archives Canada

Beaumier, Camille, 1994-

Ouate de phoque !

(Génération [Filles])

Sommaire : t. 4. Prince charmant ou grenouille?.

Pour les jeunes.

ISBN 978-2-89662-269-6 (v. 4)

I. Beauregard, Sylviane. II. Titre. III. Titre : Prince charmant ou grenouille?.
IV. Collection : Génération Filles (Boucherville, Québec).

PS8603.E338O92 2012   jC843'.6   C2012-940012-2
PS9603.E338O92 2012

Édition
Les Éditions de Mortagne
C.P. 116
Boucherville (Québec) J4B 5E6
Tél. : 450 641-2387
Téléc. : 450 655-6092
Courriel : info@editionsdemortagne.com

Illustrations intérieures ou de la couverture arrière
© Géraldine Charette
© 123RF – Mariia Puliaieva, Marie Nimrichterova, Anna Sivak, Linnea Eriksson,
Oksana Merzlyakova

Graphisme
Ateliers Prêt-Presse

Dépôt légal
Bibliothèque et Archives Canada
Bibliothèque et Archives nationales du Québec
Bibliothèque Nationale de France
4e trimestre 2013

ISBN 978-2-89662-269-6
ISBN (epub) 978-2-89662-271-9
ISBN (epdf) 978-2-89662-270-2

1 2 3 4 5 – 13 – 17 16 15 14 13

Imprimé au Canada

Nous reconnaissons l'aide financière du gouvernement du Canada par l'entremise du Fonds du livre du Canada (FLC) et celle du gouvernement du Québec par l'entremise de la Société de développement des entreprises culturelles (SODEC) pour nos activités d'édition. Gouvernement du Québec – Programme de crédit d'impôt pour l'édition de livres – Gestion SODEC.

Membre de l'Association nationale des éditeurs de livres (ANEL)

Camille Beaumier
Sylviane Beauregard

Ouate de phoque !

Tome 4. Prince charmant
ou grenouille ?

ÉDITIONS DE MORTAGNE

Aux vrais amis,
qui ne sont jamais
très loin du cœur

CAMILLE

À Camille
sans qui Léa n'existerait pas

SYLVIANE

Il neige au pays
de Dame Holle

21 DÉCEMBRE

Deux longs traits de lumière ont jailli de la maison d'en face. Elle n'est **plus** hantée. Lily est de retour chez elle. Elle m'a fait notre (seul) signal **SECRET** pour la trente-troisième fois (estimation rapide) depuis mon installation ici. Ce qui signifie? Tout va bien.

Ce signe, c'est comme ça qu'on le fait et pas autrement: on allume notre lampe de poche. On compte jusqu'à cinq (un kangourou, **deux** kangourous, etc.). On éteint. On rallume. On compte jusqu'à cinq (un kangourou, bon, vous avez compris...). On éteint.

Lily était chez moi il y a trois minutes dix-sept secondes. Pour me conseiller sur le choix du **VERNIS** à ongles qui irait le mieux avec ma tenue de Noël. J'ai fait un énième défilé de mode devant elle en vue du 24 décembre, après avoir peinturé mes ongles avec un rose fuchsia. Trop belle, cette couleur! Lily m'a convaincue de peindre un de mes **ongles** en doré. Pas certaine, au début... J'allais avoir l'air d'avoir manqué de vernis? Mais non. Elle avait raison, comme d'hab. C'est *foule glamour*!

On a magasiné ensemble, Lily et moi. Pendant tout un après-midi. J'ai essayé **tous** les vêtements du centre commercial (mini exagération, seulement ceux que je trouvais beaux!). On a feint de ne pas reconnaître **Aglaé-la-Cruelle** qui nous a snobées parce qu'on s'est fait photographier avec le père Noël.

Je précise. On sait que le père Noël n'existe pas (vraiment). Le nôtre portait des espadrilles!!!! On ne voit qu'elles sur la photo! Mais on voulait un souveniiir de nous deux avec L U I!

Ce que j'ai acheté? Un chandail de dentelle bourgogne, très chic, qui s'attache dans le dos (défi ultime!) avec deux longs rubans de satin noir extra-glissant (ultime **au cube!**). Une camisole noire. Une jupe noire aussi, pas trop longue. Ça change de la JUPE longueur maxi – quand on ne la roule pas à la taille – de l'école.

En revenant, je suis passée chez LULU pour lui montrer mes achats. Herménégilde a souligné que ma jupe est pas mal *courtiche*. **Ouate de phoque!** Il n'y a que les vieux pour inventer des mots pareils... Il est meilleur pour choisir le plus beau sapin de Noël de cette **galaxie** que pour donner son avis sur la mode! Je sais qu'il blaguait parce que Lulu riait en rougissant.

23 DÉCEMBRE

Préparatifs en vue de Noël. Déco du **SAPIN** inspirée de *Hansel et Gretel*, sans la cruelle sorcière. J'aime ça, un Noël appétissant. Quand tout a été **SUR LA COCHE** chez moi, j'ai cogné chez Lulu.

Elle a besoin d'aide pour les bonshommes en **PAIN** d'épice. Elle a été malade, il faut que je lui donne un coup de main.

Pour ce qui est des fameux biscuits, je les ai enfournés, surveillés, sortis du four, et décorés. Herménégilde? Il s'est assuré que chaque nouvelle **RECETTE** goûtait la même chose que la précédente. Bref, il s'est empiffré pendant tout l'après-midi.

Il en a même profité pour faire un **bisou** sur la joue de Lulu pour la féliciter! Je sais. Ça ne me dérange plus (vraiment) même si j'ai eu *trop* envie de le *distance-et-discrétionner*!

Pendant que j'aidais Lulu, je tendais l'oreille (les deux en fait). Je **pense** toujours à ce qu'Ida a dit à propos du sous-sol (hanté). Ce n'est pas parce qu'il ne se passe rien dans le moment qu'il n'est pas hanté. Les esprits sont sournois et attendent simplement le BON moment pour se manifester.

Rapport au sujet du sous-sol de Lulu: 23 décembre, 14 h 26. **CRAQUEMENTS** vraiment suspects + hurlements lugubres d'un loup-garou certainement enragé. (J'ai tous les DVD de *Twilight*, alors je sais de quoi je parle...) **OhMonDieu!** J'ai échappé une tôle couverte de biscuits tout chauds et je me suis sauvée en criant.

Suite (et fin) du rapport au sujet du sous-sol de Lulu: 23 décembre, 14 h 32. Aucun **LOUP-GAROU**. C'était

Herménégilde, l'esprit sournois qui m'a joué un tour! Il riait tellement que des larmes roulaient sur ses joues rougies par la joie. Je **déteste** les grands-pères trop joyeux. Tout le monde a ri de moi. Même **LULU** a ri de ma naïveté. Elle a vraiment changé depuis qu'elle vit dans l'ancienne maison d'Ida.

Rapport **TRANSMIS** à Lily. Même réaction que celles décrites plus haut! Personne ne me comprend!

24 DÉCEMBRE

Je suis chez **Antoine**. Avec des gens que je ne connais pas : son parrain, sa marraine et leurs deux fils. Tout le monde parle en même temps. Moi, je rougis en espérant qu'on ne me demandera rien. Je **capote** sans raison. Les adultes sont si prévisibles et leurs questions, tellement banales.

Banque de **QUESTIONS** au sujet de la vie d'une ado. Tu vas à la même école qu'Antoine? Réponse condensée : oui! Aimes-tu ton école? Question facile à répondre : des fois oui, des fois **NON**! Sais-tu ce que tu feras dans la vie? Question *foule* embêtante mais dont la réponse se formule simplement : j'hésite encore. Ça fait longtemps que tu connais **Antoine**? *Faf!* Deux ans et demi. (Je sais. J'ai arrondi mais c'est pour la bonne cause. Je n'allais pas répondre deux ans, trois mois, vingt-trois jours, dix-huit heures et quarante-cinq **SECONDES**...)

À la messe de **minuit**, il ne restait plus de places près de la crèche. Le bedeau, plus cruel que jamais, nous a ordonné de monter au jubé et de nous asseoir avec la chorale... Être confondue avec les membres de la chorale! Humiliation tO-ta-le.

Heureusement que je suis assise derrière une énorme **COLONNE**. Personne ne risque de me reconnaître. En prime, je peux tenir la main d'Antoine pendant toute la durée de la messe. Il a de très belles mains, vous savez.

Chez **Antoine**, l'échange de cadeaux a lieu après la messe de minuit. Antoine a vraiment aimé l'album de photos que j'ai préparé pour lui. Moi? Antoine m'a offert un carnet de voyage et un stylo rose vraiment trop **CHOU**. Il me connaît trop bien.

Après l'échange, nous avons déguerpi au sous-sol. **Antoine** et ses cousins ont sorti *Assassin's Creed III*, un jeu **SANGUINAIRE** to-tal dégoûtant. La mort rapide de mon avatar a enchanté les gars, qui préfèrent jouer entre eux.

J'ai **DESSINÉ** des cœurs (pas de commentaires!) sur les ongles de la sœur d'Antoine, qui m'a raconté ses amours inexistantes avec un gars qui ne comprend pas vite ce qu'il y a à comprendre. **OhMonDieu!** La jeune génération n'a pas évolué d'un poil depuis mon temps. Ben quoi! Un an, c'est *foule* long.

YOUPI!!! IL NEIGE le jour de Noël! Vraiment beaucoup. Assez pour **COUVRIR** le terrain d'une armée de bonshommes de neige! Il vente aussi et la neige colle aux fenêtres! Une vraie tempête! Quand j'avais trois ans, Lulu m'affirmait que la **NEIGE** était causée par Dame Holle[1], qui secouait son édredon plein de poussière au-dessus de la Terre. Je sais que c'est faux, mais c'est **MAGIQUE**, ce conte.

Le téléphone sonne. C'est pour moi?

– Joyeux Noël, Léa (c'est mon père!)!

– Joyeux Noël, papounet...

OhMonDieu! Je l'ai vraiment appelé papounet devant toute la famille d'**Antoine**??? Je rougis extérieurement.

– Écoute, je ne vais pas venir te chercher ce matin. Il neige trop. Je te rappelle plus tard. Dac-o-dac?

Dac-o-dac??????? Les expressions *poches* de mon père ne prennent jamais de vacances!

---

1. Personnage d'un conte de Grimm. Cette gentille personne demande aux fillettes qui se sont égarées dans son village de lui prêter main-forte pour faire le ménage. Lorsque la fillette secoue un édredon au balcon de Dame Holle, il neige. Avouez que, certains hivers, Dame Holle y va fort sur le ménage!

– Dis Joyeux Noël à maman et à Lulu... et à Herménégilde aussi, je conclus sans relever son expression *foule* pas rapport un matin de Noël.

Il a déjà raccroché! La neige rend mon père trop **INTENSE**.

La mère d'Antoine m'a prêté des vêtements chauds. Avec Antoine, on a fait des  dans la neige et on a ri comme des fous. Des anges à Noël, avouez que c'est *foule* concept.

Sa mère nous a photographiés en compagnie de notre bonhomme de **NEIGE**, je pense que c'est la plus belle photo de ma vie. Avec celle qu'elle a faite de nous deux hier devant le sapin. **OhMonDieu!** J'ai une photo de moi et de mon amoureux devant un **SAPIN** de Noël! J'aime ma vie!

Je couche encore ici ce soir. Dame Holle est trop intense sur le ménage. Mon père m'a **décrit** tous les accidents terribles qui sont survenus dans notre quartier. Il préfère boire du chocolat chaud en jouant au **Monopoly** avec Herménégilde. Ma mère m'a parlé. Elle a hâte que j'ouvre mon cadeau. Moi aussiiiiiiiiiiiiii! Chez **Antoine**? On joue à Destins et je perds souvent. Est-ce que ma vie sera un échec lamentaaable? J'espère bien que non!

26 DÉCEMBRE

Je suis enfin de retour chez moi. Lily ne répond pas à mes S.O.S. lumineux. **Antoine** est parti au **CHALET**. Heureusement que j'ai reçu le cadeau de Noël de mes parents : on ira voir le ballet *Casse-Noisette* le 29 décembre, en soirée. J'ai. Trop. Hâte !

À+. **LULU** a besoin de moi.

28 DÉCEMBRE

Aujourd'hui, avec Lily, nous avons écouté des **VIEILLES** vidéocassettes dans le sous-sol avec le magnétoscope hanté. S'il y avait eu des fantômes dans les parages, ils se seraient manifestés. Non ? Peut-être qu'ils sont encore un peu timides. On ne se connaît pas vraiment.

Nous avons écouté *Matilda* pour détester Trunchbull (qui ressemble trop à notre prof de math), les parents de Matilda et son frère mongol. Matilda a des pouvoirs **MAGIQUES**. Ç'aurait pu déclencher des phénomènes intéressants. Rien !

Nous avons conclu notre chasse aux fantômes en écoutant *Souvenirs d'été*. Test plus qu'**ULTIME**, parce qu'il y a une diseuse de bonne aventure dans le film. C'était le calme plat dans le sous-sol pendant sa prestation très décevante. Lily a ri en faisant une

grimace au magnétoscope. Puis, on a décoré ma chambre.

Résultats de nos efforts. Trois posters ont passé le test : la fée **CLOCHETTE**, Antoine et Joey Scarpellino. Selon Lily, Joey Scarpellino est vraiment plus beau qu'Antoine et il mérite la meilleure place : le plafond au-dessus de mon lit. Je l'ai obstinée par solidarité amoureuse, mais je suis d'accord avec elle. J'ai tout de même répliqué en disant que Joey est plus beau que Guillaume. Elle m'a rappelé que c'est de MA chambre qu'il est question, pas de la sienne. Donc, elle m'a **KC** !

Ma *BFF* croit que le poster de Jacob (le loup-garou dans la série *Twilight*, pour celles qui débarquent de la **PLANÈTE** Jupiter et qui ne sont pas au courant des vraies affaires !) est bon pour le bac de recyclage. Elle était pas mal *bosseuse* aujourd'hui. J'ai gardé mon affiche. C'est MA chambre ! Et je suis encore dans la *team* Jacob !

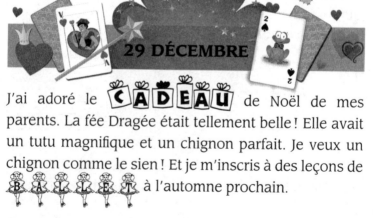

29 DÉCEMBRE

J'ai adoré le **CADEAU** de Noël de mes parents. La fée Dragée était tellement belle ! Elle avait un tutu magnifique et un chignon parfait. Je veux un chignon comme le sien ! Et je m'inscris à des leçons de **BALLET** à l'automne prochain.

Je suis chez Lily. J'ai fait la connaissance du nouveau **MEMBRE** de sa famille : Marcel Poitras, le poisson rouge de sa sœur. D'où vient ce nom pas rapport ? Chronique nécrologique du JOURNAL local ! Bien plus drôle que le dictionnaire !

On se prépare à prendre notre vie en **main** l'an prochain. Je note toutes les choses que je ferai pendant qu'**Antoine** sera assistant-moniteur.

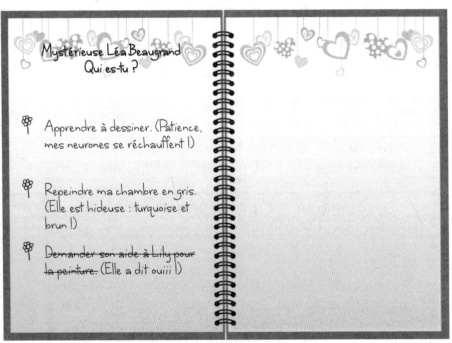

Mystérieuse Léa Beaugrand
Qui es-tu ?

❀ Apprendre à dessiner. (Patience, mes neurones se réchauffent !)

❀ Repeindre ma chambre en gris. (Elle est hideuse : turquoise et brun !)

❀ ~~Demander son aide à Lily pour la peinture.~~ (Elle a dit ouiii !)

Pendant que je me **CREUSE** la tête à la recherche d'idées **renversantes**, Lily, elle, a pris des résolutions. La première : ne plus manger de bonbons. J'ai un doute. La deuxième: manger des tonnes de légumes V E R T S. J'ai deux doutes! La troisième (et dernière): ne pas devenir folle à cause du manque de sucre!

À voir ses résolutions, je dirais que le mal est déjà fait.

Nous sommes au dépanneur pour **ENTERRER** l'année de Lily, qui fera tout pour devenir une super Lily (selon une vision adulte et to-tal pas rapport du monde) dans trois jours. Pendant que ma *BFF* dévalise le comptoir des bonbons (vous aussi, vous doutez, maintenant?), je regarde les petites annonces sur le **TABLEAU** d'affichage. **Ouate de phoque!!!** C'est quoi ça?

Je déchire la dernière languette de **papier** retroussée au bout de l'annonce d'une dénommée Morgane, une CARTOMANCiENNE vivant dans notre quartier! Elle est certainement meilleure que cyber-astrologue... OhMonDieu! Je n'y crois pas. Une voyante qui pourrait prédire mon avenir en temps réel! L'année finit trop bien.

– Heille, sais-tu quoi? m'interpelle la caissière, contente de partager une mirifique tranche de vie avec nous. Je la connais, Morgane! (Sois attentive, Léa!) Elle est bonne rare. (Je le savais tellement!) Elle a prédit que je travaillerais ici. (Bon!) C'est fort, hein? (**TROP!**) En tout cas, si t'as des problèmes person- nels, va la voir. T'en reviendras pas...

– Elle charge combien? je demande en fouillant distraitement dans le présentoir de magazines.

Je ne voudrais pas passer pour une fille désespérée.

– Trente dollars pour trente minutes, répond-elle après avoir fait une énorme bulle avec sa gomme balloune.

– J'ai pas de problèmes personnels, moi. Je suis curieuse, c'est tout!

– On dit toutes ça, réplique-t-elle d'un air supérieur.

Puis, elle fait une BULLE géante qui lui éclate… sur le nez!

Lily a les yeux ronds et la bouche OUVERTE. Elle me fait une tonne de signes indéchiffrables. On dirait du Bollywood! La fille du dépanneur la regarde croche, pensant certainement qu'elle rit d'elle. C'est pas notre genre, mais on est quand même sorties en essayant de contenir notre 🏃🙆☂ rire. *Fail!*

– Léa, perds pas le papier, là. Il FAUT qu'on aille voir cette cartomancienne! annonce Lily, tellement excitée qu'elle oublie de manger ses Skittles.

Lily me prend pour qui? Pour Karo-la-lunatique? FRANCHEMENT.

– Lily, si Morgane nous prédit des malheurs, on va faire quoi? As-tu pensé à ça?

Lily **SOUPIRE** avant d'engloutir une poignée de bonbons multicolores. Est-ce que je l'épuise avec mes questions pas rapport?

J'ai trop d'idées. Notre visite au dépanneur m'a inspirée. Je dois déjà mettre ma liste à jour. Ma vie change à la vitesse grand V, c'est **MONGOL**!

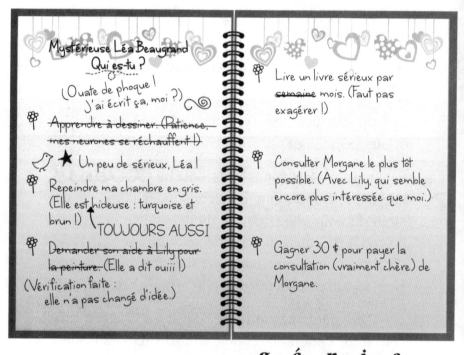

Mystérieuse Léa Beaugrand
Qui es-tu?

(Ouate de phoque!
J'ai écrit ça, moi?)

🌸 ~~Apprendre à dessiner. (Patience, mes neurones se réchauffent!)~~

🐦 ★ Un peu de sérieux, Léa!

🌸 Repeindre ma chambre en gris. (Elle est hideuse : turquoise et brun!) ⟶ TOUJOURS AUSSI

🌸 ~~Demander son aide à Lily pour la peinture.~~ (Elle a dit ouiii!)
(Vérification faite : elle n'a pas changé d'idée.)

🌸 Lire un livre sérieux par ~~semaine~~ mois. (Faut pas exagérer!)

🌸 Consulter Morgane le plus tôt possible. (Avec Lily, qui semble encore plus intéressée que moi.)

🌸 Gagner 30 $ pour payer la consultation (vraiment chère) de Morgane.

Je suis un (ou une? Un!) **génie**. Ma mère me répète que je dois savoir qui je suis, eh bien la **CARTOMANCIENNE** va m'aider à y voir clair. Pour gagner trente dollars, je garderai tous les enfants du quartier s'il le faut (mais pas en même temps). Donc, je serai **OCCUPÉE** pendant les prochains week-ends. Le bénévolat? On verra! Ce n'est pas en faisant du bénévolat que j'aurai l'**argent** pour payer Morgane!

2 JANVIER

L'année commence bien mal. 1- Aglaé-la-Cruelle a souhaité une excellente année aux *Verts* sur la page Facebook qu'elle a créée il y a **mille ans**. Elle ne voulait plus être présidente. Elle a démissionné. Alors, pourquoi ces souhaits tellement *téteux*? Pourquoi ne pas avoir fermé cette page devenue tellement inutile après sa démission forcée? 2- J'ai les yeux cernés et un **BOUTON** éléphantesque défigure ma joue droite.

Ma mère est dans la cuisine. **Danger!** Elle fouille dans le frigo. Alerte rouge! En passant devant le micro-ondes, je regarde ce satané **BOUTON** qui grossit à vue d'œil et je soupire de découragement.

– Léa, ça va? Quelque chose te tracasse? Veux-tu en parler?

– C'est Aglaé, tu sais, celle qui était présidente et qui a «démissionné»...

– Et?...

– Elle avait ouvert une page Facebook pour les *Verts* et elle avait promis plein d'affaires qu'elle n'a jamais réalisées, évidemment, parce que c'est une vipère et qu'elle se fiche des autres et tu sais pas quoi...

– Elle a écrit un mot sur sa page?

– C'est ça! Comment t'as fait pour deviner? Qu'est-ce que je fais????????????? Dis-moi pas de prendre ma vie en main, c'est *foule* inutile, là!

– *Keep calm and smile*, déclare ma mère avec un accent très chouette qui me fait oublier qu'elle a parlé en anglais. Et on dit: **ne me dis pas** de prendre...

Elle s'est exprimée en anglais mais sans oublier le super **B**,**O**,**N**-**P**,**A**,**R**,**L**,**E**,**R** français ensuite... Comme elle l'affirme si bien elle-même: chassez le naturel, il revient au galop (premier **diction** *poche* de l'année. Le naturel porte-t-il une bombe quand il fait de l'équitation???). Ma mère compte encore souligner mes **erreurs** à grands traits, cette année? Quelle chance (ironie)...

Pour me donner ce conseil, c'est évident qu'elle ne connaît pas **Aglaé-la-Cruelle** (elle ne manque rien, remarquez!). Aucun **HABITANT** de cette planète ne peut rester calme en sa cruelle présence! Sourire en plus?!?!?!? Ma mère est tombée sur la tête! Le mieux que je puisse faire, c'est grimacer. Je la regarde **SIROTER** son café brûlant, l'air en transe. Oh! J'ai une idée!

Sur la page Facebook des *Verts*.

Les *Verts*, on redécore la classe en janvier.
Apportez le poster qui vous représente le mieux!
Léa XOXO

J'en ai profité pour faire un COUCOU sur la page d'*Antoine*. Je ne connais pas ses collègues, mais c'est certainement l'assistant-moniteur le plus *sexy* au Québec. *Blink!*

6 JANVIER

Dernier jour des VACANCES. Antoine est revenu en fin d'après-midi. On a jasé au téléphone trop longtemps (dans le sens de *vraiment* longtemps, je ne me suis pas ennuyée une seconde!). J'ai raccroché quand mon père m'a ordonné de mettre fin à mon babillage en prenant l'autre combiné (humiliation tO-ta-le). Je ne savais pas qu'il devait faire un appel teeellement urgent le jour des Rois. Pas besoin de me faire honte. Il lui suffisait de com-mu-ni-quer!

On a fêté les Rois. Ce n'est même pas moi la reine. C'est ma mère! Elle porte la COURONNE avec grâce, comme tout ce qu'elle fait. Le Roi? Herménégilde. Pour célébrer son nouveau titre, il a cru que c'était (encore) l'idée du siècle d'**embrasser** Lulu devant nous! Je sais pas pourquoi mais je trouve ça *foule* **gênant**. C'est moi ou l'année ne commence pas vraiment bien?

Dans mon agenda, j'ai dessiné un baromètre. Objectif: 30 $ pour vous-savez-quoi! J'ai 5,75 $ dans mon porte-monnaie Hello ! C'est un bon début.

Un coup d'œil rapide sur les prédictions de cyber-·A·S·T·R·O·L·O·G·U·E· en attendant la cartomancienne.

Amours: L'amour est un champ de bataille. (Antoine et moi, on va se tirailler? Il va gagner, c'est certain. Il est tellement plus **FORT** que moi!) **Amitiés:** Vous avez décidé de dire à votre meilleure amie ce qui vous énerve chez elle? Attention à l'effet boomerang! (Ne pas lui souligner son manque de goût en matière de beaux posters! Bon conseil.) **Finances:** Économisez pour une folle dépense. (Il parle de mon baromètre? Il est fort!! Mais la cartomancie, ce n'est pas fou. Il est jaloux de Morgane!) **Famille:** L'union fait la force. **Santé:** N'oubliez pas votre foulard si vous sortez. (?????????) **Votre chiffre chanceux:** le 1.

Mon avis? Ni génial, ni total *poche*! Bon, je me couche. Demain? L'écoOole! Je vais porter le nouvel **uniforme**. Je devrais chialer parce que personne ne capote sur l'uniforme. Mais vraiment, il est super beau. La jupe? Une fois roulée, elle est cool. Mais le meilleur, ce n'est pas cette nouvelle jupe cool. Je vais **REVOIR** Antoiiine!

Dans les contes, il y a
toujours une sorcière
casse-pieds.
Dans la vie aussi!

PVP est assis avec nous dans le dernier banc. Il **frétille** tant il est heureux de retourner à l'école. Comme nous n'étions pas là pour veiller sur lui pendant le congé, il a fait une importante **RECHUTE**. La preuve? En moins de cinq minutes, il a :

 demandé des nouvelles de son idole, ma mère ;

confirmé qu'il sort encore avec Karo (exploit national pour elle comme pour lui.) J'ai hâte de voir si Brisebois *distance-et-discrétionnera* son «chouchou préféré de tous les temps». Jusqu'ici, rien de trop grave à signaler. Attendez la suite... ;

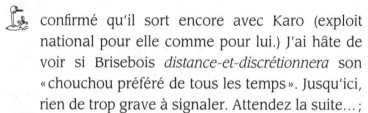 dressé la passionnante liste des sujets dont il pourrait traiter dans *La GaZzzette estudiantine* au cours des prochains mois (tellement ennuyants, je ne **GASPILLE** pas mon énergie mentale à les répéter) ;

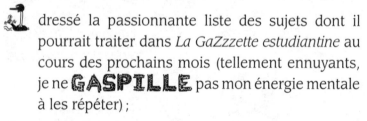 résumé *L'Alchimiste*, le livre qu'on lira au cours des prochaines semaines, ce qu'il a déjà fait (certainement) deux fois pendant la tempête de neige (la *nerditude* extrême) ;

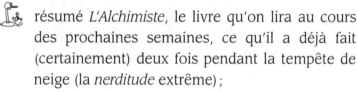 expliqué pour la cent millionième fois à Lily que les *bonbons* ne constituent pas un déjeuner équilibré (premier échec retentissant de l'année : Lily a déjà abandonné ses résolutions ! C'est la faute à qui ? Aux Skittles Mystère qui goûtent trooop bon.).

Je ne me souvenais pas que l'école était aussi **LOIN** de chez moi. On arrive quand??

Antoine m'attend devant ma case. Il est encore plus beau que sur mon poster. **(Grimace** virtuelle à Lily!) Il m'a tellement manqué. Je le regarde. Il me regarde. Pas besoin de parler. Je me serre contre lui. Il est tout chaud. On s'embrasse doucement.

– Distance et discrétion!!! Les jeunes, vous commencez bien l'année! hurle Geoffrion qui était sans doute tapie dans un casier pour nous piéger.

Elle a tellement raison. On commence super bien l'année! J'entre dans mon bocal. **PVP** nous a sûrement vus, Antoine et moi, parce qu'il me fait son air de directeur des années 1950. Il va pas recommencer! C'est normal que j'embrasse mon **AMOUREUX**. Pauvre Karo! Si son chum ne comprend pas ça, je la plains. En plus, ça va faire **UN AN** qu'on sort ensemble, Antoine et moi! Le 10 janvier. Dans trois jours!!!!!!!!!! C'est *foule* important!

Cours de sciences. Monsieur Patenaude est en forme! Il nous parle de ses **VACANCES** et fait plusieurs **blagues** pour nous réveiller. La porte s'ouvre. Lancelot apparaît, un billet de retard à la main. **PVP** le regarde **croche**. Des étincelles crépitent autour de lui tant ses batteries sont rechargées. Faut vraiment qu'on s'occupe de son cas, ça urge!

– Madame Carouby, on va décorer notre classe avec des posters qui nous représentent. C'est une bonne idée? ai-je demandé à la responsable de la vie étudiante.

Pour me porter **chance**, je n'ai pas roulé ma jupe aujourd'hui. Il faut qu'elle accepte. Il faut qu'elle accepte. Il faut qu'elle accepte…

– Excellente idée, Léa. C'est votre espace, organisez-le à votre goût. (Je le savais teeellement!) Je compte sur toi pour que les posters ne soient pas… soient… respectent…

– Le code de vie? Pas de problème! je réponds, trop fière de mon idée pour réfléchir sérieusement à la promesse que je viens de faire.

KC, Aglaé!

Premier mémo de l'année.

– La vie étudiante rappelle que le club d'échecs tient sa première réunion de l'année ce midi au local B-49. Bienvenue aux nouveaux membres.

Je regarde la classe endormie. Je me racle la gorge, un peu **intimidée** (c'est ma première tâche de présidente de l'année, tout de même):

– On va redécorer la classe, vous le savez. N'oubliez pas d'apporter un poster qui vous représente. Ça va être chouette.

– Est-ce qu'on a le droit? doute le sage PVP.

– Ouaip, je lance joyeusement.

– Des posters de joueurs de hockey aussi??????? insiste PVP, découragé par l'inadmissible relâchement du **CODE DE VIE**.

– Ça te représente? rigole Lancelot.

Lancelot va certainement nous faire subir le trop jaune Pikachu, lui. À moins qu'il ne choisisse Indiana Jones, sa passion du moment!

– Du calme, les gars, ordonne Trunchbull, qui hésitait à rappeler à l'ordre ses deux chouchous.

Lily me fait un signe SECRET. Arrête de changer de signe à tout bout de champ, c'est pour ça que je comprends jamais rien!

À NOTRE table. Tout le monde raconte ses VACANCES. Sauf Karo, qui admire son amoureux. Il l'a invitée chez lui pour célébrer le jour de l'An et elle est probablement encore sous le CHOC. (L'a-t-il embrassée??? Si je la vois aux toilettes, je lui demande. Je ne sais pas de quelle manière je poserai cette question indiscrète. Faut que j'y réfléchisse...) Lily chantonne *Je danse avec*

toi[2] en remuant doucement les épaules. Guillaume a des étoiles dans les YEUX quand il la regarde.

Il faut que je vous dise. **PVP** n'a pas encore embrassé Karo devant nous. (Je ne sais pas s'il l'a déjà embrassée, *point*.) C'est privé, je sais. Il sent peut-être qu'on les surveille, Lily et moi. Il se trompe teeellement !

Le nouveau chauffeur du bus, monsieur Gilles, nous salue en SOURIANT. Nous ne parlons pas parce que les gens qui ont été assommés sont muets. Trunchbull nous a ENSEVELIS sous les devoirs. J'exagère ? La prof de français nous a donné deux microscopiques semaines pour lire *L'Alchimiste*. (Je sais que certains ont déjà terminé cette lecture, mais je représente la **majorité SILENCIEUSE**.)

Ce soir, j'ai mangé du saumon **teriyaki** et du quinoa chez Lulu. Herménégilde a déclaré que le poisson était meilleur que la dernière fois en faisant une mimique très gourmande. Il est chouette, mon grand-père qui n'est pas mon vrai grand-père. Il m'a donné congé de VAISSELLE, car j'ai trop de devoirs, selon lui. Je suis pas stupide, je sens qu'il veut être seul avec son amoureuse.

---

2. Chanson du groupe Mes aïeux, interprétée par Stéphane Archambault, qui est trooooop beau...

De retour chez moi, je me concentre sur les math. OK. Les numéros 1 et 2, ça va. 3, 4, 5 et 6, c'est un peu *confus*. 7 et 8? C'est des math de cégep! Pas de temps à perdre avec ça. De toute façon, je ne rêve pas d'étudier en sciences. Alors, j'économise mes *neurones* pour les choses qui en valent vraiment la peine.

Je vous ai dit que, le 10 janvier, ça fera un an que je sors avec *Antoine*? C'est important, un an. Pour souligner ça, je lui ai bricolé un *CADEAU*. Pas de panique! J'ai imprimé sur du beau papier tous les courriels qu'on a échangés depuis un an. Je les ai reliés (difficile d'échouer) et ça fait un album. Il y a aussi des *PHOTOS* de nous deux. Et le texte de notre chanson préférée: *I Only Want To Be With You*[3]! J'ai hâte de le lui offrir. J'espère qu'il va aimer ça...

COOL! Il est sur Facebook. À+.

8 JANVIER

Aglaé-la-Cruelle est (déjà?) de retour à l'école. Très bronzée. Elle est dans le corridor et raconte son merveilleux *voyage* à *Océane*, qui se

---

3. La chanson interprétée par Vonda Shepard. Personne d'autre!

pâme sur son hâle trop réussi et sur ses **mèches** qui la **CHANGENT** tellement (pas tant que ça, malheureusement!). Elle ne m'a pas fait trop d'attitude. Elle n'a certainement pas visité la page  des *Verts* hier soir!...

OhMonDieu! Je connais deux personnes qui vont **CAPOTER** quand ils entendront ce que je m'apprête à lire.

— La vie étudiante rappelle aux membres du comité de l'album qu'il y a une réunion de planification demain à 12 h 15 (pas ça, franchement!). Les professeurs de math (je souris à Trunchbull qui est en transe) vous invitent à participer au concours Opti-Math. La compétition aura lieu dans notre école le 21 mars. Il y aura des ateliers de préparation à l'heure du dîner et beaucoup (j'ai vraiment insisté sur ce mot pour que mes amis comprennent tout ce que ça implique) d'exercices à faire à la maison. Si vous êtes intéressés, donnez votre nom à votre professeur de math.

PVP agite **frénétiquement** son long bras dans les airs. Il n'a pas besoin de parler, la prof saisit aussitôt son message (Philippe = seul être vivant ayant une **connexion** télépathique avec Trunchbull = top inquiétant!), mais il insiste pour se mettre en valeur:

— Madame, quand peut-on commencer notre préparation? (Tais-toi!!!) Je peux avoir le cahier d'exercices aujourd'hui? s'excite PVP, en proie à une poussée **soudaine** de *nerditude*.

– Madame Paquette, je participe aussi, déclare Lancelot en lançant un regard plein de ⟨D⟩⟨É⟩⟨F⟩⟨I⟩ à son meilleur ennemi.

– Ajoutez mon nom à votre liste, madame Paquette, lance Aglaé-la-Cruelle en faisant de l'attitude à Lancelot et à PVP qui se regardent, l'air de ne pas y croire.

– Si toute l'école participe autant que les *Verts*, ce sera un grand succès, jubile Trunchbull.

Puis elle choisit la personne qu'elle **TORTURERA** avec les problèmes insolubles du devoir.

– Qui va nous résoudre le numéro 8? (Où se trouve donc ma gomme à effacer en forme de **COCCI-NELLE**? Pas là... Hummm!) Quelqu'un qui aime les défis... Aglaé! ordonne Trunchbull avec autorité.

PVP et Lancelot **pouffent**. Lily aussi. Avec raison. Aglaé est incapable de résoudre ce problème. Et elle veut faire Opti-Math? Elle est folle! Lancelot se propose une nano seconde avant PVP et réussit l'impossible, évidemment. Il sourit à PVP, qui lui fait le signe de la **VICTOIRE**. 1 à 0 pour Lancelot! La guerre des *nerds* est repartie.

Dans le bus, **PVP** feuillette son cahier d'exercices chéri en mangeant des poissons au fromage. Il nous commente les problèmes. C'est tellement gentil de sa part...

– Philippe, j'ai une idée d'article pour *La GaZzzette estudiantine*! a lancé Lily. Tu devrais écrire sur Opti-Math, les origines du concours, les gagnants célèbres (quoi???), la préparation nécessaire, le test, des affaires comme ça...

Ma **BFF** réussit à garder son **sérieux**, malgré que sa suggestion soit tellement *téteuse*. Elle m'épate!

– Lily, tu dis ça pour rire (ben n^{O}O$_O$n!)? J'aurais l'air de me vanter (depuis quand ça te dérange?), tu penses pas? énonce distraitement notre *nerd* préféré, absorbé par la lecture de son précieux cahier.

On a eu la paix pendant le reste du trajet. J'ai pu raconter à Lily mon **CADEAU** de premier anniversaire pour **Antoine**. Elle a approuvé mon idée. Disons que la présentation de cet album l'inquiète un peu, cependant. Elle m'a rappelé pour la centième fois l'épisode de l'**OISEAU** en papier mâché (en cinquième année du primaire!) qui m'a valu la note de E+ (la prof ne m'aimait pas, bon!). Je ne suis pas si *poche*.

9 JANVIER

Réunion du comité de l'album terminée. Je suis aux toilettes. Je me **lave** les mains et la porte s'ouvre. C'est Karo. Elle est tout enjouée. Est-ce qu'elle aurait été *distance-et-discrétionnée*, par **HASARD**?

– T'as l'air en forme. C'est pas à cause du cours d'éduc certain! je lui lance comme ça, en espérant qu'elle me fera des confidences...

– Dans cette école, on ne peut jamais rien faire, me dit-elle en tentant d'avoir l'AIR *foule* mystérieuse.

– Ta jupe est trop courte au goût de Brisebois? proposé-je innocemment.

Je niaise. *Madame Kim*, sa mère «trop» cool, l'a même rallongée, sa jupe!

– Ben non, Léa. Philippe m'a fait un bisou sur la joue et madame Brisebois nous a crié «distance et discrétion» devant tout le monde. J'étais tellement gênée, GAZOUILLE-t-elle, vite remise de cette cuisante humiliation.

– Je te comprends tellement, ai-je conclu avant qu'on se fasse houspiller par Geoffrion, qui fait encore une fixation sur les toilettes.

Dans le bus. Lily se dirige vers la banquette où PVP EXORCISE son cahier préféré. Elle s'assoit à ses côtés. Moi? Dans la banquette juste en avant de lui. Nous lui SOURIONS tellement que nous avons l'air de faire la publicité d'un nouveau dentifrice ultra-blanchissant.

– Philippe, c'est quoi le moment fort de ta journée? je lance à PVP, **déstabilisé** par ma brillante introduction.

– Contentes de t'accueillir dans le club, mon Philippe, renchérit Lily, en souriant encore plus.

– Comment tu te sens? je demande en sortant mon **MASQUE** de psychologue en manque de clients.

– Qu'est-ce qui vous prend? J'espère que c'est sérieux, parce que je révise pour le concours, vous saurez, réplique PVP en essayant d'avoir l'**AIR** fâché.

– On le sait, pour toi et Karo, je poursuis sur un ton compréhensif.

Il rougit jusqu'aux ongles d'**ORTEIL**. On n'a pas eu besoin de vérifier – surtout qu'il portait ses **BOTTES** –, c'était évident rien qu'à lui regarder le nez.

– Vous croyez tout ce qu'on vous dit? riposte PVP, sur la défensive.

La vérité cho-que! *La vérité cho-que!*

– Quand ça vient de Karo et que ça vous concerne tous les deux, ouaip! rétorque Lily en lui faisant une *bine* sur l'épaule.

– Ça prouve que t'es comme nous, Philippe. T'es tellement intense avec l'école, des fois, on pourrait croire que t'es tout le temps sérieux, mais là, ça améliore vraiment ton image...

OhMonDieu! Léa! Arrête de *délirer*.

Bon, il faut que je rappelle aux *Verts* que j'attends leurs posters. Quoi ? La page Facebook des *Verts* est où ? **Ouate de phoque !** Aglaé-la-Cruelle l'a fermée !!! Si c'est comme ça, j'ouvre la mienne !

10 JANVIER

Qui téléphone à... 5 h 58 du matin ?!? Pourquoi personne ne répond ? Je me lève, les cheveux en **BATAILLE** et je décroche. J'espère que j'ai pas trop mauvaise haleine...

– Ma chouuuuuuuuuuu ! As-tu regardé dehors ? (Où ça, dehors ? Ah ! OK ! Là !) C'est toute une tempête. On a congé, c'est sûr. Allume la télé, moi, j'écoute la radio et je surveille le site Web de l'école.

– QUOI ?????????? Pas une tempête !!! C'est catastrophique ! Je VEUX voir Antoine pour lui souhaiter bon premier anniversaire. J'ai son cadeau aussi, je rappelle à Lily qui est vraiment trop tête en l'**AIR** avant 7 h le matin.

Hein ? Elle a raccroché. Il **NEIGE** pas tant que ça... Je traverse chez TUTU. Herménégilde boit un café en regardant par la fenêtre. Je lui demande son avis. Il pouffe de rire. Il me conseille de m'habiller chaudement et de bien manger. (Rapport ? Il faut **MANGER** mieux quand il neige ?) D'après lui, l'école ne fermera pas. C'est une bonne et une mauvaise nouvelle. La bonne ? Je vais voir **Antoine**

aujourd'hui et je lui remettrai son .
La mauvaise? On n'aura pas congé.

Je suis devant la case d'Antoine. Son autobus est en retard parce qu'il **NEIGE** trop!!! Je veux absolument lui donner son cadeau ici et pas à la café, devant tout le monde. En plus, l'endroit est *foule* symbolique. Brisebois **PATROUILLE** dans le corridor. Je fais semblant de nouer mes lacets len-te-ment pour éviter qu'elle me rappelle que je dois me rendre dans mon local (comme si j'avais oublié!). Enfiiiiiin! Antoine tourne le coin du corridor. Il me salue en souriant. Sa **TUQUE** est couverte de neige. J'espère qu'il se souvient de ce qui s'est passé il y a un an dans ce même corridor.

– Salut..., je dis doucement, en le regardant dans les yeux.

Un flocon de neige est resté accroché à ses **CILS**. Trop chou.

– Salut..., répond Antoine, en plantant son regard dans le mien.

Je sais qu'il **SAIT**!

– Bon anniversaire, je poursuis en lui tendant son cadeau.

– Bon anniversaire à toi aussi, belle Léa! murmure-t-il en touchant ma joue qui rougit instantanément.

Il ouvre le paquet, feuillette lentement son album et **rougît** lui aussi. Puis, il prend mon visage entre ses mains encore **froides**.

– Distance et discrétion, les jeunes. Si vous avez terminé, rendez-vous dans votre local, clame Brisebois, c'est une école ici, pas une *roulathèque*!

Les yeux d'*Antoine* tentent de me faire comprendre quelque chose. La première cloche du matin aussi. Je me dirige vers mon , le cœur léger. Une *roulathèque... LOL!*

Cours de français. Les pétulants verbes pronominaux!! La prof les explique et les explique encore pendant qu'on regarde la **NEIGE** neiger. Qu'est-ce qui arriverait si la tempête devenait incontrôlable et qu'il faille dormir dans le gym, ce soir? Et s'il y avait une panne de COURANT? La directrice serait bien embêtée de nous voir tous collés les uns sur les autres pour nous réchauffer.

Non! Ce n'est pas une prière. Même pas un vœu. Monsieur Dieu, oubliez ce que je viens de PENSER! S'il vous plaîît.

Je déteste lire ce type de mémo. Alors, je le lirai à la vitesse grand V, en souhaitant que personne ne décode mon **charabia**. Je prends une grande inspiration. *Go!*

– La direction tient à vous rappeler que le code de vie exige que vous portiez des bottes pour circuler à l'extérieur pendant les mois d'hiver.

J'allais me **précipiter** à mon bureau en retenant mon fou rire lorsque mes **yeux** ont aperçu **Aglaé-la-Cruelle**. Elle m'a fait tellement d'attitude. Elle est complètement cinglée. Je lis les mémos, je ne les invente pas! On ne *tue* plus les messagers depuis au moins deux millénaires. Les nouvelles vont pas vite vite dans ton quartier, hein?

– Merci, Léa. Bonne année à vous tous, dit la prof d'art dram. Je ne serai pas trop exigeante avec vous en ce jour de tempête. Bon. Nous allons faire des exercices de projection de la voix. Vous savez, au théâtre, il faut que tous les spectateurs puissent vous entendre. Même ceux qui dorment dans la dernière rangée, n'est-ce pas, les gars? J'ai besoin de deux volontaires pour une démonstration. OK, Philippe et...?

Je suis dans «notre» corridor, à Antoine et moi. Je me **DIRIGE** vers la café. Je ne suis pas pressée, c'est du végépâté, ce midi. S'il n'en reste plus, on m'offrira un sandwich au jambon, alors je vais respecter le règlement à la lettre et surtout ne pas courir.

Je tourne le coin, **Antoine** est là. Je ne sais pas ce que je vais lui dire. Comment le lui dire. Je ne veux pas rougir. Ou pire, BAFOUILLER. Et s'il avait trouvé mon cadeau nono?...

– Léa, merci pour l'album, murmure Antoine en me regardant intensément.

Ma main tremble. Je rougis. Il m'embrasse jusqu'à ce qu'on entende des pas frénétiques claquer au bout du corridor. Relaxez! On ne fait rien de MAL!

– J'ai faim! Viens! me dit Antoine, tout joyeux.

Depuis quand il aime le végépâté, lui?

Dans le bus. **PVP** jubile devant la nature qui se DÉCHAÎNE.

– Philippe, t'es trop dedans, calme-toi un peu. Va falloir que TU pellettes en arrivant à la maison, pense à ça! lui rappelle sagement Lily, en mastiquant des Skittles Mystère rouges qui goûtent la banane, selon elle.

– J'ai le droit d'aimer l'hiver, non? souligne PVP avant de se replonger dans son LIVRE-culte d'Opti-Math.

J'ai remercié les *Verts* sur notre nouvelle page Facebook. Sept posters égaient les MURS de notre classe. Lesquels? Indiana Jones (je suis trop forte). Einstein (devinez qui l'a apporté). Des *jelly beans* de toutes les couleurs (trop *faf*!). Une TORTUE des îles Galápagos (vous ne devinerez jamais: Karo!). Le Chrysler Building (hihi!). Une moto Harley-Davidson (monsieur Patenaude vient à l'école en MOTO !). Le groupe Mes Aïeux et le beau Stéphane Archambault (Émilie, une fille très cool !). Je suis fière de mon idée !

11 JANVIER

Ce MATIN, cours de français. La prof nous annonce qu'il faut avoir terminé de lire *L'Alchimiste* lundi prochain. Je sais ce que je vais faire pendant que mon amoureux «bénévole» sur les pentes de cette fin de semaine... Lire ce roman et préparer mon aide-mémoire.

Je fais des gestes **DÉSESPÉRÉS** que Lily ne comprend pas. Bon, je les lui traduirai à la récré.

– Léa, tout va bien ? me demande la prof, qui m'a prise en grippe depuis le fameux test de lecture sur *Le Comte de Monte-Cristo*.

Je fais **SIGNE** que oui. Ma question était pour Lily, pas pour elle !

Je vais chercher le mémo de la vie étudiante en compagnie de Lily. Je lui demande si, selon elle, on a fait un film avec *L'Alchimiste*. Elle aussi y avait pensé. **Pinkie** !!!

Sa réponse : non. Va falloir le lire. **Beurk !**

Un autre mémo assez *poche*. Ne pas ROUGIR si tout le monde éclate de rire.

– Il y a une pratique de ringuette, ce midi. Et une importante (n'exagérons pas) réunion de la Clique-écolo. (Lancelot, arrête de ricaner.) Il reste une semaine pour vous inscrire au concours Opti-Math. Pour terminer, la direction vous rappelle (j'aurais dit radote) que le port des bottes d'hiver est obligatoire en janvier.

Je retourne à mon bureau parce que tout le monde rit et que le prof de sciences a du mal à garder son **sérieux**. Faudrait que Brisebois en revienne, avec les godasses. Franchement.

Monsieur Patenaude nous a annoncé que le prochain △△△△ aura lieu en février. Il hésite entre la dissection d'une grenouille (il a été hué) et celle d'un œil de **bœuf**, ce qui est pire, d'après Lancelot. Avant de commencer le cours, il a souligné à quel point il aimait la déco de notre classe. *YesSSSSs!*

À NOTRE table. Lancelot et **PVP** sont déchaînés. Ils parlent seulement de mathématiques et se lancent des défis. Ils sont aussi forts l'un que l'autre. Karo essaie d'**attirer** l'attention de son amoureux, mais on dirait bien qu'il aime plus les math qu'elle!

– Lily, tu fais quoi, ce week-end? je lui demande sur un ton (presque pas) désespéré.

– Lily te l'a pas dit? Le chum de ma sœur organise un party. Il m'a engagé comme *DJ*. Moi, Guillaume, le petit gars de secondaire trois, je serai *DJ* à un party du cégep! Lily m'accompagne, tu comprends, elle va mettre encore plus d'ambiance! Tu peux venir si tu veux, m'offre Guillaume.

Je regarde Lily qui chante *Bull's Eye*[4] en souriant à Guillaume. Je veux pas les coller comme une HUÎTRE s'agrippe à son rocher. Non merci!

Je frappe à la porte SECRÈTE de ma chère Lulu. Herménégilde m'ouvre en m'annonçant qu'ils ont une visiteuse qui va bien me plaire. Une voisine, Sara, avec son bébé de huit mois, Mia. Lulu connaît vraiment tout le monde dans le QUARTIER.

Je les rejoins, un peu gênée. Je me présente comme ma mère très-comme-il-faut me l'a enseigné. Mia me sourit. Je lui souris. C'est un bébé, mais il faut être poli avec tout le monde, donc ça inclut les bébés. Mia lance sa girafe par terre. Je la ramasse. Elle la lance, je la ramasse. Fois mille. Le seul défaut de Mia? Elle bave! Et elle EMPOIGNE très fort mes cheveux.

– Léa, je disais à Sara que tu as souvent gardé des enfants. Elle cherche justement une gardienne pour demain soir, m'informe LULU en utilisant

---

4. Chanson de Louis-Jean Cormier, sur l'album *Le treizième étage*. C'est une chanson d'amour… Aaah!

un ton **complice** que je connais super bien. Es-tu libre?

Sara me regarde d'un **AIR** embarrassé, probablement gênée d'être à la dernière minute. Je pense à mon baromètre, figé à 5,75$, et à Morgane, qui attend le moment de changer ma viiie!

— Je suis libre, madame.

— Tu charges combien? me demande-t-elle.

ZE question. Si je demande trop cher, adieu la **cartomancienne**. Si je ne demande pas assez, elle va croire que je suis désespérée. Je regarde Lulu qui ne comprend pas mon air indécis et qui me dévisage gentiment. Je dois me débrouiller seule. Je dis quoi? Sept ou huit dollars de l'heure? Sept. Huit. Sept. Huit. Sept. Huit.

— Je demande sept dollars de l'heure, madame, j'annonce sans broncher et, surtout, sans rougiiir.

— Parfait. On se revoit demain à 17 h alors.

Je connaîtrai absolument tout au sujet de mon avenir très bientôt! En tout cas, je sais ce que je ferai demain **SOIR**. C'est bon signe! Je souris à Lulu, qui semble très fière d'elle. Je fais un bisou sur le front de Mia, qui **PIVE** toujours autant en me racontant quelque chose. Elle est un peu confuse, Mia.

J'ouvre mon carnet. J'ai des choses à rajouter.

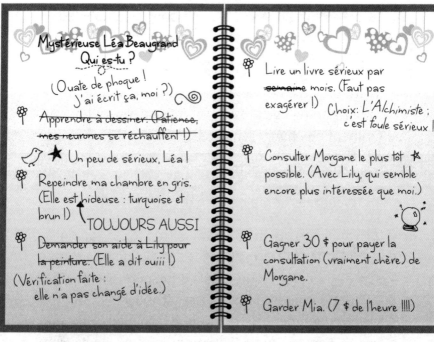

Mystérieuse Léa Beaugrand
Qui es-tu ?

(Ouate de phoque !
J'ai écrit ça, moi ?)

❀ ~~Apprendre à dessiner.~~ ~~(Patience,~~
~~mes neurones se réchauffent !)~~

🐦 ★ Un peu de sérieux, Léa !

❀ Repeindre ma chambre en gris.
(Elle est hideuse : turquoise et
brun !) ↰ TOUJOURS AUSSI

❀ ~~Demander son aide à Lily pour~~
~~la peinture.~~ (Elle a dit ouiii !)

(Vérification faite :
elle n'a pas changé d'idée.)

❀ Lire un livre sérieux par
~~semaine~~ mois. (Faut pas
exagérer !) Choix: L'Alchimiste ;
c'est foule sérieux !

❀ Consulter Morgane le plus tôt ✦
possible. (Avec Lily, qui semble
encore plus intéressée que moi.)

❀ Gagner 30 $ pour payer la
consultation (vraiment chère) de
Morgane.

❀ Garder Mia. (7 $ de l'heure !!!!)

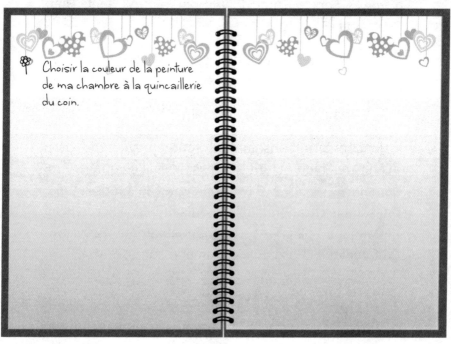

❀ Choisir la couleur de la peinture
de ma chambre à la quincaillerie
du coin.

Je dois annoncer la bonne nouvelle à Lily, pour Morgane. Où est ma lampe de poche ? OK ! Signe secret **envoyé**. Réponse reçue. Le téléphone sonne ! Parfait.

– Qu'est-ce qui se passe, ma chou ? chantonne Lily.

– Je garde demain soir ! Dimanche matin, j'aurai les trente dollars.

– Compte sur moi, ma chou, ma grand-mère m'a donné de l'argent à Noël...

On va enfin **TOUT** savoir.

12 JANVIER

Samedi soir. Je donne le **biberon** de bonne nuit à Mia. C'est le plus beau bébé du monde. Elle a de grosses joues, elle aime manger et elle raffole de son **canard** malicieux, qu'elle frotte sur sa joue en gazouillant. Je la serre sur moi et j'adore ça parce qu'elle est toute chaude. Bon, j'apprécie moins de changer sa **COUCHE**, mais je dois le faire ré-gu-liè-re-ment, dès qu'elle a fait pipi, ou pire. Sara me l'a répété. Pour sept dollars de l'heure, pas de problème.

Même si elle **gigote** beaucoup, Mia dort profondément. Je le sais. Sara a déposé un moniteur sur une table du salon et je peux la voir dormir en **DIRECT**, comme dans une téléréalité ! Constatation : regarder un bébé qui dort, c'est aussi plate qu'une téléréalité. Le seul suspense, c'est prévoir quand il se tournera sur le dos ou sur le ventre. J'en profite pour lire *L'Alchimiste*. 112 pages ! J'ai mangé des chips au vinaigre de **MALT** (super bon !) en lisant, ça aide à mieux comprendre ce roman philosophique. J'ai aussi reçu un texto d'**Antoine** qui a fait du bénévolat toute la journée et qui étudie ce soir, lui aussi. Il m'a donné un long baiser virtuel. Il **EMBRASSE** toujours aussi bien. **Euuuh !** Je me comprends.

13 JANVIER

Ce matin, mon baromètre indique 54,75 $. Reste à prendre **ZE** rendez-vous avec Morgane. Mon père est debout ? À plus ! Je dois lui annoncer quelque chose...

— Papa, je veux repeindre ma chambre, je déclare en **CROQUANT** dans un croissant tout chaud.

— Muuumph ! **GROGNE** tout doucement mon père, renversé par ce *scoop*.

– Je vais à la quincaillerie avec Lily, cet après-midi. On va choisir la couleur pour que tu puisses l'acheter.

– Muuumph! répète-t-il, de plus en plus excité par cette nouvelle inouïe.

Pendant que mon père reprend ses esprits, je ramasse les MIETTES éparpillées sur la nappe. Je sais bien qu'il faisait semblant d'écouter en lisant son journal et qu'il n'a peut-être pas tout saisi. Pas grave. Je ne lui ai pas demandé de la REPEINDRE. S'il pouvait en financer l'achat, ce serait plus que cool.

Lily m'énerve tellement. Elle a passé une soirée fantasmagorique avec Guillaume. Elle a dansé et chanté et choisi la **músiqúe** et les amis de la sœur de Guillaume ont trop aimé leur soirée et Guillaume est le meilleur chum au monde et elle a tellement hâte d'aller au cégep parce que c'est *foule* **COOL**.

Après ce résumé digne des nouvelles de Radio-**CANADA**, on a enfin trouvé une couleur pour ma chambre. Poussière d'étoile. C'est un gris un peu foncé. Avec du **BLANC** décorateur (ouuuh!), ce sera trop chic! On fera ça le week-end prochain ou bientôt!

Mystérieuse Léa Beaugrand
Qui es-tu ?

(Ouate de phoque !
J'ai écrit ça, moi ?)

❀ ~~Apprendre à dessiner.~~ ~~(Patience,~~
~~mes neurones se réchauffent !)~~

★ Un peu de sérieux, Léa !

❀ Repeindre ma chambre en gris.
(Elle est hideuse : turquoise et
brun !) ↑ TOUJOURS AUSSI

❀ ~~Demander son aide à Lily pour~~
~~la peinture.~~ (Elle a dit ouiii !)

(Vérification faite :
elle n'a pas changé d'idée.)

❀ Lire un livre sérieux par
~~semaine~~ mois. (Faut pas
exagérer !)   ~~Choix : L'Alchimiste :~~
~~c'est toute sérieux !~~

Pas trop plate !

❀ Consulter Morgane le plus tôt ★
possible. (Avec Lily, qui semble
encore plus intéressée que moi.)

❀ ~~Gagner 30 $ pour payer la~~
~~consultation (vraiment chère) de~~
~~Morgane.~~

❀ ~~Garder Mia. (7 $ de l'heure !!!!)~~

❀ ~~Choisir la couleur de la peinture~~
~~de ma chambre à la quincaillerie~~
~~du coin.~~
(Poussière d'étoile,
je vais super bien
dormir !)

CATASTROPHE super mondiale : Lily n'a plus que 26,50 $ en banque. Elle n'a pas pu résister à l'appel des bonbons au melon d'eau, des Skittles et des gommes ballounes du dépanneur. La fille du *dep* lui a reparlé de Morgane. Ça aurait dû lui **SONNER** une cloche ! Philippe a raison, le sucre c'est une drogue ! La caissière a même comparé Morgane à la fée qui en voulait à Merlin. **Wow !** Cette fée avait des **pouvoirs** tellement impressionnants, ça promet. Lily aura de nouveau le montant nécessaire jeudi prochain ; elle garde l'insupportable **Moucheronne** tous les mercredis pendant que Ginette assiste à un cours de salsa pour relaxer (excellente initiative). Jeudi soir, on téléphonera à la fée. J'ai tellement hâte !

Ma mère a appelé tantôt. **OhMonDieu !** Elle m'a titillé en disant avoir quelque chose de grand à m'annoncer. Elle n'a pas voulu en dévoiler plus. Seul indice ? C'est une **BONNE** nouvelle ! Elle m'a reparlé du bénévolat. J'ai répondu que je n'ai rien trouvé. Normal, je n'ai pas cherché.

15 JANVIER

Dans le **BUS**. Heureux de constater que nous l'avons (enfin) lu, **PVP** nous pose des questions au sujet de *L'Alchimiste* dans le but tellement clair de confirmer son propre **GÉNIE**. La première ? Qu'est-ce qu'une légende personnelle? C'est... Hum... C'est comme **LA CHASSE-GALERIE**, mais c'est différent et trop long à expliquer dans l'autobus!

– Philippe, t'es trop intense le lundi matin (et les autres matins aussi), je lui dis calmement.

– Tu penses, Léa? me demande-t-il, étonné par ma déclaration qui lui semble to-tal *nowhere*.

– De toute façon, tu t'inquiètes pour rien, profite de la vie, je conclus en souriant.

Il faut bien que quelqu'un lui dise de relaxer, non? Lily, je sais que tu fais semblant de dormir!!! **Réveille**-toi, on arrive!

Aux toilettes. Aglaé est là! Elle me regarde, *foule* attitude comme d'habitude. Je lui souris. Oh, oh! **MAUVAISE** idée, le sourire, on dirait qu'elle va m'adresser la parole!

– Léaaa! (Fais pas semblant que tu ne m'as pas vue depuis un millénaire, on s'est rentrées dedans vendredi soir en voulant être la première à sortir de l'école.) Tu fais pas de ski, toi? J'ai vu Antoine samedi. Il skie tellement bien. Tu dois t'ennuyer de lui, hein? Il est tellement beau, susurre-t-elle *foule* **cruellement**.

Si elle croit que je vais lui faire des confidences! Geoffrion pourrait ouvrir la porte **MAINTENANT**, ça m'arrangerait bien.

– Qu'est-ce que t'en penses? je lui demande en essayant de lui faire de l'attitude à mon tour.

Dans le miroir, je me suis vue à l'œuvre, grimaçant et **ROULANT** des épaules. Je n'y arriverai jamais à moins de m'exercer pendant une bonne centaine d'**HEURES**. Pathétique! Tout le monde sait comment faire de l'attitude, sauf moi. La porte s'ouvre (enfin). Geoffrion nous regarde en soupirant:

– Les filles, si vous avez terminé, sortez. Ce n'est pas un *Salon étudiant*, ici.

Si on ne se détestait pas autant, on aurait éclaté de **RIRE** ensemble. Depuis quand mes fins de semaine inquiètent-elles Aglaé-la-Cruelle? Elle a pas rapport! Et la journée n'est même pas commencée.

J'entre dans la classe devant Aglaé et je fais un signe si **TERRIFIANT** à Lily qu'elle s'étouffe avec ses bonbons. La prof de français est en grande conversation avec **PVP**. Encore en train de se mettre en valeur, lui! La cloche sonne. La prof se racle la gorge. On va s'amuser, je le sens.

– La rédaction de mi-année, c'est jeudi.

C'est ce que je disais (**ironie !**)...

– Combien de mots, madame? demande Karo en dévisageant son amoureux pour lui faire comprendre qu'elle s'attarde désormais aux choses qui comptent dans la vie.

– Quatre cents, répond la prof en fouillant dans une pile de feuilles.

– On peut dépasser cette limite de combien? Cent? quémande PVP, plus *téteux* que jamais.

Il s'est fait **huer**. Franchement!!!!!

– Seulement de 10%. Pas un mot de plus! Directive du ministère!

Le reste du cours, la prof nous a parlé de figures de STYLE tellement rares qu'on en trouve seulement dans des livres écrits par des DINOSAURES. On a pris des notes et Lily a bâillé si fort qu'elle s'est (presque) décroché la mâchoire. La prof m'a demandé de la conduire à l'infirmerie pour qu'on applique de la glace sur sa joue, qui menaçait de se démantibuler comme une TOUR Jenga[5] devenue trop haute.

C'est moi qui ai décrit le problème de Lily à l'infirmière. Elle lui a donné un énorme sac de **glace** et Lily a pu s'étendre sur le petit lit jusqu'à la récré. C'est pas juste!

Enfin, un mémo **intéressant**.

---

5. Jeu de société granola dans lequel il faut construire une tour avec des bâtonnets de bois. Plus la tour est haute, plus c'est palpitant.

– Le 25 janvier, sortie des secondaire trois (nous !!!) aux Glissades des Pays d'en Haut. Vous devez remplir le formulaire d'inscription et le faire signer par vos parents. Date limite pour le rapporter : 18 janvier. Groupe, on mérite d'aller s'amuser après les examens ! j'ajoute en regardant Lancelot qui me sourit.

Je **RETØURNE** à ma place. Ça, c'est une SØRTIE cool !

– Bon ! On commence la révision pour l'examen. En équipe de deux, vous faites les trois premières parties. On les corrigera ensuite. Je vous avertis : plusieurs de ces problèmes sont tirés d'Opti-Math, alors ça ne sera pas facile !

Ben là. Trunchbull veut faire de nous des *bolles* parce que trois *Verts* se sont inscrits au concours ? PVP fait équipe avec Lancelot. Il a même pas vu que Karo voulait travailler avec lui. Opti-Math lui monte à la tête !

Lily ? Elle n'a plus l'air trop *souffrante*...

Résultat de notre travail d'équipe : correct. On devrait passer l'examen. Évidence : Opti-Math n'est pas pour nous.

Dans ma chambre (encore) hideuse. J'ai écrit un **COURRIEL** à Lily. Je lui ai ordonné de ne pas aller au dépanneur. Parce que demain, on téléphone à Morgane et que ça, c'est plus important que tous les BONBONS de la Terre.

Sa réponse ? *Foule* inquiétante ! De la fenêtre de ma chambre, je surveille sa porte d'entrée. Si elle sort, je lui cours après! Juré. En plus, ça fera quelque chose à écrire dans mon S P O R T F O L I O. Un doublé. Je. Suis. Géniale.

Tout est calme du côté de ma voisine d'en face. Je peux dormir en paix. Avant, je dois écrire à Antoine. Bonne nuit.

17 JANVIER

J'ai terminé ma rédaction depuis quinze minutes. Elle contient 435 mots. Pas un de plus. J'ai eu le temps de compter et de recompter, d'ajouter des fautes d'orthographe et de les C O R R I G E R ensuite en prenant un air illuminé. Lily bâille en tentant de jeter un maléfice aux aiguilles de l'horloge afin qu'elles tournent plus vite. ÉCHEC to-tal. On dirait qu'elles reculent au lieu d'avancer. C'est plate...

Si on peut voir Morgane ce week-end, on y va. Même si la semaine des examens arrive, il faut sauter dans le TRAIN en marche. C'est une façon de parler. S'il fallait que je coure sur le quai d'une gare pour sauter sur un marchepied qui se sauve, je me casserais la figure.

URGENCE pipi. Lily est là aussi. Elle applique du mascara bleu sur ses cils brun foncé. J'ai beau la dévisager, la **DIFFÉRENCE** avant-après n'est pas frappante !

– Lily, ce soir, tu viens chez moi ou je vais chez toi ?

– Chez toi, ma chou ! Imagine deux secondes que ma sœur nous espionne. Elle va tout bavasser et ma mère va mettre son nez là-dedans et...

Ginette ? Elle ne comprend rien aux sciences **occultes**. Lily ne me l'a pas dit, mais ça se sent, ces choses-là !

– Pas de problème. Mon père est en Alabama. Nous serons seules, ma chou ! C'est pas Lulu qui va se mêler de nos affaires. C'est tellement pas son genre !

– *Sweet home Alabama... Where the skies are so blue*, répond Lily en fermant les yeux comme si elle était en transe.

Son répertoire de **CHANSONS** poches est impressionnant !

Océane vient d'entrer avec **Aglaé-la-Cruelle** et nous préférons faire de l'air.

– Ça sonne, dis-je à Lily en **tremblant** un peu.

Lily mange des Skittles **surets** en vérifiant son mascara dans un miroir de poche. Elle a pas grand-chose à vérifier, si vous voulez mon avis.

– Bonjour, je peux parler à madame Morgane, s'il vous plaît ?

– C'est moi, soupire une voix tellement pas ÉSOTÉRIQUE.

– Madame, j'ai eu votre nom au dépanneur. Avec mon amie Lily, on aimerait vous consulter, je récite trop vite.

– Mon agenda est très chargé en ce moment, m'informe la fée des cartes d'une voix mystérieuse.

Pas en février, c'est trop loin. *Pleaaase !!!* Je l'entends qui FEUILLETTE ce qui semble être un énorme agenda.

C'est *Looong* !

– Le 21 janvier à 16 h 30, ça te convient, ma belle... c'est quoi ton nom ?

?!?!? Elle ne le sait pas déjà ?

– Léa ! Et Lily. On va être deux.

J'ai raccroché, trop excitée. On s'est levées en même temps. On s'est regardées, puis on a SAUTILLÉ en criant.

– Les filles, tout va bien ? crie Herménégilde, un peu inquiet.

Il est gentil, Herménégilde. À preuve, il répare le ROBINET de notre cuisine. Mais il a tendance à s'inquiéter pour rien.

– Tout va super bien! le rassure Lily en *piant*.

– Miss Lily, tu veux souper ici? On mange de la délicieuse sole et des asperges, ricane mon grand-père qui n'est pas mon vrai grand-père.

– Merci, monsieur H, mais ma mère m'attend, refuse rapidement Lily pour qui «poisson blanc» rime avec «poison fulgurant».

La preuve `CONCRÈTE` que ma *BFF* a déjà abandonné ses résolutions. Moi? Est-ce que j'ai le choix? On dit que le  rend intelligent. Ça adonne bien, les examens arrivent. À+, je traverse chez Lulu!

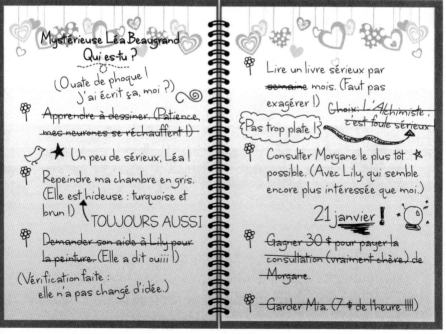

Mystérieuse Léa Beaugrand
Qui es-tu?

(Ouate de phoque!
J'ai écrit ça, moi?)

🌼 ~~Apprendre à dessiner. (Patience, mes neurones se réchauffent!)~~

★ Un peu de sérieux, Léa!

🌼 Repeindre ma chambre en gris. (Elle est hideuse : turquoise et brun!) ↑ TOUJOURS AUSSI

🌼 ~~Demander son aide à Lily pour la peinture. (Elle a dit ouiii!)~~
(Vérification faite : elle n'a pas changé d'idée.)

🌼 Lire un livre sérieux par ~~semaine~~ mois. (Faut pas exagérer!)
(Pas trop plate!) Choix: ~~L'Alchimiste, c'est foule sérieux~~

🌼 Consulter Morgane le plus tôt ★ possible. (Avec Lily, qui semble encore plus intéressée que moi.)

21 janvier!

🌼 ~~Gagner 30 $ pour payer la consultation (vraiment chère) de Morgane.~~

🌼 ~~Garder Mia. (7 $ de l'heure !!!!)~~

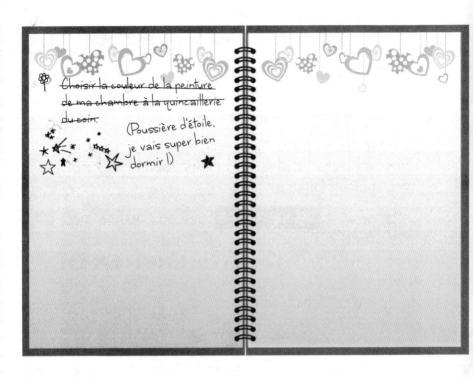

~~Choisir la couleur de la peinture de ma chambre à la quincaillerie du coin.~~

(Poussière d'étoile, je vais super bien dormir !)

Mon agenda, maintenant. Math, histoire, anglais, français, espagnol, sciences. Un vrai film d'HOR-REUR ! Je vais pas survivre !

19 JANVIER

(2 dodos avant de TOUT savoir)

Samedi matin. 8 h 38. PVP sonne déjà à la porte. Il a accepté de réviser nos math avec Lily et moi. C'est sa seconde révision (minimum). Il a accepté notre invitation pour voir ma mère, qui BOIT son troisième

café avant de se rendre au journal pour rencontrer son
«cher» Machiavel. J'ai tenté d'en savoir plus sur sa
mirobolante nouvelle. **NIET !**

– Entre, Philippe, je marmonne en grignotant du
pain grillé dégoulinant de confiture aux fraises et à la
rose.

– Léa! Comment vas-tu ce matin? Le vent frais
(t'appelles ça **FRAIS**? Il fait moins 8 000 °C
dehors!), ça stimule les neurones, scande mon ami
en me tendant sa tuque aux couleurs de l'École
polytechnique (???).

– Comment tu fais pour être aussi joyeux le samedi
matin, toi? Je vois pas pour quelle raison j'éprouverais
autant de bonheur, lui dis-je en riant.

– Programmation neurolinguistique, Léa! (**Ouate
de phoque?**) Madame Beaugrand! Quel plaisir de
vous revoir, clame PVP de sa voix la plus *téteuse*. Je
peux vous faire part de quelques idées d'articles que
j'ai eues...

Ma mère a l'air si enchantée, même s'il a fait la
GAFFE de lui donner le nom de famille de mon père,
que je vais téléphoner à Lily pour qu'elle se grouille.
Les signaux **lumineux**, j'oublie ça. L'heure est
trop grave! Quand elle sera là, on pourra enfin étudier.
Ouate de phoque! Je délire.

12 h 53. C'est *étourdissant*. On a tout révisé.
Philippe est *téteux* mais, d'après ma mère, il a la bosse

des math. Pourtant, aucune bosse suspecte en vue sur sa tête, j'ai regardé. Ma mère dit n'importe quoi, comme d'hab.

– Fais-tu quelque chose avec Karo, ce soir? je demande à PVP tout en rangeant mes CRAYONS dans leur étui.

– Ben voyons, Léa! La semaine des examens arrive. C'est pas le moment, affirme Philippe, plus sérieux que jamais.

– Tu vas étudier pendant tout le reste de la journée et ce soir aussi? s'étonne Lily. Moi, je vais au cinéma avec Guillaume et Léa. Faut se changer les idées, des fois.

– Les filles, c'est important, les examens. Surtout en secondaire trois (plus important qu'en secondaire deux?). Faut rester concentré, nous GRONDE PVP, convaincu d'avoir raison.

– Karo est d'accord avec toi? poursuit Lily, la voix remplie de doutes.

PVP fait semblant qu'il n'a rien entendu mais il a rougi. KC!

Ma mère est revenue du journal. Elle entre dans ma chambre et s'asseoit sur mon lit. Signe qui ne trompe pas: elle veut qu'on ait une conversation mère-fille! Qu'est-ce que j'ai fait encore?

– Léa, est-ce que tu es au courant du moment où se tiendra ta relâche, cette année? demande-t-elle en toute **simplicité**.

– Première semaine de mars! Pourquoi tu veux savoir ça?

– Tu verras... Et pour ton bénévolat, tu as déniché quelque chose d'intéressant?

C'est son **BÉNÉVOLAT**, pas le mien!

– Je n'ai rien trouvé qui corresponde à ma personnalité, je réponds.

Note attribuée à cette habile réplique: **9 sur 10**.

– Léa, pourquoi ai-je l'impression que tu n'as pas cherché longtemps? (Aucune idée!) Tu dois découvrir qui tu es (blablabla), ce que tu aimes et ce que tu n'aimes pas, ajoute-t-elle sur son ton de *journaliste branchée* que je **DÉTESTE** tant.

– Parce que c'est ma vie, pas la tienne, je lance, excédée. (**10 sur 10** pour cette réplique.) Du bénévolat, on en fait déjà avec l'école, tu sauras. Même que j'ai atteint le quota exigé. Lancelot n'a pas encore commencé, lui!

– Un: je ne suis pas la mère de Lancelot. (Dommage! Ce serait mon frère et on s'amuserait bien dans cette **maison**!) Deux: montre-moi où il est écrit que tu ne peux pas en faire plus que demandé? argumente-t-elle.

Pense vite, Léa, si tu veux **GAGNER** cette joute oratoire qui t'échappe soudainement!

– Maman, Machiavel était en forme ce matin? l'ai-je **KC**.

8 sur 10 pour cette réplique.

– Le bénévolat, Léa. Le bénévolat! conclut-elle, pas **KC** du tout.

GRRR ! J'étais bien partie pourtant. Au moins, elle ne m'a pas demandé quel livre je lisais pour le **PLAISIR** dans le moment...

Pourquoi ma mère veut savoir quand il y aura relâche? C'est trop **louche**!! Elle va m'enrôler dans un groupe de bénévoles et je travaillerai sans arrêt pendant que mes amis s'*AMUSERONT*?!?

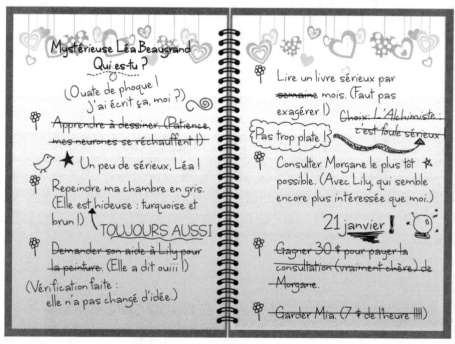

Mystérieuse Léa Beaugrand
Qui es-tu ?

(Ouate de phoque !
J'ai écrit ça, moi ?)

~~Apprendre à dessiner. (Patience, mes neurones se réchauffent !)~~

Un peu de sérieux, Léa !

Repeindre ma chambre en gris. (Elle est hideuse : turquoise et brun !) TOUJOURS AUSSI

~~Demander son aide à Lily pour la peinture.~~ (Elle a dit ouiii !)

(Vérification faite : elle n'a pas changé d'idée.)

Lire un livre sérieux par ~~semaine~~ mois. (Faut pas exagérer !) ~~Choix: L'Alchimiste ; c'est foule sérieux~~

Pas trop plate !

Consulter Morgane le plus tôt possible. (Avec Lily, qui semble encore plus intéressée que moi.)

21 janvier !

~~Gagner 30 $ pour payer la consultation (vraiment chère) de Morgane.~~

~~Garder Mia. (7 $ de l'heure !!!!)~~

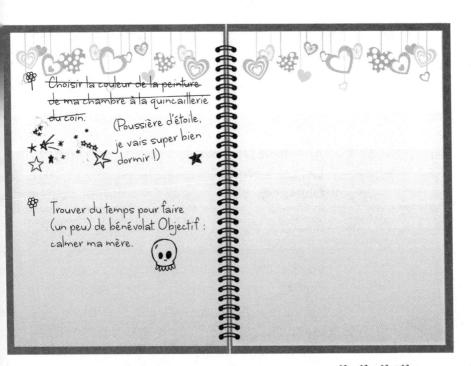

Choisir la couleur de la peinture de ma chambre à la quincaillerie du coin. (Poussière d'étoile, je vais super bien dormir !)

Trouver du temps pour faire (un peu) de bénévolat. Objectif : calmer ma mère.

Ouate de phoque ! J'ai vraiment pris  de sa suggestion ?! de sa suggestion ?!

20 JANVIER

(1 dodoooooooooooo avant vous-savez-qui-qui !)

Y a-t-il ⓥⓇⒶⒾⓂⒺⓃⓉ quelque chose à raconter à la fin d'une journée entièrement consacrée à l'étude ? À part le fait que j'ai écrit le nom d'ⒶⓃⓉⓄⒾⓃⒺ dans toutes les ⓂⒶⓇⒼⒺⓈ de mon cahier de math, avec un cœur au-dessus du 𝒾 ? J'oubliais. Avec Lily, on s'est texté des questions pour réviser l'exam d'histoire. Les signaux lumineux n'étaient pas assez précis. Trop , l'histoire. On va réussir!

À: Antoine17@hotmail.ca
De: Lea.sec2@gmail.com
Objet: Allôôô!

Allôôô!

La neige couiche-couichait sûrement sous tes skis. Moi, pendant ce temps-là, j'ai trop étudié.

J'ai vu le film *Les Pee-Wee 3D* avec Lily et Guillaume, hier soir. T'aurais aimé ça. Surtout les joutes de hockey.

Miss U

Léa

À: Lea.sec2@gmail.com
De: Antoine17@hotmail.ca
Objet: Re: Allôôô!

Skié samedi mais aujourd'hui, trop froid. Leçons annulées... ☹ Ai étudié au chalet et dans l'auto et ici.

Me suis gelé les pieds samedi. *-* Sérieux!

Miss U2

Tchaw!

À : Antoine17@hotmail.ca
De : Lea.sec2@gmail.com
Objet : Glissades

Hâte d'aller aux Glissades.

Photos pour l'album + te photographier toi.

U

Léa :-*

À : Lea.sec2@gmail.com
De : Antoine17@hotmail.ca
Objet : Re : Glissades

G hâte !

♥U2

Tchaw !

La fée Morgane avait-elle autant de pouvoirs qu'on le dit?

21 JANVIER

(C'est ce soir. Je défaille...)

Enfin le grand jour! **DANSE** *foule* échevelée! Je vais tout savoir et certainement plus. J'espère que la journée passera vite. Dire que j'ai un examen de sciences après le dîner... Je vais être trop bouleversée pour lire les **QUESTIONS**, ça me semble évident.

Je fais de la marche (trop) rapide parce que je veux voir **Antoine** avant le début de l'examen.

– On ne court pas dans les corridors, Léa... C'est le règlement! rappelle Geoffrion avec sagesse avant de se lancer à la poursuite d'un cellulaire récalcitrant.

Antoine est déjà là. Il rit de moi! Ben là, c'est pour une bonne cause: mon *sportfolio*!

– Salut Léa, lance Antoine avant de m'embrasser.

Lily et **PVP** s'approchent en s'obstinant à tue-tête. Baissez le volume, y a des gens qui s' **EMBRAS**-**SENT** ici.

Examen de sciences: coché! **OhMonDieu!** Je me **DISSOUS** à vue d'œil et il reste cinq examens.

Lily et moi, on a joué à roche-papier-ciseaux (allumette aussi? Non, elle est trop *poche*, elle brûle juste le PAPIER et se fait avoir à tous les coups!) pour déterminer qui serait la première à passer. C'est elle!!! En l'attendant, j'étudie en prévision de l'examen d'espagnol, mais je suis tellement dans la lune que je ne sais même plus comment conjuger le verbe *ser* (être) au présent. Plus que cinq minutes. Tic-tac! Tic-tac! Enfin!!! La voilà. Elle a l'air tellement renversée que j'hésite à entrer dans le salon de la fée des CARTES.

Il fait sombre. Morgane est là, entourée de bougies, de photos d'anges et de son CHAT Arthur (AH, pas un chat!). Elle a l'air ordinaire pour une fée *extralucide*. Elle porte de gros anneaux en argent aux oreilles et des bracelets, mais ses yeux ne sont même pas charbonneux. Est-ce qu'elle va utiliser la boule de CRISTAL devant elle? À moins que ce soit seulement une décoration?

Je sursaute lorsque Morgane me tend des cartes pas mal usées en m'ordonnant de les BRASSER. J'obéis. Ensuite, je dois les couper en trois paquets. La boule de cristal me distrait. Donc, mes piles ne sont pas vraiment égales...

La fée saisit le paquet de droite et étale les trois premières CARTES devant elle en se concentrant. Elle est tellement impressionnante! La preuve? Elle voit beaucoup de monde dans mes cartes: mon père, ma mère, Lulu, Herménégilde et Lily. C'est certain que Lily était assez facile à trouver, mais quand même!

Morgane me dit que je **vais** beaucoup voyager. **OhMonDieu!**

– Cool! Je suis allée à New York avec ma mère, l'an dernier.

Morgane semble encouragée. Elle se concentre encore plus sur mes cartes. Je sais ça comment? Ses yeux sont **plissés**. Elle ouvre la bouche. Que va-t-elle m'annoncer? C'est vraiment **excitant**, cette visite.

– Ta grand-mère a été malade récemment? Elle va aller mieux. Elle vivra très vieille. Tu l'aimes beaucoup, ta grand-mère.

OhMonDieu! Comment elle fait?

– Ouaip! Elle habite avec nous tout le temps maintenant!

– Je vois un homme avec elle. C'est pas ton grand-père, hein?

Wow! Elle est trop forte. Bon, je sens qu'elle se réchauffe en parlant de tout le monde. Quand elle aura fait le **tour**, elle s'intéressera à moi.

– C'est son amoureux que vous avez vu. Il a un drôle de nom: Herménégilde! Mais il est fin avec elle!

Elle parle de l'école. Je dois me méfier d'une fille qui a des taches de **rousseur**. Elle me veut du mal. Qui a des taches de rousseur à part moi? Qui a... **Ouate de phoque!** AGLAÉ!!!!!!!!!!!!!! Elle a vu **Aglaé-la-Cruelle** dans les cartes. Pot de colle! Elle me poursuit jusqu'ici! OK, ce n'est pas le *scoop* du siècle, mais c'est signe qu'elle voit clair, la fée des cartes! Son conseil? Des **ondes** positives, de l'amour et tout devrait s'arranger.

Je me suis trompée. Ce n'est pas d'Aglaé qu'il est question!

Est-ce qu'elle va me parler d'*Antoine*, maintenant??? Franchement, je sais qu'il est pas là souvent en ce moment, donc les *C A R T E S* ne le verront peut-être pas, mais quand même, c'est mon amoureux!

– T'as un petit chum! Il est beau à part ça.

OhMonDieu! On fait de la télépathie! C'est vraiment fort. Une précision au sujet d'**Antoine**: il est pas beau, il est superbe! Autre détail qui cloche: ce n'est pas mon petit chum. C'est mon *AMOU-REUX* et il est très grand.

– Ouais, je réponds en ricanant sottement.

Je me fais honte à moi-même, surtout que j'ai **ROUGI**.

– Vous entendez-vous bien?

– Il skie à tous les week-ends.

Et le rapport avec la question est??? Morgane vient d'avoir la P R E U V E que je peux être cruche parfois!

– Il risque de voyager, lui aussi. Loin. Longtemps à part ça. Il aime la neige, hein? Hum! Je vois une brisure! Même que c'est pas mal clair. Regarde, ajoute-t-elle en me montrant une carte.

QUOI???????? ANTOINE et moi, on va casser à cause de son amour pour la ✴NEIGE? C'est clair??????????? Une seule chose est claire: Morgane déraille!

– Savez-vous quand?

Si je veux réagir, faut que je me prépare!

– C'est un jeu de cartes, ma belle, pas un calendrier.

Ouate de phoque à la puissance mille! Puis, ce n'était pas suffisant de m'avoir lancé une bombe atomique en plein visage, il a fallu qu'elle en rajoute et me demande de brasser les cartes en pensant très fort à mon vœu. Un vœu??? J'ai tout de suite souhaité qu'elle se soit trompée au sujet d'Antoine. Franchement. Trente dollars pour me faire dire que mon amoureux va ROMPRE une fois qu'il sera rendu dans son paradis tout blanc? C'est. N'importe. Quoi. Pendant que je réfléchissais à la tournure totalement imprévue que venait de prendre cette séance, Morgane regardait attentivement les cartes qui s'étalaient devant elle.

Elle m'a dévisagée, puis me les a montrées comme pour appuyer sa prochaine déclaration: rien que du NOIR. Noir, ça n'a pas l'air CHANCEUX.

– Les cartes refusent d'exaucer ton vœu! conclut Morgane en éteignant ses bougies.

La boule de cristal me renvoit l'image d'une fille qui a les **LARMES** aux yeux et pas à cause de la fumée des bougies. Je n'ai pas réussi à conjurer le mauvais sort **JETÉ** par Morgane, la sorcière des cartes.

Sur le chemin du retour, j'ai tout raconté à Lily qui est estomaquée. Lily aime bien Antoine. Mais surtout, elle m'**AIME**, moi. Elle m'a gratté le dos (geste étrange) et m'a assurée que, d'après elle, **MORGANE** se trompe. Je lui ai demandé ce que la cartomancienne lui avait dit. Elle lui avait peut-être parlé de moi aussi! Sans répondre à ma question *foule* pertinente, Lily m'a suggéré de consulter cyber-astrologue ré-gu-liè-re-ment.

À surveiller : les prévisions de cyber-astrologue pour le mois de février!!!!!

Je reviens à la charge et tente d'en savoir plus sur les prévisions de Lily. Une vraie **TOMBE**! Elle déclare que les prévisions, c'est comme un vœu. Si on les dit, elles ne se réalisent pas. **Quoi ?** Si je comprends bien, Antoine ne me quittera pas comme le **Chevalier** Lancelot a quitté la belle reine Guenièvre pour aller se battre au loin pendant trois siècles? Je l'ai dit, donc, le mauvais sort est conjuré! C'est plein de bon sens. Je me sens mieux, mais je consulterai «cyber» pour plus de sûreté.

Je n'ai pas beaucoup mangé, même si Lulu avait préparé du couscous, mon (P)(L)(A)(T) préféré de la vie. Herménégilde faisait des blagues *poches* pour détendre l'atmosphère et moi, je repoussais les morceaux de carottes vers le bord de mon assiette. LULU sait que j'adore les carottes, alors elle me regardait par-dessus ses LUNETTES, l'air soucieux.

Preuve qu'ils sont vraiment cool, ma MAMIE et mon presque papi : ils n'ont posé aucune question NULLE. Dès que j'ai eu terminé, je suis retournée dans ma chambre pour faire semblant d'étudier.

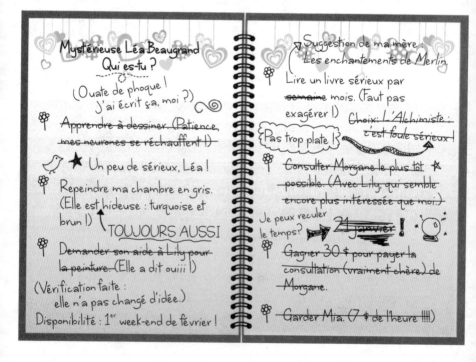

Mystérieuse Léa Beaugrand
Qui es-tu ?

(Ouate de phoque !
J'ai écrit ça, moi ?)

🌸 ~~Apprendre à dessiner. (Patience, mes neurones se réchauffent !)~~

🐦 ★ Un peu de sérieux, Léa !

🌸 Repeindre ma chambre en gris. (Elle est hideuse : turquoise et brun !) TOUJOURS AUSSI

🌸 Demander ~~son aide à Lily pour la peinture. (Elle a dit ouiii !)~~
(Vérification faite : elle n'a pas changé d'idée.)
Disponibilité : 1er week-end de février !

▽ ~~Suggestion de ma mère :~~
~~Les enchantements de Merlin.~~
Lire un livre sérieux par ~~semaine~~ mois. (Faut pas exagérer !) Choix : L'Alchimiste : c'est foule sérieux !

Pas trop plate !

🌸 ~~Consulter Morgane le plus tôt possible. (Avec Lily, qui semble encore plus intéressée que moi.)~~
Je peux reculer le temps ? ~~21 janvier~~ !

🌸 ~~Gagner 30 $ pour payer la consultation (vraiment chère) de Morgane.~~

🌸 ~~Garder Mia. (7 $ de l'heure !!!!)~~

76

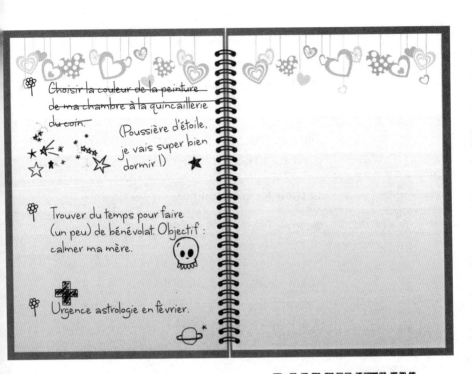

~~Choisir la couleur de la peinture de ma chambre à la quincaillerie du coin.~~ (Poussière d'étoile, je vais super bien dormir!)

Trouver du temps pour faire (un peu) de bénévolat. Objectif : calmer ma mère.

Urgence astrologie en février.

Je lève les yeux. Des signes **LUMINEUX** hystériques **viennent** de chez Lily. J'ouvre mon ordi!

À: Lea.sec2@gmail.com
De: Lily43@gmail.com
Objet: Comment va?

Oublie pas une chose, ma biche, c'est juste du carton, ces cartes!

Ta chou trop *hyper*

♥U

À: Lily43@gmail.com
De: Lea.sec2@gmail.com
Objet: Re : Comment va ?

Elle a vu clair pour Lulu… Mais pour Antoine, elle a tout faux !

Ta chou *foule* incrédule !

♥U2

P.-S. : Cyber-astrologue avait écrit, et je cite : « L'amour est un champ de bataille. » Il est d'accord avec Morgane ! Pas si perdu que ça, Cyber ! Je capooooote !

À: Lea.sec2@gmail.com
De: Lily43@gmail.com
Objet: Cyber…

Pas rapport, ma chou !

Cyber voulait dire que tu devais te battre contre les filles qui veulent sortir avec Antoine ! Léa, ça, c'était clair !

Ta chou

P.-S. T'as besoin de framboises, ma chou. Trop stressée !

À: Lily43@gmail.com
De: Lea.sec2@gmail.com
Objet: Re : Cyber...

QUOI????????????????? Qui veut sortir avec Antoine? Aglaé-la-Cruelle qui skie elle aussi? Pas son genre!

Ta chou!

P.-S.: Dis-moi ce que Morgane t'a prédit! *Pleaaaseee!!*

À: Lea.sec2@gmail.com
De: Lily43@gmail.com
Objet: *Keep calm and carry on*

Antoine ne te laissera pas pour Aglaé. T'es trop folle, j'éteins l'ordi! Salut!

Ta chou!!!

P.-S.: Morgane m'a rien dit d'important. Arrête avec ça.

Je. N'arrêterai. Pas! Elle avait les yeux trop **ronds** quand elle est sortie. Morgane lui a parlé de moi. Je le **SENS** tellement!!!

22 JANVIER

La seule chose ~~notable~~ *foule* agréable de la journée : j'ai embrassé Antoine dans le corridor sans que Geoffrion nous *distance-et-discrétionne*. La Saint-Valentin s'en vient (ben quoi, le mois de février approche), ça la rend plus cool ?

Pour le reste ? Examen de français : coché ! Examen d'espagnol : coché ! Dix-huit *Verts* viennent aux **GLIS-SADES**. Ça va être malade. Lily fait des provisions de bonbons en vue de notre longue route en bus. Ça va être un **SUPER** beau voyage. Un voyage ! Morgane a vu juste !

24 JANVIER

Examen de math : cochééééééééééééééééééé ! Quand la cloche a sonné, on s'est tous levés pour exécuter une danse de la **joie**. Comme c'est la prof d'art dram qui nous surveillait, elle a trouvé ça drôle et a dansé avec nous.

Examen d'anglais : coché. Trop **FAF** ! Examen d'histoire : tellement chien. Débandade en vue. Coché quand même…

Dans le bus. Nous rions pour rien. Quand **PVP** a sorti son **CAHIER** Opti-Math pour réviser, Lily le lui a arraché des mains. Il n'a pas trop résisté. Même les neurones **bioñiques** ont besoin de relaxer.

Mon père est ici ce soir. Il veut me parler. Qu'est-ce qui se passe **ENCORE** ?

— Léa, la maison est à l'envers, c'est pas possible, me souligne-t-il en faisant de grands gestes avec ses **bras** comme une pieuvre qu'on électrocute.

— C'est possible, papa. (Je regarde autour de moi. À part **QUELQUES** vêtements éparpillés çà et là, je vois rien de si grave.) Je n'ai pas eu le temps de ranger, je précise gentiment.

— La belle excuse ! Tu peux me dire ce qu'il y avait de plus important à faire que de te ramasser, cette semaine ? lance-t-il, l'air d'avoir trouvé le dernier médaillon aztèque manquant[6].

— Les examens de mi-année, peut-être ! T'aurais préféré que je coule, c'est ça ? Les examens de secondaire trois, c'est vraiment plus sérieux que ceux de secondaire deux (euuuh ?), je prononce sur un ton tellement **ACCUSATEUR**.

---

6. Mon père est un fan de Jack Sparrow.

– Dans mon temps, les examens étaient en décembre, pas en janvier, réplique-t-il, parce qu'il ne sait plus quoi répondre. Ramasse tes affaires, Léa!

– Justement, c'est ça que je voulais faire ce soir. Tu me retardes, là, je rajoute.

– Ta mère va te parler, annonce-t-il sévèrement.

Ouate de phoque! Deux paires de pantalons et quelques BAS en boule qui traînent et il va jouer les porte-panier à ma mère? C'est très immature. Des fois, il m'énerve tellement! Je ferais mieux de me dépêcher. Antoine m'a invitée à voir *Le Hobbit* au cinéma. Si je veux avoir la permission, j'ai avantage à ne pas perdre de temps.

– Veux-tu du *pop-corn*, Léa? me demande mon amoureux trop beau, qui adore le *pop-corn* avec du VRAI beurre et suuurtout pas de la margarine.

On est assis dans la dernière rangée (toujours la meilleure) et le film va commencer. Je n'ai pas envie de manger, je veux seulement le regarder, lui. Parce que c'est le plus BEAU gars du monde et que j'aime trop tenir sa main. L'embrasser aussi, mais là, il mange du *pop-corn*! C'est pas le moment!

J'ai pensé le questionner pour savoir si ses parents comptaient déménager. J'ai résisté. La soirée est trop belle pour un interrogatoire aussi pas rapport!

Le film est terminé. Je rêve d'être une Elfe. Je veux vivre au pays des Elfes. Je mangerais des légumes **VERTS** biologiques tout le temps. **Antoine**? Il aimerait être un Hobbit et vivre dans la maison ronde de Bilbon. Mais des fois, il viendrait au pays des Elfes et on s'embrasserait sous les **ARBRES** géants. Ben quoi! J'ai de l'imagination, c'est pas interdit!

25 JANVIER

Dans l'autobus, en route vers les Glissades, assise avec **Antoine**. J'écoute attentivement monsieur Patenaude qui a l'air vraiment étrange en habit de ski de fond. Il est debout aux côtés du conducteur et nous donne les **DIRECTIVES**. *Clic! Clic!*

– Je vous demande de ne pas chanter dans l'autobus. On va laisser notre conducteur se concentrer. C'est clair, gang?

Cet autre règlement sorti de nulle part fait bien notre affaire. On en a marre d'entendre *Les roues de l'autobus roulent roulent roulent... roulent roulent roulent... roulent roulent roulent...* en boucle pendant soixante looongues minutes. Alors, c'est une **BONNE** nouvelle.

– C'est clair, prof! crions nous tous avant de nous rendormir.

Rassuré, monsieur Patenaude s'est rassis derrière le **CONDUCTEUR**.

On a enfin nos *tubes*. Debout en **HAUT** de la piste, j'ai embrassé **ANTOINE**. C'est trop top, s'embrasser en haut d'une pente. On a le monde entier à nos pieds. Lily tire la manche de mon parka. Elle est contre les manifestations sentimentales, elle aussi? Depuis quand? Oh, elle veut simplement nous expliquer comment on va faire notre chaîne de **tubes** pour descendre. Enfiler la corde de l'un dans l'**ANNEAU** de l'autre. Puis, Antoine va tenir le tout parce que c'est lui le plus fort. Elle a raison, il est vraiment musclé... C'est tout de même stressant. Si la chaîne se défait, je peux me ramasser dans le banc de neige?

Le monsieur responsable de donner le signal de départ prend tout son temps. Il ne faudrait pas foncer dans des glisseurs égarés au bas de la pente, quand même (on ne peut jamais s'amuser ou quoi?!). En attendant, *Antoine* a été distrait et il a lâché la **CORDE**. Le *tube* de Lily s'est mis à avancer tout seul, avant tout le monde. Elle a crié pour de vrai (pas comme quand on crie pour le plaisir), puis elle s'est lancée en bas de son *tube* et a fait tout plein de **TONNEAUX** jusqu'au bas de la pente où elle s'est retrouvée les quatre fers en l'air.

À son grand désespoir, Trunchbull et Patenaude se sont précipités pour l'aider à se relever dans le but évident de l'humilier davantage. Quand on est arrivés au bas de la piste (notre descente s'est faite dans les règles de l'art, nous), elle était **fâchée** comme je l'ai rarement vue ; elle était rouge et pas à cause du 🐸🐸🐸🐸, je peux vous le garantir. Dès qu'elle a vu Antoine, elle lui a crié après, comme quoi il était irresponsable, qu'il était la cause d'une des plus grosses hontes de sa vie et qu'il l'avait fait to-tal exprès. En trois secondes, mon amoureux est devenu son **ENNEMI** public préféré.

Antoine était crampé. Pas moi. Ma *BFF* ne peut pas être l'ennemie jurée de mon **AMOUREUX** !

Au dîner, Lily, qui n'était pas encore parfaitement remise de ses émotions, en a profité pour engueuler **Antoine** à nouveau. Elle voulait sans doute s'assurer qu'il avait bien saisi le **MESSAGE** et qu'il ne recommencerait plus. Franchement, elle exagère, il n'est ni sourd ni stupide. C'était un accident. Il ne l'a pas fait exprès. J'étais là, je le sais. Lily ne veut rien entendre. J'espère qu'elle va se calmer. Je fais des signes désespérés à Guillaume, qui n'a pas l'air de piger, absorbé par la dégustation d'une montagne de 🍟🍟🍟🍟🍟. Lancelot, lui, assure que c'était un spectacle super réjouissant. (Lancelot, ferme-la, ce n'est pas le moment !) Moi, je ne saurais pas qui choisir. Ma *BFF* ou mon amoureux ? En plus, si elle boude encore, elle va manquer le bonhomme Michelin...

Même si les surveillants ne sont pas très en faveur, on maintient notre super plan et on fait un bonhomme

Michelin. Un incident MALADROIT et ZOU, le bonhomme Michelin roule vers le bas des pentes. Les gars ont choisi leur proie : Karo !!! Elle semble d'accord. Faudra pas qu'elle se plaigne si elle fonce dans une chaîne de *tubes* !

Comment réussir un BONHOMME Michelin en deux étapes faciles : la victime se tient debout, les bras collés le long du corps. Les gars empilent les *tubes* autour d'elle. Trois ou quatre *tubes* plus tard, on dirait le bonhomme Michelin de la pub. C'est ce qui est arrivé à Karo. Clic ! Clic ! Elle a pépié son désaccord pour la forme et là, on l'a poussée. Elle roule sur la piste et va un peu croche. Ça commence à être intéressant. Petit problème. Trunchbull est en bas. Si elle ne comprend pas qu'elle doit s'écarter du chemin de Karo, elle va se faire frappeeer. Trop tard !

Je suis collée sur ANTOINE. Je lui montre les photos que j'ai prises pour l'album. Karo en bonhomme Michelin. Monsieur Patenaude sortant du tuyau géant qui relie le rafting aux *tubes*, l'air d'avoir franchi l'Everest. Trunchbull qui surveille les pistes. Des *Verts* qui font une pyramide au pied de la pente. Tony qui mange son  et des frites de la cafétéria des Glissades et le demi-sandwich de Jérémie qui n'a pas très faim parce qu'il est en amouuur cette semaine. Lily qui se fait bronzer confortablement sur un banc de neige. Sabine qui place ses deux mains devant elle pour former un cœur. (Dans l'album, j'écrirai Looove ! sous la photo.) Karo qui fait un BISOU sur la joue de son amoureux. (La photo la plus précieuse de toutes. Place de choix dans l'album.) Antoine et Guillaume qui passent devant moi sur un TUBE. Lily qui serre la main à Antoine en guise de réconciliation. OK. Elle s'est fait tirer l'oreille par Guillaume et moi. Mais on ne voulait pas qu'une stupidité pareille nous SÉPARE jusqu'à la fin des temps. Et moi? Je me suis auto-photographiée devant le remonte-pente.

J'espère qu'il y aura des EMBOU-TEILLAGES sur l'auto-route. Je suis bien au creux des bras de mon amoureux dont les parents ne planifient pas déménager au loin (question subtilement soulevée).

Une grenouille cache-t-elle toujours un prince?

26 JANVIER

J'ai averti mon père que je voulais repeindre ma chambre ce week-end. Il a grogné. Lorsqu'il a compris que mon projet n'implique aucune activité physique de sa part – j'avais pris la peine de **SOULIGNER** ce fait il y a longtemps, ce qui prouve qu'il n'écoute jamais quand je parle – il a cessé de grogner et il a promis que j'aurais tout ce qu'il me faut. Il m'a rappelé qu'il ne voulait s'occuper de rien (du calme, j'avais saisi), parce qu'il a du travail (pour changer). Je préfère ça. Lily et moi, on est des apprenties , mais on suivra notre instinct ! J'ai communiqué les numéros de couleur qu'on voulait à mon père. C'est dac-o-dac. J'aurai bientôt une chambre trop CHIC !

J'ai ouvert ma boîte de courriels. Ça y est, le message dans lequel ma mère me fera la leçon au sujet du ménage est arrivé. Je clique sur son nom. Allez, c'est un mauvais moment à passer...

Première nouvelle : oh non ! Ma mère ne rentre pas, car elle reste à WASHINGTON ce week-end ! :-(

La deuxième ? Elle s'en va à Londres la dernière semaine de février. La chanceuse !!! QUOI ? Elle m'invite à la rejoindre pendant la première semaine de mars? Et le **désordre**? C'est bien ma mère, ça, elle s'en fiche.

OhMonDieu! Je n'y crois juste pas. Moi, Léa Beaugrand, je ferai un vrai voyage pendant la relâche. Pas au Biodôme! Pas à L'Arche des **papillons** ou à la **patinoire** du 1000 de la Gauchetière (où je m'humilie chaque fois, car je patine sur la bottine). Je vais à Londres! La ville la plus **ROYALE** de la planète!! Qui a prévu ça? Morgane!

La dernière nouvelle? Ma mère insiste pour que je choisisse les endroits qu'on visitera. Au besoin, elle me courriellera des suggestions. On verra, je lui ai répondu. C'est ce qu'elle me répétait pour ne pas me dire non quand j'avais six **ANS** et demi. On apprend des meilleurs!

Je suis à la fenêtre de ma chambre. Je fais des S.O.S lumineux à Lily, qui répond aussitôt. Elle a certainement compris que l'heure est **grave** parce que le téléphone sonne déjà.

– Tu sais pas quoi?!?!?!?! Je vais à Londres en mars! Je vais à Londres! Je vais à Lon-dres!

– QUOIIIIIIIIIIIIIIIIIIIIIIIIIIIIIIIIIIIIIIIIIII? (Lulu, qui lit assise sur mon lit, **sursaute** tellement Lily crie fort. Quand elle a compris qui est au bout du fil, elle me fait un clin d'œil.) As-tu gagné un concours?

– J'y vais avec ma mère ! Elle accompagne Barack à Londres et je vais la rejoindre. Va falloir que je révise mes notes d'anglais, je lance en **rafale**.

– Oublie tes notes ! On va écouter tous les *Harry Potter* en anglais. Le problème avec les *British*, c'est leur accent. Faut te concentrer là-dessus.

Excellente idée. J'avais pas pensé à ça.

– T'as raison, comme d'hab ! Salut !!!

Je fais une de la joie tellement belle pour une fois. Lulu me serre contre elle. Quand je lui ai demandé si elle savait, elle m'a offert sa super valise rouge trop chic. Ma valise ! **OhMonDieu !** À peine un mois pour me préparer ! Ma vie est trop **INTENSE**.

À : Antoine47@gmail.com
De : Lea.sec2@gmail.com
Objet : Je vais à Londres !!!!!!!!!!!!!

Youpi !!!! Ma mère m'invite à Londres pendant la relâche. Je t'envoie des cartes postales ???

♥U

Léa :-*

À: Lea.sec2@gmail.com
De: Antoine47@gmail.com
Objet: Re : Je vais à Londres !!!!!!!!!!!!!

Woooooooooooooooow! Londres, c'est pas mal mieux que le ski. Pour les cartes, tu connais mon adresse ? ;-)

♥U2

Tchaw !

Dans mon lit. Je regarde Joey Scarpellino et le plafond autour de lui. Je ne peux pas **dormir**. Je m'en vais dans la ville de Peter Pan ! Ma mère m'a téléphoné et m'a parlé de Tolkien (le père de Bilbo et de la Terre du Milieu) et d'Agatha Christie (comme les biscuits ?) et de Charles Dickens (son **CONTE** de Noël est pas mal... Comment je sais ça ? Lecture obligatoire en secondaire un !) et de trop de personnages historiques tellement **VIEUX**. Ils tournent tous dans ma tête et m'empêchent de dormir. Pour que mon voyage soit aussi réussi que l'an dernier, je dois y voir. Et ça, ça tient éveillé. 1 h 11. Je fais un vœu ! Bonne nuit ! Je rallume ma lampe. Ma mère va me traîner de force dans les musées pour voir tous ces vieux **SCHNOCKS** ? T'as raison, Léa. Faudra y voir sérieusement. OK. Problème réglé. Bonne nuit **au carré !**

J'ignore **COMMENT** je suis arrivée dans le bus. Ce doit être mon GPS intérieur qui m'a conduite ici. Je vais peut-être **dormir** un peu. À+...

– Léa, tu connais pas ta chance. (Je sursaute.) Ta mère est si intelligente (c'est son pire défaut!) et elle a des contacts un peu partout (je sais!) et elle te fait profiter de ses voyages. Il y a tellement d'incontournables à Londres (t'exagères...): la maison de Benjamin Franklin, le Musée des sciences..., énumère PVP, trop excité par la nouvelle qu'une certaine personne, qui ne peut pas tenir sa **LANGUE** le matin, lui a manifestement annoncée en primeur mondiale.

Je présume, parce que j'ai somnolé. Trop longtemps pour avoir été témoin de l'indiscrétion de Lily. Pas assez longtemps pour être de bonne **humeur**!

– Benjamin Franklin!! glousse Lily. C'est qui, lui?

PVP la regarde en haussant comiquement les épaules, découragé par l'ignorance de ma *BFF*. Ça ne l'a pas assez **DÉCONCENTRÉ**, parce qu'il poursuit sa litanie:

– Le British Museum, le Victoria & Albert Museum, le Natural History Museum... Léa, tu devrais prendre des notes pour ton voyage, me conseille PVP le plus sérieusement du monde.

– C'est noté là, je réponds en DÉSIGNANT ma tempe gauche et en me retenant de rire.

PVP veut m'aider. C'est GENTIL, au fond. Si ses propositions étaient moins *nerds* et ne renfermaient pas presque toutes le mot «musée», ce serait encore mieux.

Ce midi, tout le monde discute en même temps de mon voyage. Puis, Lily se met à fredonner une chanson qui parle de Londres et d'une prison (!). Une chance que Guillaume aime sa voix, ça lui fait un admirateur. Antoine me fait un super clin d'œil. *Blink!*

– Léa, tu devrais aller à l'abbaye de Westminster, propose Lily en souriant à son amoureux.

– Une église???

– Ben ouiii, c'est là que Kate a épousé le prince William, soupire Karo.

Je note: une église!!! Ça commence trop bien (ironie)!

– La photo sur la pochette de l'album *Abbey Road*!!! ont crié en même temps Guillaume et Lancelot avant de se faire un *high five*.

Je dois avoir l'air perdue, parce que ma *BFF* vient à ma rescousse.

– Comme dans *L'attrape-parents*, Léa, soupire Lily en roulant comiquement des **YEUX**.

Ma mère sera **TRÈS** contente, elle qui trippe sur les Beatles.

OK ! Abbey Road…

Dans ma chambre. J'ai sorti le carnet de voyage que mon amoureux m'a offert à **NOËL**. *Blink!* J'y ai noté les suggestions de mes amis.

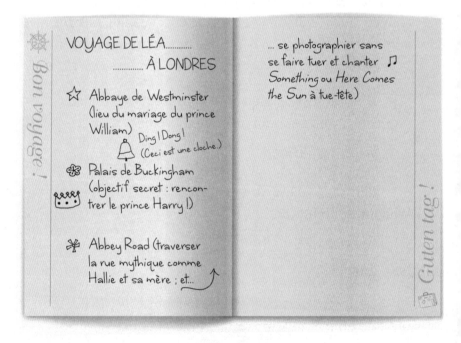

Bon voyage !

VOYAGE DE LÉA............
.... À LONDRES

☆ Abbaye de Westminster (lieu du mariage du prince William) Ding ! Dong ! (Ceci est une cloche.)

❀ Palais de Buckingham (objectif secret : rencontrer le prince Harry !)

❀ Abbey Road (traverser la rue mythique comme Hallie et sa mère ; et...

... se photographier sans se faire tuer et chanter ♫ *Something* ou *Here Comes the Sun* à tue-tête)

Guten tag !

Ai courriellé ces **SUPER** idées à mamounette. Elle a trouvé toutes mes suggestions **géniales**. La preuve ? Elle n'a rien rajouté.

Le **R♥♥Y** des mémos! Celui qu'on (ben, moi!) attendait depuis dix jours au moins. Le mémo de la Saint-Valentin. **OhMonDieu!** J'ai tellement hâte.

— Le mémo que vous attendiez touuus! (Super entrée en matière. Mon public est captivé! Peut-être aussi parce que j'ai **agité** le papier dans tous les sens...) La Saint-Valentin sera le 14 février. (Qu'est-ce que j'ai dit de drôle?) Cette année, offrez une fleur à votre amoureux (Karo, calme-toi! Personne ne va te le voler, ton Philippe!) ou à votre amoureuse (j'ai tenté d'envoyer un message subliminal à PVP dans le but d'influencer sa pensée rationnelle. Le message a rebondi sur son front pour aller s'écraser sur le **※※※B※※※** comme un maringouin sur le **PARE-BRISE** d'une voiture. Méthode à raffiner.) au coût de quatre dollars. Comme l'an dernier, les profits financeront le bal de fin d'études. Soyez généreux!

Aglaé fait de l'**ATTITUDE** pour nous faire comprendre que la Saint-Valentin, c'est *out*. Si elle avait un amoureux, la Saint-Valentin serait sans doute très très très *in*.

— Léa, on les achète où, les roses? demande Lancelot, un peu perdu parce qu'il est nouveau, même si ça ne paraît plus vraiment.

— À la café. Les finissants ont une table à l'entrée, répond PVP avant moi.

Je lui souris en faisant signe de la tête. Bon point : il sait où aller pour acheter une rose. Mon message a peut-être effleuré un ou deux ηℓυℓ☉ηℓ☉ moins récalcitrants que les autres, finalement. À voir Karo se TRÉMOUSSER comme si une tarentule descendait le long de son dos, elle a compris la même chose que moi ! C'est une fille, après tout, et les filles savent détecter ces signes-là !

Dans le bus. **PVP** a le nez enfoui dans son cahier chouchou. Il réfléchit intensément – ça se voit, il a une veine qui menace d'éclater sur son front –, il ne parle pas, se **GRATTE** la tête et gribouille plein de formules tellement compliquées dans les marges de son cahier en hochant la tête.

– Philippe, vas-tu offrir une rose à Karo ? demande Lily, trop curieuse.

– Pourquoi ? lance PVP sans songer une seconde à la bêtise én^oO_oorme qu'il vient d'énoncer.

Pourquoi ? POURQUOI ??? Quelle question **PAS RAPPORT** ! C'est sa première blonde, il pourrait faire un effort ! Franchement ! En tout cas, s'il souhaite être un super prince CHARMANT plutôt qu'un 👑👑👑👑👑👑👑, il est vraiment mal parti. Il était peut-être dans la lune. Je ne prends pas de risque. Il faut qu'il comprenne !

– Philippe, tu veux pas appuyer les finissants ? Tu es comme ma mère, elle n'aime pas la Saint-Valentin.

Mais la solidarité estudiantine, ça, elle y croit! je lui souligne, trop **diabolique**.

Lily, fais pas semblant de te **MOUCHER**, t'as même pas le rhume!

1ᴱᴿ FÉVRIER

– Léa, je peux te parler? demande le prof d'histoire à la fin du cours.

Je pense rapidement à ce que j'aurais pu faire pour le **CONTRARIER**. À part échanger des messages codés avec Lancelot, je vois pas.

– Oui, monsieur, je balbutie en tremblant.

Ce prof est imprévisible, on ne sait jamais ce qui nous pend au bout du nez. En formulant cette pensée pas rapport, je sors un papier-mouchoir de ma poche secrète et j'**ESSUIE** mon nez.

– Si j'ai bien compris (j'ai rien dit, moi!), tu vas à Londres pendant la relâche, je me trompe?

– Non, euh, oui, monsieur, je bafouille comme une **IDIOTE**.

– Tu as prévu aller au Bristish Museum, n'est-ce pas? (Je hoche la tête de **haut** en bas.) Tous les trésors des civilisations grecque, égyptienne et romaine y sont. (...) Va voir la pierre de Rosette de ma part, conclut-il en **SOURIANT** (!!/\!!!!!).

– Qu'est-ce qu'il te voulait? m'a demandé Lancelot alors qu'on se dirigeait vers la café. Il a décodé nos messages?

– Non, il m'a donné des conseils de voyage! Visite d'un musée, genre!!!!!! ai-je expliqué sur un ton **découragé**.

Lancelot s'est esclaffé.

– Léa, si je fais pas de bénévolat, qu'est-ce qui risque de m'arriver? a-t-il soupiré en changeant de sujet.

– La ratière ou, mieux encore, expulsé! ai-je dit en riant. Mais tu serais le premier à subir ces conséquences désastreuses.

Lancelot m'a **dévisagée**, découragé.

– Je t'ai eu!!!

– Le dernier à la café est le chouchou de Trunchbull! **Défi** tellement bébé! À++++++++++++++++++.

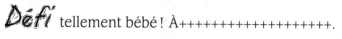

Ce soir, Antoine a attendu le bus avec moi. Il m'a regardée dans les yeux tellement **intensément**. On dirait qu'il peut lire dans ma tête. (Antoine est *extralucide*? **OhMonDieu!** C'est risqué, compte tenu de ce que je sais au sujet de son futur!) Peut-être qu'il n'aimera pas ce qu'il y trouvera et qu'il voudra CASSER. Ou il aura peur du fouillis qui y règne et se sauvera. J'ai de la difficulté à garder ma chambre en ordre. Alors ma tête, faut pas trop m'en demander. En tout cas, mon **désordre** intérieur ne l'a pas empêché de m'embrasser. Et PVP m'a avertie que l'autobus partait pour m'éviter de retourner à la maison à PIED. La semaine finit bien.

Je suis dans ma chambre. Lily est chez Guillaume. Elle l'écoute s'exercer à la guitare. Est-ce que je la laissais toujours seule, moi, quand je sortais avec Antoine et qu'elle avait **PAS** d'amoureux? Non!

C'est quoi, cette musique? Un texto de ma mère?! Elle a eu une idée (alerte générale!). Elle tient à ce qu'on voie une comédie musicale, comme à NYC. Ouiii! Elle propose *Matilda* ou *Wicked*. *Wicked* comme dans le *Magicien d'Oz*. *Matilda* comme le film *Matilda* avec Trunchbull et mademoiselle Honey. Ouiiiiiiiiiiiiiiiiiiiiiiiiiiiiiiiiiiiiiii! Ma mère est trop géniale! Je lui pardonne sa fixation sur le bénévolat, qu'elle a encore trouvé le moyen de ramener sur la table dans un texto de vingt-cinq mots.

Ma réponse:
Mamounette?
Matildaaa!

Message de ma mère :
Excellent choix ! ;-)

Je lui texte :
Tu connais les émoticônes, toi ?????????????????

Elle réplique :
;-'

Elle a accroché une touche de son  !
Parce que c'est pas une émoticône, ça ! C'est un **GRIBOUILLIS** pas rapport ou un bonhomme qui a une crotte de nez !

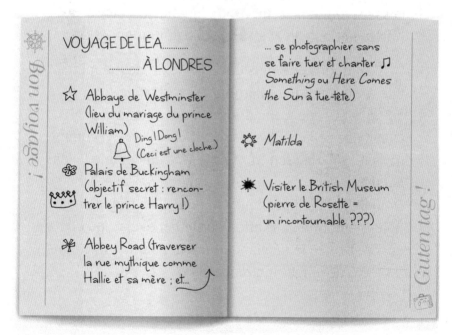

Ce voyage va être **MONGOL** ! J'ai hâte.

2 FÉVRIER

(13 dodos avant le jour de la rose)

8 h 15. Première chose au **PROGRAMME** : le mois de février vu par cyber-**ASTROLOGUE**.

Amours : Vous êtes le chouchou de Cupidon en ce mois de l'amour. (Je le savais tellement ! Je me **casse** trop la tête avec les prédictions de Morgane.) **Amitiés :** Vos amis sont toujours là pour vous. Ne les oubliez pas le 14. (Je devrais offrir une rose à Lily ? Pas rapport !) **Finances :** Économisez en vue de votre prochain voyage. (Les voyants se sont donné le mot ? J'ai compris et je me prépare.) **Famille :** Vous vivrez un cycle de joie et de sérénité. (Donc, ma mère va oublier le bénévolat, et mon père ne critiquera plus ma façon d'éparpiller mes vêtements dans la maison ? **Cool !**) **Votre chiffre chanceux :** le 2. (Deux pendant le mois des amoureux ! NoOon, quelle surprise... **Pfff !** Je vois pas où il est allé chercher ça.)

Le mot **DÉMÉNAGEMENT** n'apparaît nulle part dans cette prévision ! Je mets ma liste à jour immédiatement. Morgane est **KC !!!!!!**

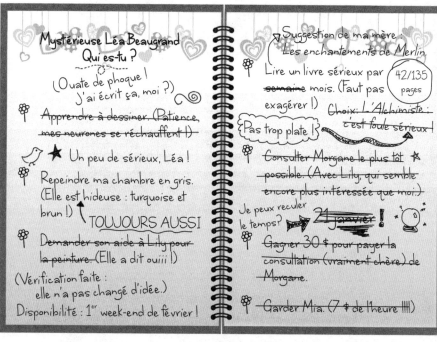

Mystérieuse Léa Beaugrand
Qui es-tu ?

(Ouate de phoque !
J'ai écrit ça, moi ?)

🌼 ~~Apprendre à dessiner. (Patience, mes neurones se réchauffent !)~~

🐦 ★ Un peu de sérieux, Léa !

🌼 Repeindre ma chambre en gris. (Elle est hideuse : turquoise et brun !) TOUJOURS AUSSI

🌼 ~~Demander son aide à Lily pour la peinture.~~ (Elle a dit ouiii !)

(Vérification faite :
elle n'a pas changé d'idée.)
Disponibilité : 1er week-end de février !

↘ Suggestion de ma mère :
Les enchantements de Merlin.

🌼 Lire un livre sérieux par ~~semaine~~ mois. (Faut pas exagérer !)

42/135
pages

~~Choix : L'Alchimiste :~~
~~c'est toute sérieux !~~

Pas trop plate !

🌼 ~~Consulter Morgane le plus tôt~~ ★
~~possible. (Avec Lily, qui semble~~
~~encore plus intéressée que moi.)~~

Je peux reculer
le temps ? ~~21 janvier~~ ! 🔮

🌼 ~~Gagner 30 $ pour payer la~~
~~consultation (vraiment chère) de~~
~~Morgane.~~

🌼 ~~Garder Mia. (7 $ de l'heure !!!!)~~

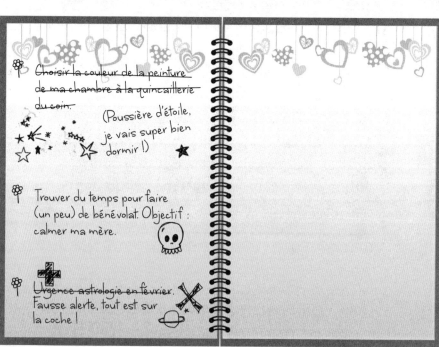

🌼 ~~Choisir la couleur de la peinture~~
~~de ma chambre à la quincaillerie~~
~~du coin.~~
(Poussière d'étoile,
je vais super bien
dormir !)

🌼 Trouver du temps pour faire
(un peu) de bénévolat. Objectif :
calmer ma mère.

🌼 ~~Urgence astrologie en février.~~
Fausse alerte, tout est sur
la coche !

104

Aujourd'hui, je repeins ma chambre avec Lily. Mon père a acheté tout ce qu'il faut. Herménégilde supervisera notre travail pour éviter les **gaffes** monumentales. J'ai hâte qu'on me fasse un peu plus confiance dans cette maison...

Résumé de l'après-midi: c'est long! Le mur qui devait être ℝℰℂ𝒪𝒰𝒱ℰℝℑ de poussière d'étoile l'est. Coché. Les murs blancs? Pas to-tal coché, ça ira à demain! Une chance qu'Herménégilde était là. Il a donné quelques **COUPS** de rouleau (*faf!*) et la couleur des murs changeait comme par magie. Lily l'appelait le Magicien d'Oz et lui, il riait. 𝕃𝕌𝕃𝕌 a préparé du pain d'épices pour nous encourager et on l'a dégusté en se racontant nos vies.

J'avais oublié une chose. Le $\overset{\cdot}{S}\overset{\cdot}{O}L\overset{\cdot}{E}IL$ se couche tôt, le 2 février. On arrête tout jusqu'à demain matin. Résultat? Je dors dans le sous-sol!!! Lily doit garder sa sœur (🐰) et Marcel Poitras, alors elle n'a pas pu rester. NON, vraiment aucune envie d'inviter **M**oucheronne dans mon sous-sol cette nuit!

Lulu est vraiment excitée ce soir parce que la marmotte a vu son **OMBRE**. Pauvre bête, elle était sûrement paniquée puisqu'elle ne comprend pas cet étrange phénomène scientifique qui l'entoure, alors elle est retournée en courant dans son terrier douillet. Les hommes de science (!????!) assurent que l'hiver sera *foule* long. J'ai de la chance que ma mémé soit si connaissante. Même si mon père se moque d'elle.

Ma mère est restée à Washington ce week-end. Barack est **en feu**, sans doute bouleversé par le comportement irrationnel de la marmotte. Moi? Je vais lire *Les enchantements de Merlin* dans le sous-sol.

Mes impressions du roman: Merlin est un grand magicien. Morgane, une chipie dotée de puissants pouvoirs. Et ça se passe en Angleterre. Sa meilleure qualité? Ça se lit **VITE**.

Et si je questionnais mon ami OUIJA au sujet d'Antoine? Excellente idée! Idée du siècle, même.

J'ai tout installé. Je fais même brûler l'encens PUANT acheté au dépanneur.

– Esprit, Antoine va-t-il déménager longtemps avec son père?

C'est sorti un peu croche, mais OUIJA va comprendre.

– *Dis non. Dis non. Dis non.* OhMonDieu!

La goutte a bougé. Elle a bou-gé! Elle a bou-géééé! Oh. Mon. Dieu! Je capote trop! Une puissance venue de LOIN tire la goutte contre ma volonté. Je ne résiste surtout pas, ça risquerait de froisser cet esprit assez généreux pour répondre à une question pas vraiment importante. Et dire que la frontière entre le monde des vivants et des MORTS n'est même pas ténue ce soir. LA GOUTTE EST SUR LE NON !!!!!!!!!!!! Je le savais tellement. OUIJA est vraiment connecté sur le cosmos.

J'ai remercié les esprits, j'ai encore tout fait comme il faut et j'ai rangé la PLANCHE dans sa boîte. Je peux dormir en paix ! Antoine n'ira pas plus loin que le centre de ski !

– Qu'est-ce qui pue comme ça ? Léa, qu'est-ce que tu fais ? Arrête-moi ça tout de suite !

Mon père... il est JAMAIS content !

3 FÉVRIER

(11 dodos avant le jour de la rose)

Grosse journée. Nouvelle du OUIJA annoncée à Lily, qui n'a pas manqué de me dire qu'elle me l'avait bien dit et que je devrais l'écouter et que je m'en faisais encore pour rien. (Morale de l'histoire ? C'est encore elle qui m'a KC!) L'essentiel ? Peinture ter-minée. RUBAN-cache arraché. PINCEAUX nettoyés (beur-ke). Première et dernière fois que je repeins ma chambre. C'est trop long !

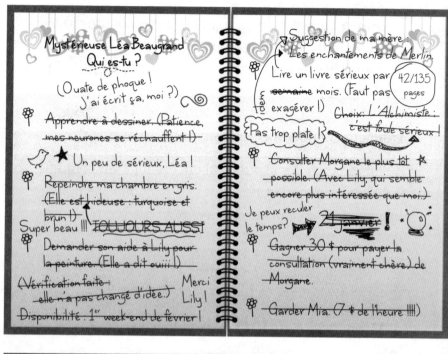

Mystérieuse Léa Beaugrand
Qui es-tu ?

(Ouate de phoque !
J'ai écrit ça, moi ?)

🌸 ~~Apprendre à dessiner.~~ (Patience,
~~mes neurones se réchauffent !)~~

★ Un peu de sérieux, Léa !

🌸 ~~Repeindre ma chambre en gris.~~
~~(Elle est hideuse : turquoise et~~
~~brun !)~~
Super beau !!! ~~TOUJOURS AUSSI~~

🌸 ~~Demander son aide à Lily pour~~
~~la peinture. (Elle a dit ouiii !)~~

~~(Vérification faite :~~ Merci
~~elle n'a pas changé d'idée.)~~ Lily !

~~Disponibilité : 1ᵉʳ week-end de février !~~

⊳ Suggestion de ma mère :
▸ Les enchantements de Merlin.

Lire un livre sérieux par
~~semaine~~ mois. (Faut pas
exagérer !) ~~Choix : L'Alchimiste :~~
~~c'est foule sérieux !~~

42/135
pages

Pas trop plate !

🌸 ~~Consulter Morgane le plus tôt~~ ★
~~possible. (Avec Lily, qui semble~~
~~encore plus intéressée que moi.)~~

Je peux reculer
le temps? ➡ ~~21 janvier~~ !

🌸 ~~Gagner 30 $ pour payer la~~
~~consultation (vraiment chère) de~~
~~Morgane.~~

🌸 ~~Garder Mia. (7 $ de l'heure !!!!)~~

🌸 ~~Choisir la couleur de la peinture~~
~~de ma chambre à la quincaillerie~~
~~du coin.~~
(Poussière d'étoile,
je vais super bien
dormir !)

Zzzzzzz...

🌸 Trouver du temps pour faire
(un peu) de bénévolat. Objectif :
calmer ma mère.

Ouija est d'accord.
Antoine reste !!!
~~Urgence astrologie en février.~~
Fausse alerte, tout est sur la
coche !

Morgane a **L U** les cartes trop vite. Même que je pense y retourner dans quelques semaines pour voir si elle s'est reprise en main. Après tout, n'importe qui peut se tromper !

J'ai texté la prédiction de la **MARMOTTE** à ma mère. Vous pensiez que j'allais lui parler de Morgane ? **Ouate de phoque !** Jamais de la vie. Si elle apprenait ça, elle péterait la **COCHE** suprême !

4 FÉVRIER

(10 dodos avant le jour de la rose)

Dans le bus. **PVP** ne cherche plus d'idées pour *La GaZzzette estudiantine* depuis qu'il a *tchatté* avec ma mère sur Facebook et qu'elle lui a fait une suggestion brillante.

Quand on lui a demandé quoi, pour être polies, il a dit que c'était un secret et qu'on le lirait (il peut rêver !) dans *La GaZzzette* en même temps que tous les autres (qui ça ?).

Lily a voulu savoir si ça avait un lien avec le financement d'un certain **BAL** de fin d'études, mais impossible de lui tirer les vers du nez (**beurk !**). Il l'a **KC** en lui demandant combien d'heures elle avait tenu sa résolution de ne plus manger de bonbons.

La semaine sera **INTENSE** !!!!!!!!!

– Le labo le plus populaire de l'année s'en vient. La semaine prochaine : dissection de l'œil de bœuf. (Des cris de dégoût fusent de partout ! L'an dernier, huit filles ont perdu connaissance,!!! Peut-être plus...) Je vous préviens, pas de sarrau, pas de labo. Peux-tu répéter ce que je viens de dire, mon Lancelot ? demande monsieur Patenaude, un large **SOURIRE** illuminant son visage bronzé par TROP de ski de fond.

– Pas de sarrau, pas de labo, ânonne Lancelot.

PVP a retrouvé son air de directeur des années 1950 ! Une rechute à la veille de la *Saint-Valentin* ? J'aime pas ça !

À la récré. Dans le corridor, je me **DIRIGE** vers le bureau de la vie étudiante en compagnie de Lancelot, qui philosophe à propos du bénévolat. Il **pense** à en faire dans un CHSLD[7].

– Léa, je comprends pas l'idée de nous forcer. Le bénévolat, c'est un geste gratuit. Ici, on nous oblige. Donc, j'ai pas envie !

– Tu réfléchis trop, Lancelot. Moi, je le fais, c'est tout, je conclus simplement.

---

7. Un hôpital plein de Lulu et d'Herménégilde, mais malades.

– Antoine parti chaque fin de semaine, tu fais quoi, toi??

– Toutes sortes d'affaires…, je réponds pour ne pas avoir l'air d'une *nerd* finie.

Il a compris que je m'ennuyais et il m'a demandé de l'accompagner pour lui éviter l'Expulsion. J'ai accepté. Au moins, j'aurai quelque chose à faire les vendredis S'O'I'R'S.

– Les professeurs de gym rappellent que les compétitions d'athlétisme en salle auront lieu le 20 février. L'école cherche des athlètes (hum! Le mot le dit!) dans toutes les disciplines (ça sonne assez désespéré). Madame Bilodeau attend votre inscription!

Bilodeau a déjà inscrit **Antoine** à toutes les compétitions de course. Moi? Envoyée spéciale pour l'album. On manque des cours. Le sport, c'est vraiment avantageux.

À NOTRE table. Karo tente d'ENVOÛTER son amoureux qui trippe sur Opti-Math avec son meilleur ennemi. Les gars se LANCENT des défis pendant que nous, on s'ennuie. Antoine a mangé trop vite et s'est rué dans la salle de mississipi en compagnie de Guillaume, pour avoir la meilleure table. Encore mieux.

Nous? On JOUE à roche-papier-ciseaux-pas d'allumette pour désigner celle qui devra trouver une idée **divertissante**. Lily a gagné. Son idée? Aller aux toilettes. Son imagination m'éclabousse aujourd'hui!

– Lilyyy, qu'est-ce que Morgane t'a prédit? je la supplie pour la millième fois.

Lily **DANSE** en se dirigeant vers les toilettes. Tout pour ne pas répondre. Si c'est rien que du carton, comme elle dit, pourquoi ce silence?

Dans les toilettes, on s'asseoit sur le calorifère et on regarde la neige **TOMBER**. Je pense à **ANTOINE**, à Morgane, au bénévolat, à Karo et à Philippe, à Londres, à **LULU**, qui n'a pas l'air malade, à mon père qui travaille trop. Je capote.

Lily? Elle se contente de regarder les flocons de neige et de rêver à Guillaume. Lui, c'était pas une vraie grenouille. C'était un **PRINCE** charmant qui se cachait pour mystifier Lily qui ne voyait rien. Quand je le compare à Philippe...

J'envie Lily. Elle ne se casse pas la **TÊTE** avec des trucs pas importants. La porte s'ouvre sur Geoffrion qui se racle la gorge... On a compris.

8 FÉVRIER

(6 dodos avant le jour de la rose)

– Je vous rappelle que vous pourrez acheter les roses ce midi et lundi prochain au plus tard. Elles seront livrées dans la classe le jour de la Saint-Valentin. Les *Verts*, on encourage les finissants ! (Je regarde intensément PVP qui fait semblant de chercher sa gomme à **EFFACER**. Vieux truc qui ne prend pas vraiment avec moi !) Pour que la Saint-Valentin soit encore plus mémorable (Karo, arrête donc de **gigoter** ! Tu vas tomber en bas de ta **chaise** !), la vie étudiante organise une journée sans uniforme. (Pause de quelques secondes en attendant que les cris de joie se calment.) Il faut porter du rouge ou du rose. Vous devrez verser trois dollars pour déroger au code vestimentaire. (**Ouate de phoque !**) N'oubliez pas : aucune camisole à bretelles spaghetti ne sera tolérée ! Ni de souliers à talons hauts. (Bof ! Je saurais pas marcher avec de toute manière !)

Je me précipite à mon bureau. Quand le silence est revenu, la prof de français annonce son **PLAN** de match : les pétulantes subordonnées relatives. Je comprends déjà tout ça, alors je réfléchis à Londres et à mon voyage. La semaine dernière, les conseils *poches* de **PVP** m'ont fait comprendre une chose : si je ne veux pas moisir dans des musées pendant tout le voyage, il faut que je prenne sérieusement ma vie en main.

L'autre midi, dans les toilettes, j'ai aussi pensé à Peter Pan. Raison numéro 1 : héros de mon film-culte quand j'avais trois ans. Raison numéro 2 : j'ai un **poster** de la fée Clochette dans ma chambre. Raison numéro 3 : pas besoin. La seconde est suffisante ! À ajouter dans mon guide de voyage ce soir.

Lily me fait des signes ésotériques pendant que je dessine de la *poudre* de fée dans mon agenda en pensant à Peter Pan et à la fée Clochette. Je ne suis pas certaine d'avoir tout pigé. Elle fait mine de respirer quelque chose et ça n'a pas l'air facile. Elle a peut-être le nez **bouché**. Pauvre elle ! Pas un **RHUME** carabiné avant la Saint-Valentin !

Je texte en secret (tâche super difficile, car la prof est trop fouineuse) à Lulu pour lui demander conseil. Elle connaît plein de remèdes de grand-mère (*foule* normal, c'est ma mémé !). Bon, la prof en a encore après moi ! J'ai réussi à cacher mon  dans la poche secrète de ma jupe. Qu'est-ce que j'ai fait de mal ? Je pensais à la santé de ma *BFF*...

– T'as pas le rhume, j'espère ? ai-je demandé à Lily, qui éclate de **RIRE**.

Qu'est-ce que j'ai dit de **drôle** ?

– Nos roses, tu te rappelles pas ? Ton mémo, genre ! J'ai eu l'idée du siècle, t'en reviendras pas, affirme Lily en verrouillant notre case. Tu te souviens de mon admirateur inconnu ?

– *Faf*, c'était Guillaume ! J'avais deviné la première, en plus !

– Ben, on va offrir une rose à Karo de la part d'un admirateur inconnu ! Elle désire recevoir une rose plus que tout au monde et, franchement, Philippe n'a pas l'air d'avoir compris. Faut s'en mêler !

– Lily, on a juré... On ne se mêle plus des affaires de cœur des autres.

– On s'en mêle pas, on évite à Karo d'avoir le cœur brisé ! Nuance ! On signera pas *Ton Philippe adoré*, là. Ça, ça n'aurait pas rapport. Mais *Un admirateur inconnu*, ça fait mystérieux. Léaaa, dis oui !!!!!!!!!!!!!!!!

Lily a un peu raison. Un peu !!

– OK, d'abord !! je conclus, impuissante.

Il n'y a personne à la table des **ROSES**. Je commande celle d'*Antoine*. J'écris mon message (confidentiel) pour mon bel amoureux. Lily a fait la même chose pour Guillaume. Puis, j'ai donné deux dollars à Lily pour la rose de Karo. Ce qui fait de moi une complice. Lulu dit toujours que celui qui tient le sac est aussi coupable que celui qui dépose les **POMMES** dedans ! (Idée tellement pas rapport avec l'achat de roses !) Donc, si je paye la moitié de la fleur, je suis à moitié coupable. Ben là, c'est gentil, donner une **rose** ! On veut que Karo soit heureuse, elle aussi.

En plus, cyber-**astrologue** disait de ne pas oublier mes amis à la Saint-Valentin, surtout ceux qui sont là pour moi. C'est à Karo qu'il pensait ! Lily a raison, comme d'hab. J'ai eu tort de douter d'elle.

À **NOTRE** table. Karo et **PVP** mangent ensemble. Karo pépie comme Titi qui aurait aperçu Grosminet, PVP l'écoute d'une oreille. Il pourrait être plus démonstratif. Il sait vraiment pas **COMMENT**

agir quand on est  !
Je me dis qu'on a *foule* bien fait, Lili et moi. Elle aussi pense la même chose parce qu'elle me fait un **gigantesque** clin d'œil.

J'ai eu une bonne idée, aujourd'hui, en faisant quelques recherches sur la fée CLOCHETTE et Peter Pan.

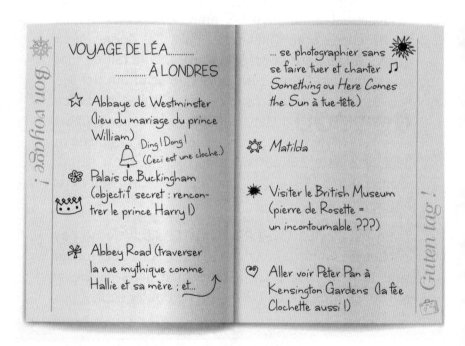

VOYAGE DE LÉA..........
.... À LONDRES

☆ Abbaye de Westminster (lieu du mariage du prince William)
Ding ! Dong !
(Ceci est une cloche.)

❀ Palais de Buckingham (objectif secret : rencontrer le prince Harry !)

❀ Abbey Road (traverser la rue mythique comme Hallie et sa mère ; et...

... se photographier sans se faire tuer et chanter ♫ *Something* ou *Here Comes the Sun* à tue-tête)

❀ *Matilda*

✹ Visiter le British Museum (pierre de Rosette = un incontournable ???)

♡ Aller voir Peter Pan à Kensington Gardens (la fée Clochette aussi !)

Bon voyage !

Guten tag !

Faut autre chose. Des TRUCS cool. Je sais pas quoi et le temps presse.

(J'en peux plus d'attendre!)

Dans le labo de sciences. Le prof n'a pas terminé de distribuer les yeux **GLOBULEUX** qui nous hypnotisent que, déjà, Justine, l'«amie» d'**Aglaé-la-Cruelle**, a perdu connaissance. Le prof en a profité pour rappeler qu'il ne faut jamais avoir le ventre vide avant un labo. (Un peu tard pour nous avertir!) Mon coéquipier a évidemment mangé, lui! Il a tellement hâte d'avoir son spécimen qu'il s'agite comme une **ANGUILLE**.

– Suivez bien les instructions du cahier, rappelle monsieur Patenaude. Autrement, vous risquez d'abîmer votre spécimen!

PVP me permet de couper le globe oculaire. Il me fait trop confiance! Ma main **TREMBLE** devant cet œil maléfique. **OhMonDieu!** Comme dans *Le funeste destin des Baudelaire*. Alors que je m'apprête à faire une incision verticale sur cette chose **GLUANTE**, PVP saisit mon bras. Puis, il relit LEN-TE-MENT les instructions en mettant l'accent sur le mot savant que j'avais lu trop rapidement: trans-ver-sa-le-ment. **Oups!** J'ai tranché dans le bon sens et j'ai eu un haut-le-cœur quand un **liquide** blanc tellement dégoûtant s'est répandu sur notre table. **OhMonDieu!** Ne pas perdre connaissance. But? Éviter l'ultime humiliation.

Aglaé-la-Cruelle n'a pas eu cette chance. Le cristallin est sorti de son œil comme un ressort trop remonté pour atterrir sur le soulier de Lily. Ma *BFF* a **SECOUÉ** son pied dans tous les sens. Lancelot pleurait de rire pendant que la laborantine venait à la rescousse de Lily en grognant.

– Philippe, as-tu fait tes achats pour la Saint-Valentin? je questionne mon partenaire plus-que-parfait en prenant des **NOTES** dans mon cahier d'observations.

– Léa, on va dire que tu ne m'as pas vraiment demandé ça, OK? me casse PVP.

– Philippe, c'est oui ou c'est non? j'insiste sur un ton (peut-être pas si) léger.

– Est-ce que j'ai l'air d'avoir envie d'en parler? réplique-t-il avec un sourire forcé.

Conclusion: on a *FOULE* bien fait. Je regarde Lily en levant les deux **POUCES** vers le **CIEL**. Je pense qu'elle a compris. En tout cas, elle a fait une courte danse de la joie.

– Léa, pour le rapport de labo, samedi ou dimanche, qu'est-ce qui te convient? Ce sera chez toi.

Il se **VENGE**!

– Dimanche à **10 h, pas avant!**

Je suis comme la Belle au **BOIS** dormant. Je dors, MOI, le dimanche matin! En tout cas, j'essaie!

Une fée
peut réparer sa gaffe en
agitant sa baguette
magique... quand elle
en a une!

13 FÉVRIER

(Plus qu'une looongue nuit d'insomnie)

Je ne peux pas dormir. Je **TOURNE** comme une toupie ensorcelée dans mon lit. J'ai réchauffé mes draps. Je me lève pour aller faire pipi. Je reviens. Je fais un S.O.S. lumineux à la fenêtre. Lily me répond!!! On est deux à ne pas avoir reçu la visite du marchand de sable... Je retourne à la salle de bains pour boire un **VERRE** d'eau. Demain matin, euuuuh, ce matin, devrais-je porter du **ROUGE** à lèvres? Point positif: c'est vraiment beau, du rouge à lèvres. Point négatif: ça laisse des traces sur les joues ou (vraiment mieux) sur les lèvres de la personne qu'on embrasse.

Bon. Ma mère m'a suggéré de faire quelque chose de plate quand je ne n'arrive pas à dormir. Alors, j'ai pris le livre le plus plate de ma bibliothèque: le Lafrousse. Je m'installe dans mon fauteuil rouge (vraiment chic devant le **mur** poussière d'étoile). J'ouvre le dictionnaire au hasard, désigne un mot et je lis: «RIGAUDON (hein???) ou RIGODON n.m. Danse d'origine provençale, exécutée en couple, devenue sous une forme stylisée **danse** de bal et danse théâtrale (...) à la mode en France et en Angleterre[8].» Je pense que je devrais aller me coucher dans mon...

---

8. Définition tirée du *Dictionnaire Larousse*, édition 2002, page 894. Pas besoin d'une édition trop récente quand on vit avec un dictionnaire sur pattes.

(Danse de la joie!)

La princesse au petit **pois** avait mieux dormi que moi! J'ai mal partout parce que j'ai passé la nuit dans mon fauteuil et voilà que je suis presque en retard. Pas le temps de me maquiller, je glisse ma trousse dans mon **sac**, je verrai dans le bus. Rien que le temps d'enfiler un **CHANDAIL** rouge (juste assez) décolleté et des jeans gris foncé. Où sont mes trois dollars pour ne pas porter l'uniforme? J'espère qu'**Antoine** a pensé à ma rose. Ouah! Des gaufres en forme de cœur avec de la gelée à la rose! Lulu est passée par ici, c'est certain! Je la texterai tantôt pour la remercier. Bon, pas le temps d'enfiler mes bottes. Pas grave, il n'y a pas de **NEIGE** dans la cour. Et mes Converse rouges (I♥ NYC) sont tellement appropriés. À+, le bus vient de tourner le coin de la rue!

— T'as l'air d'une morte-vivante! me crie Lily de la dernière banquette.

Elle peut bien rire. Elle est aussi poquée que moi. Ses yeux sont tellement cernés, elle ferait peur à **Voldemort**.

— Les filles, la Saint-Valentin, c'est surfait, tout le monde sait ça, nous rappelle sagement PVP qui semble avoir très bien dormi, lui.

– Donc, tu ne déroges pas au code vestimentaire, si je comprends bien, je souligne gentiment.

PVP hausse les épaules et je sors ma trousse de maquillage. Un peu de **MASCARA** et de **GLOSS**, ce sera pas de trop. Ça va être long, je me maquille à chaque arrêt seulement (hors de question de perdre un œil juste pour être belle !).

– LÉA ! hurle Brisebois (**Ouate de phoque !**) Où sont tes bottes ? (Chez moi ?) Si mes calculs sont exacts, et je sais qu'ils le sont, c'est encore l'hiver. (Mais il n'y a pas beaucoup de neige, madame.) C'est un avertissement officiel. La prochaine fois, c'est un billet blanc !

Tiens, notre surveillante a jugé bon de porter un long **foulard** rouge pour souligner la journée des cœurs. Seul signe tangible qu'elle en a un !

J'ai rougi. Au moins, c'est une couleur appropriée aujourd'hui. Puis, je me suis précipitée vers ma case. Lily me suit, crampée. La journée démarre sur les **CHAPEAUX** de roue !

8 h 50. Premier bilan de la journée (à peine commencée) de la rose : avertissement officiel parce que je n'ai pas mis mes bottes. *Distance-et-discrétionnée* par une **SURVEILLANTE** qui n'a pas de vie et qui

envie la mienne ! Maintenant, le cours d'anglais le plus long de ce siècle a débuté.

La prof tente de nous convaincre que le roman *Mary, Queen of Scots* est fabuleux. Comme pour s'excuser de nous raconter l'histoire d'une **REINE** anglaise morte décapitée (*foule* ouache !), elle a répété au moins mille fois qu'on doit s'estimer chanceux qu'un pareil chef-d'œuvre existe. Le mot « **chanceux** » me semble exagéré.

Lily mange des framboises suédoises sans arrêt. J'aime sa **blouse** rose vif. Ça va bien avec ses framboises ! Moi, je dessine des cœurs partout. Lancelot lit une BD (en anglais) racontant les péripéties d'Indiana Jones. Si la cloche peut sonner !!!!!!!!!!!

– La clique écolo a installé un Électrobac près de la cafétéria. Déposez-y vos piles usées. Madame Bilodeau rappelle qu'il n'y a pas d'entraînement pour la compétition régionale d'athlétisme ce midi (Yé ! Antoine sera libre !) et qu'il manque des participants dans toutes les épreuves de course.

Personne ne m'a écoutée. Ils attendent tous Cupidon impatiemment... Le prof d'histoire écrit des choses dans un **CARNET** noir en attendant de commencer son cours. Il déteste perdre son temps. C'est sûrement pour ça qu'il porte un polo noir et un **PANTALON** assorti. Rien de rouge ! Monsieur Cravate portait un nœud papillon rouge à pois blancs, lui, l'an passé. J'espère qu'**Antoine** a pensé à moi. J'espère qu'Antoine... Ah ! Enfin, le livreur...

– Karolina…, crie Tactac pendant que **KARO** voltige vers lui.

Elle ouvre la carte et la frotte sur son cœur. Karo, sois digne!!! **PVP** aurait pu nous le dire! J'aurais épargné deux dollars. (Je vais lui réclamer un remboursement, tiens!) Lily a reçu sa rose et elle la hume en souriant. PVP, qui porte un polo rouge, a souri en recevant la sienne. **Aglaé-la-Cruelle** a caché sa tête dans ses **BRAS** croisés sur son bureau. Elle ne recevra rien et elle cherche certainement une manière d'avoir l'air de s'en ficher éperdument.

– Karolina, répète Tactac, qui regarde sa liste une autre fois en se demandant certainement qui lui a joué un tour aussi nul.

Lily me fait mille **signes** secrets en même temps. Arrête!!! **Aglaé-la-Cruelle** relève la tête. Elle n'en croit certainement pas ses oreilles. Karo se lève et se rassoit, doutant elle aussi de l'état de ses oreilles. Lily me fait le V de la victoire. Je lui réponds. Toute la classe a les yeux rivés sur Karo qui est **confuse**. Tactac répète son prénom et s'avance vers elle en souriant. Karo doute maintenant de ses yeux, elle ouvre la carte devant nous et lit à haute voix (noOOOoooooooOOoooooon!):

– Un admirateur inconnu!!!!!!!???!!!!!! Ben voyons donc!

– HEIN??? sursaute le prof d'histoire qui a relevé la tête. Euh, félicitations, Karolina, marmonne-t-il avant de se remettre à griffonner dans son mystérieux **CARNET**.

Karo regarde autour d'elle pour être certaine que tout le monde a compris qu'elle est la seule à avoir reçu deux roses.

PVP est aussi **ROUGE** que Marcel Poitras. Lily s'est étouffée avec ses framboises et moi, je cherche, au plus profond de mon pupitre, une **BAGUETTE** magique qui aurait le pouvoir de rendre toute la classe amnésique. **OhMonDieu!** Qu'est-ce qu'on a fait?

Pour me calmer, je concentre mon attention sur la **ROSE** qu'Antoine m'a offerte. Non! Je ne dirai pas ce qu'il a écrit dans la carte.

– Bon, la récréation est terminée, lance le prof d'histoire en nous rappelant à l'ordre. N'oubliez pas qu'il y aura un test au prochain cours (il se fait **HUER** et il a l'air fier de lui!) et qu'il ne sera pas question de roses mais du Québec contemporain. Avez-vous des questions? Oui, Lancelot...

– Monsieur, à la page 76 du manuel, il y a un passage qui n'est pas très clair. J'aimerais savoir si...

Pendant que Lancelot imite **PVP** qui aurait souhaité lui aussi ensevelir le prof sous des questions sans rapport pour qu'on oublie la rose mystérieuse de son amoureuse, Lily **BRICOLE** un coin-coin en souriant. Qu'est-ce qu'elle veut faire avec ça?

– Léa, penses-tu qu'on a bien fait? me demande Lily en verrouillant notre case.

– Si tu doutes, c'est certainement la gaffe du siècle. Karo a humilié son chum publiquement. Le coin-coin, là ! C'est pour quoi faire ? Tu veux pas jouer à « deviner » l'identité de l'admirateur inconnu devant Karo ? (Elle rougit !) Mauvaise idée. Très mauvaise idée, Lily. Antoine arrive... Byyye, là !

Je murmure doucement « salut » pendant que mon AMOUREUX prend ma main.

On peut certainement s'embrasser. On a déjà été *distance-et-discrétionnés* plusieurs fois, on a fait notre part. Alors, on ne se **PRIVERA** pas.

– Je t'aime, Léa Beaugrand...

– Je t'aime, Antoine...

Aujourd'hui, dans un corridor presque vide, moi, Léa, je me suis complètement **DISSOUTE**. Mais pas assez pour ne pas entendre les pas qui se dirigent vers nous... Alors, je m'éloigne d'**Antoine**. On se regarde. On se sourit. On soupire. Quel jour on est déjà ?

– Les jeunes, si vous voulez du pâté chinois, dépêchez-vous ! annonce Geoffrion. La cafétéria, c'est par là, si j'ai bonne mémoire...

GEOFFRION a simulé une amnésie spontanée. Si ça pouvait être permanent, ça nous arrangerait. J'attrape mon appareil-photo et on se dirige vers la café. Je ne pourrai rien avaler ce midi. Les mille **PAPILLONS** roses qui voltigent dans mon estomac prennent toute la place. Dommage pour le pâté **CHINOIS**...

– D'après toi, Léa, qui est l'admirateur inconnu de Karo? me demande Lancelot, plus excité que jamais.

Guillaume s'*étouffe* dans sa **SOUPE**. Toi, pas un mot! C'est ton idée qu'on a copiée!

– Lancelot, tu chercheras dans le dictionnaire. Inconnu, ça veut dire que personne le sait, je précise en rougissant.

– Toi, t'en as pas eu de rose, Lancelot, souligne malicieusement Karo en se serrant contre son amoureux qui mange trop vite et trop silencieusement (comportement louche **au cube !**).

– Gang, on se calme! suggère Lily dont les joues ont pris la couleur appétissante des framboises suédoises tout d'un coup.

À ajouter sur la **LISTE** des professions potentielles: agent secret (ou agente secrète? Ouache, certainement pas!)

– Groupe, une photo pour l'album? je lance pour détourner l'attention.

Clic! Clic!

Je regarde ma montre. Je dispose de trente courtes minutes pour mettre mon plan *démoniaque* à exécution. En cette journée de l'amouuuuur, je photographierai des amoureux qui s'embrassent. Et dans l'album, le titre de la page sera : Distance et discrétion ? Pas le 14 février !

Sommaire des trente minutes les plus romantiques de l'année. Autoportrait *foule* croche d'Antoine et de moi qui tentons de nous faire un BISOU en marchant et en regardant la caméra... C'est pas simple ! Lily et Guillaume qui DANSENT. C'est le plus beau couple de mon appareil ! Sabine et Tactac. Jérémie et... une fille X. Comme mon idée a fait le tour de l'école assez vite, tout le monde a voulu se faire photographier et mon dernier cliché a été celui d'un groupe d'élèves de secondaire cinq qui se sont embrassés (sur la joue, je vous rassure) devant moi ! Reste à convaincre madame Carouby de publier cette photo... Pas de panique ! Quand on veut, on peut ! C'est TUTU qui répète ça tout le temps. Et je veux vraiment !

Dans le bus. PVP est assis derrière le CHAUFFEUR, son cahier Opti-chose dans son sac d'école. Il fixe le vide. On a voulu faire plaisir à Karo et on a fait du chagrin à notre ami.

– Lily, on a gaffé solide. C'est la pire décision de ma vie, je chuchote en faisant des yeux de biche découragée à ma *BFF*.

Si j'avais mes FAUX CILS bioniques, je serais tellement plus efficace ! Je les ai égarés dans le déménagement...

– Peut-être pas, ma chou. Peut-être pas...

– On a bien fait ??? Regarde-le. Il parle pas !!! (Super **PREUVE**.) Faut s'excuser, je rajoute, pas si sûre de moi quand même.

– Tu vas trop vite en affaire, Léa, me déclare Lily en mangeant des jujubes au Coca-Cola (**beurk!**).

– Morgane, elle t'a dit quoi ? je demande à Lily pour la trente-deuxième fois. Si c'est juste du carton, tu peux me le dire, non ?

– C'est du carton, mais je te le dis pas, bon ! ricane Lily.

Elle m'**ÉNERVE** au max quand elle joue les cachottières !

15 FÉVRIER

Ce soir, **Antoine** et moi, on va au cinéma. C'est mon **cadeau** de Saint-Valentin ! En plus, il a accepté de subir un film de filles ! J'en ai profité, j'ai choisi *Un havre de paix* et il n'a même pas demandé si la critique était bonne. J'ai été dans la **lune** toute la journée à cause d'Antoine (et du beau Josh Duhamel). J'ai mal lu les questions du test de math, d'après **PVP** et Lancelot et Lily et Justine et Aglaé, qui est convaincue d'être un génie parce que Trunchbull a accepté son inscription à Opti-Math, et même Karo. **Ouate de phoque !** Si Karo a compris des choses qui m'ont mystifiée, je vais **couler** à pic et je ne remonterai plus jamais à la surface! C'est pas tout... J'ai fait onze fautes dans la dictée. Et je n'ai pas mangé ce **MIDI**.

J'ai le **MEILLEUR** chum du monde. Il n'a rien dit au sujet du film qui était un peu long. Et il n'a pas souligné le fait que j'ai dit au moins trois mille fois que Josh Duhamel est un super bon (et beau! Ou bel? Ishhh!) acteur. Il m'a offert des bonbons qu'on a partagés. On s'est embrassés très souvent sans être *distance-et-discrétionnés*. La vieille **DAME** assise derrière nous qui faisait «chut», ça ne compte pas. Ça fait même pas de **BRUIT**, des baisers! Meilleur moment de cette soirée: **ANTOINE** m'a annoncé que la saison de **SKI** prendra fin dans trois semaines.

La Belle au bois
dormant avait
de la chance!

(18 dodos avant mon départ pour Londres)

– J'aime ça, faire équipe avec toi, Léa. T'es sérieuse dans le fond, me confie PVP.

Dans le fond de **quoi ?**

– Tu vas comment, toi ? je contre-attaque en pensant à Karo.

– Pourquoi tu me demandes ça ? rétorque le partenaire de labo le plus « cool » de la **GALAXIE**.

Je lui parle de la **ROSE ? Oh que oui !**

– Ça t'a pas trop dérangé que Karo ait reçu une autre rose ? je lance en rougissant.

Il va avoir des soupçons ! Il réfléchit en tentant de garder un stylo en **équilibre** sur son majeur.

– J'ai trop parlé ?

– Je pense que non…

Il pense que non **quoi ?!??**

– Ben là ! Tu penses que ça t'a rien fait ou tu penses que j'ai pas trop parlé ?

C'est pas vraiment **clair**, cette discussion.

– Les deux! réplique-t-il en riant. (Il rit, c'est bon signe!) C'est mon tour de rédiger le rapport? Il sera prêt demain.

Soupir...

Je reviens de chez Lily à qui j'ai raconté **tout** ce que j'ai appris (j'ai appris quoi, au juste?). Elle m'a dit qu'elle le savait et que je m'en fais toujours trop et que je devrais faire confiance à son sixième SENS. (Ça vient d'où, cette histoire de sixième sens? Je parie que c'est en lien avec une certaine cartomancienne!) J'ai tenté d'en savoir plus à nouveau. Et elle a encore refusé. Surtout que Moucheronne grattait la porte à la recherche d'une entrée secrète! (Elle devrait s'occuper de son MARCEL Poitras, elle!) À la place, elle m'a confirmé que Bilodeau lui a confié le Pistolet de départ. Pas à l'école! À la compé d'athlétisme. C'est dans trois jours! L'avantage le plus tangible de cette compétition? On manque une journée d'école! Je comprends pas pourquoi les gens ne participent pas en plus grand nombre!

Pour se faire pardonner son silence au sujet de Morgane, Lily m'a parlé du pont du Millénaire, à Londres, que Lord Voldemort a démoli dans *Harry Potter et le Prince de Sang-Mêlé*. Je lui ai demandé si, selon son merveilleux sixième sens, ce pont allait TENIR lorsque je le traverserai. Lily m'a fait une grimace puis m'a demandé si elle m'avait déjà mal conseillée. KC!

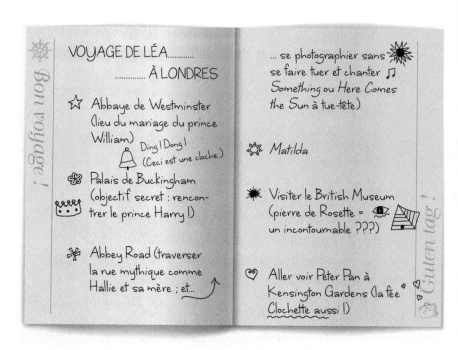

VOYAGE DE LÉA.............
.... À LONDRES

☆ Abbaye de Westminster
(lieu du mariage du prince
William)
　　Ding ! Dong !
　　(Ceci est une cloche.)

❀ Palais de Buckingham
(objectif secret : rencontrer le prince Harry !)

✳ Abbey Road (traverser
la rue mythique comme
Hallie et sa mère ; et...

... se photographier sans
se faire tuer et chanter ♫
Something ou *Here Comes
the Sun* à tue-tête)

✺ *Matilda*

✹ Visiter le British Museum
(pierre de Rosette =
un incontournable ???)

♡ Aller voir Peter Pan à
Kensington Gardens (la fée
Clochette aussi !)

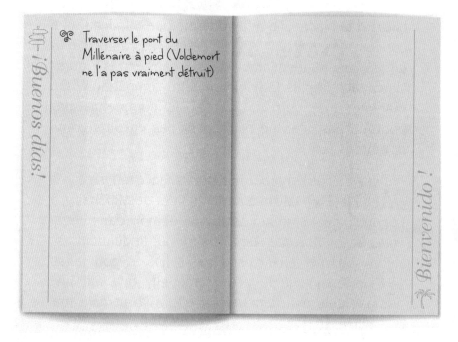

✾ Traverser le pont du
Millénaire à pied (Voldemort
ne l'a pas vraiment détruit)

Bon voyage !

♡ Guten tag !

¡Buenos días!

Bienvenido !

J'ai tellement hâte! Il reste deux semaines avant mon départ et ma liste est trop courte. C'est vrai que j'y serai seulement cinq jours, mais je ne veux pas que ma mère prenne le **CONTRÔLE** du voyage. Elle est pas mal *bosseuse*, des fois!

Bon. Lulu m'appelle. Elle a **FAIT** des fèves au lard et j'ai ultra faim.

20 FÉVRIER

(15 jours avant Londres. Pffff!)

Pourquoi il faut être à l'école aussi tôt? Pourquoi Karo jase-t-elle sans arrêt? Pourquoi Lily est-elle encore scotchée à Guillaume? Pourquoi **Antoine** n'est-il pas arrivé? Il est malade? Pourquoi l'école a-t-elle confié à **PVP** l'importante mission (certainement pas secrète, il nous **CASSE** la tête avec ça depuis son arrivée. Son père lui a même offert un iPad pour l'occasion!) de faire un reportage sur la compé d'athlétisme? Pourquoi mon cerveau ne peut-il pas cesser de poser des questions *nullissimes* alors qu'il n'est que 7 h 04 et... Ooh! Voilà Antoineeee! À+.

Dans le bus. Je suis blottie contre mon bel amoureux et je fais semblant de dormir pour éviter que **PVP**, qui s'est précipité vers la banquette juste devant la nôtre, ne me confie son **PLAN** de match.

– Léa, je connais ton truc. (Quel truc?) Faire semblant de dormir, ça ne prend plus avec moi. (Antoine, ne rigole pas, je sens tes épaules qui TRESSAUTENT.) J'ai une question à vous poser.

%&$§!!!!!!%&%*@@!%&

– Quoiii?? je murmure en me frottant les yeux, comme si j'étais la Belle au bois dormant qui s'éveille après cent trop courtes années de sommeil.

En tout cas, elle ne VIVAIT certainement pas entourée de gens aussi *hyper* le matin, elle! Et n'allez surtout pas imaginer que je sous-entends que **PVP** a quoi que ce soit en commun avec le prince charmant qui l'a réveillée!

– Pour ou contre quoi vous révolteriez-vous? nous lance PVP, plus sérieux que Céline Galipeau[9].

Ouate de phoque! Les EXTRA-TERRESTRES ATTAQUENT.

– Contre les réveille-matin ambulants, s'esclaffe Antoine.

– Contre les règlements qui interdisent les manifestations sentimentales dans les écoles secondaires internationales! je lance sans même y avoir réfléchi. Et pour avoir un vrai *Salon étudiant*, hein, Lily?

---

9. Femme journaliste qui anime le téléjournal de Radio-Canada. Ma mère l'adooore!

– T'es trop rebelle, Léa! crie Lily en riant. Moi? Contre tous ceux qui pensent que le sucre, c'est mauvais pour la santé, clame Lily solennellement.

PVP sourit et prend des **notes**! Il capote tellement sur son iPad.

– Toi, Guillaume?

– Je me révolterais... pour qu'on ait une radio étudiante qui ferait jouer de la bonne musique à l'heure du dîner.

– Guillaume, t'es génial! je déclare avant de me **COLLER** contre Antoine.

On peut dormir, maintenant?

Je suis avec **Antoine**. Je le regarde droit dans les yeux. Je lui souris. Il me sourit. Je lui chuchote à l'oreille qu'il est le meilleur. On s'embrasse jusqu'à ce que Bilodeau s'**étouffe** subtilement à côté de moi.

– T'es le meilleur, Antoine! je lui répète doucement.

– C'est ça, c'est ça. Bouge-toi, champion, grommelle notre coach trop intense avant de se diriger vers la **LIGNE** de départ.

Antoine porte deux doigts sur ses lèvres et lance son baiser dans l'espace qui nous sépare. Monsieur Dieu, j'ignore si vous êtes un fan de la **course** à relais. Mais si vous aviez une ou deux secondes à accorder à mon amoureux, ce serait apprécié. Merciii!

J'ouvre les yeux. ANTOINE a le relais et il court comme si un LION le poursuivait. Je crie tellement fort que j'ai mal à la tête. Enfin, il tend le relais à Daniel. Ouéééh!!!!!!!!!! Je crie encore et Lily a lancé des framboises dans les airs tant elle ne se possède plus.

EISL, notre belle école, a terminé au PREMIER rang. Et j'ai pris des photos trop traditionnelles pour madame Carouby qui souhaitait que j'adopte un ANGLE différent (**Ouate de phoque!**) sur la compé. Oui, oui, EISL a gagné devant l'école Saint-Laurent, l'école trop redoutable!! Je vais photographier les derniers parce que c'est original et que personne ne pense aux perdants! Et j'ai embrassé mon amoureux trop longtemps selon Lily!!!!!!!!!!!!!!!! Les gens ne sont jamais contents.

Au retour, je suis blottie contre Antoine qui porte sa médaille d'or au cou. On se raconte encore comment Bilodeau nous a *distance-et-discrétionnés* sans en avoir l'air et on rit. J'aime tellement ça quand on éclate de rire ensemble. On dirait qu'on s'aime plus quand ça arrive. Lily mange des framboises (suédoises!) pendant que Guillaume tente de nous faire écouter *Les chansons folles* de Louis-Jean Cormier. La plus belle CHANSON d'amour du monde entier...

Lulu et Herménégilde m'attendaient. **Antoine** a échangé une poignée de main avec Herménégilde.

Ils font toujours ça et ça me fait rire. On s'embrasse une dernière fois avant de se laisser. Une chance, on se **REVOIT** demain.

22 FÉVRIER

Il est 6 h 12 et je suis très éveillée. Je lis mes courriels avant de prendre mon **DÉJEUNER**.

À: Lea.sec2@gmail.com
De: PVP@gmail.com
Objet: photos pour toi

Léa,

Voilà les photos que je t'ai promises. Elles sont réussies, n'est-ce pas? À+.

P. V.-P.

Nous. Sommes. Trop. **BEAUX**. Il a du talent, Philippe. Je sais, j'aime bien me moquer de lui, des fois, mais il est correct! Ce qui fait que je me sens coupable fois deux mille pour la **ROSE**!

Dans le bus. **PVP** est en transe. Ce midi, c'est le test préparatoire à Opti-Math. Il *ânonne* les formules à voix haute pendant qu'on essaie de dormir.

– Philippe, ça va aller. Tu vas finir premier, je le rassure en souriant. Elle est belle, ma photo avec Antoine ! T'es habile avec ton iPad.

– Ou deuxième... une contre-performance genre, pouffe Lily en lui offrant des **FRAMBOISES** porte-bonheur.

– Lily, dis pas ça. Le deuxième, c'est le premier *loser*, tu sauras. Y a seulement la première place qui compte !

Je regarde Lily. C'est certainement le père de PVP qui lui a mis une idée pareille dans la tête. Moi qui trouve ma mère **INTENSE**. Pauvre Philippe !

– Bravo à nos athlètes qui se sont surpassés aux compétitions régionales. Bravo à Antoine (je rougis), Daniel, Valentin et Quentin pour leur médaille d'or au relais quatre fois huit cents mètres. Félicitations à Karolina qui a remporté une médaille d'argent au saut en longueur. (Le prof de sciences l'applaudit. Il est tellement **COOL** !) Et à Marc pour sa médaille de bronze au lancer du poids. À propos d'Opti-Math, n'oubliez pas (j'use ma salive en **SOULIGNANT** une évidence) le test préparatoire ce midi, à la bibliothèque. C'est le prof de mathématiques de secondaire deux (**LUNETTES** bioniques, pour les intimes !) qui surveillera cet exercice.

– Bon, nous abordons aujourd'hui la génétique. Karolina! C'est sérieux, la génétique, ce serait une bonne idée de porter attention à ce que je dis. J'ai apprécié le fait que vous aviez tous votre sarrau au dernier labo. Mention spéciale à Lancelot! Sortez vos livres.

Lancelot me fait le signe de la victoire en riant. Lui, il s'en FICHE, d'être le premier *loser*.

Ce midi, Lancelot et **PVP** engloutissent leur lunch à la vitesse grand V. Aglaé s'arrête à NOTRE table pour les inviter à se rendre à la BIBLIO en sa cruelle compagnie. Les gars se sont regardés, ont levé les épaules et n'ont pas refusé. Aglaé, marcher en compagnie de deux génies ne va pas te rendre géniale. Ça ne FONCTIONNE pas comme ça!

– Ils ont du courage, quand même, souligne Antoine. Une olympiade mathématique, c'est pas rien.

– C'est le temps que ça finisse, *man*, ajoute Guillaume. On n'a même plus envie de niaiser, ici, souligne-t-il.

La prof d'anglais nous explique **ENFIN** (non, j'avais pas hâte. C'est une expression.) le projet de l'étape. Il faut prendre notre actrice (ou acteur) préférée. Puis un FILM dans lequel elle (il) a excellé. Finalement, il faudra choisir une scène et se filmer en train de la reproduire. Lily me fait SIGNE.

Ce que j'ai décodé grâce à mon *extralucidité* :

1. Elle veut faire équipe avec moi. **Coché!**

2. Elle veut qu'on choisisse Reese Witherspoon. **Coché!!**

3. Elle pense au film *Blonde et légale*. **Coché!!!**

À la récré. Je vérifie auprès de Lily l'état de mes **neurones** extrasensibles. Message reçu à 110%. Tout est **sur la coche**! Un seul bémol (**Ouate de phoque.** Je parle quelle langue, moi?) :

– Faut qu'on fasse ça avant ton départ pour Londres, mentionne Lily.

– Lily, je prends l'avion le 2 mars!!!!!!! Ma **VALISE** est même pas faite!

Argument assez **teuf-teuf** mais *foule* vrai.

– Je veux qu'on soit en avance, pour une fois! affirme Miss Procrastination d'un air presque convaincant. Ta valise, c'est pas si grave, là!

Cet argument sans rapport avec la nature folichonne de ma *BFF* vient d'ailleurs, c'est tellement évident, genre.

– Ta mère t'a fait la morale, hein? ai-je flairé.

– Veux-tu des Smarties en forme de cœur? réplique-t-elle, tellement **KC!**

Dans la classe. **PVP** et Lancelot s'*OBSTINENT* à propos du test.

– Les gars, c'était comment? avons-nous dit en même temps, Lily et moi. (**Pinkie!**)

Trop *faf*, selon Lancelot. *Foule* (il n'a pas dit ça exactement comme ça, je traduis sa PENSÉE cartésienne) complexe, selon PVP. Aglaé a tenté de se donner de l'importance en rajoutant quelque chose. Es-tu un gars, toi? Non! Alors, tais-toi!

– Mangez des Smarties, les gars, c'est bon pour le moral! a conclu Lily en **SAUTILLANT** vers son bureau.

– Léa, penses-tu qu'elle a déjà mangé des légumes? Genre des haricots jaunes trop cuits? s'enquiert Lancelot le plus sérieusement du monde.

Je suis incapable de répondre. Je **fois** aux larmes en tentant d'esquiver la *bine* qu'il veut me donner. J'ai hâte de faire du bénévolat avec lui au CHSLD. On va rigoler.

24 FÉVRIER

(6 jours avant le départ)

Lily est ici. On travaille sur le projet ~~URGENTIS-SIME~~ (selon Lily, dont le cerveau a été piraté par

Ginette) d'anglais. On a tenté de choisir ensemble l'**EXTRAIT** de *Blonde et légale* qui nous plaît.

Mon extrait préféré : Elle (c'est un prénom anglophone, alors au plan phonétique, il faut prononcer El-**li**) Woods est en classe. La fiancée de son ex, Warner-le-mollasson, essaie de faire une **PVP** d'elle-même en répondant parfaitement à la question du prof tout en faisant de l'**ATTITUDE** au reste de la classe qui s'en fiche trop. Cette fiancée (appelons-la Aglaé, disons) est convaincue d'être mille fois plus intelligente qu'Elli et le lui fait sentir. Elli réplique et le prof préfère sa réponse à celle d'Aglaé, qui est toujours fiancée à Warner-le-mollasson après cette scène vraiment marquante.

L'extrait préféré de Lily : L'arrivée d'Elli à Harvard (l'université où je ne mettrai jamais les pieds parce que je ne suis pas une *bolle* richissime). Elle conduit une auto **SPORT** rose. Elle est vêtue de rose. Et parle à son chien – Bruiser Woods – tout vêtu de rose aussi. Les étudiants de Harvard membres d'une secte *aglaéienne* lui font de l'attitude. Elli s'en fiche, les salue et file son chemin.

Possibilité de compromis : *Nothing!* (Je réfléchis en anglais parce qu'on travaille sur un projet pour le cours d'anglais!) On verra à mon retour de Londres.

Résultat : on passe à autre chose et Lily m'aide à chercher de trucs cool à faire à Londres, où Elli Woods n'a jamais mis les pieds.

– Ma chou, ta liste est top incomplète !

– Rapport…

– Tu me feras pas croire qu'il n'y a pas de magasin de bonbons à Londres !

En disant ça, Lily saute sur l'**ordina-teur**. C'est une façon de parler. Elle n'a pas sauté dessus, les deux pieds joints, pour l'**écra-bouiller**. Elle en a pris le contrôle. Ma *BFF* a un radar à bonbons à la place du cerveau. Elle a trouvé un site fabuleux en vingt-six secondes exactement. J'ai chronométré !

Lily m'ordonne de noter le nom de la magnifique boutique de bonbons (Hope and Greenwood). Elle me dit aussi qu'il faut que je pense à **manger** pendant cinq jours, et qu'il est préférable de noter quelques adresses au cas où. (Je lui ai demandé au cas où quoi ? J'attends encore la réponse !) Lily a trouvé un salon de **thé** au nom super appétissant : The Muffin Man Tea Shop. Je lui ai certainement fait un air étrange, car elle a senti le besoin de m'expliquer que les Anglais sont des amateurs de thé et qu'à Rome, il faut faire comme les Romains. **Ouate de phoque !** Elle disjoncte ! Puis, on a déliré sur les trois cent quatre-vingt **restos** indiens trouvés par Google.

VOYAGE DE LÉA...........
.... À LONDRES

☆ Abbaye de Westminster
(lieu du mariage du prince
William)
Ding ! Dong !
🔔 (Ceci est une cloche.)

❀ Palais de Buckingham
👑 (objectif secret : rencontrer le prince Harry !)

✳ Abbey Road (traverser
la rue mythique comme
Hallie et sa mère ; et...

🎵 ... se photographier sans ☀
se faire tuer et chanter 🎵
Something ou *Here Comes
the Sun* à tue-tête)

❀ *Matilda*

✳ Visiter le British Museum
(pierre de Rosette = 👁 ▱
un incontournable ???)

♡ Aller voir Peter Pan à
Kensington Gardens (la fée
Clochette aussi !)

❀ Traverser le pont du
Millénaire à pied (Voldemort
ne l'a pas vraiment détruit)

★ Gare King's Cross
(quai 9 $\frac{3}{4}$)

🍬 Hope and Greenwood
(cadeau pour Lily /
penser aussi à Herménégilde
et à Lulu)

☺ Muffin Man Tea Shop ☕
(lever le petit doigt en l'air
en buvant le thé)

🌷 Aller dans un restaurant
indien (poulet au beurre,
miam !)

J'ai texté ma mère. Il pleut à Londres et elle a hâte que j'arrive. Elle est *foule* contente de nos trouvailles. Mais elle considère que ça manque de musées (pas remarqué...) et de *shopping*. Dernier commentaire *foule* ÉTRANGE. Un EXTRA-terrestre a pris le contrôle du cell de ma mère. Je cours un grave DANGER. *LOL!*

26 FÉVRIER

(4 jours avant mon départ pour Londres. Je capote!)

Ce soir, je prépare ma valise rouge. Seulement l'essentiel (conseil de ma mère qui ne donne JAMAIS de conseils, sauf exception) :

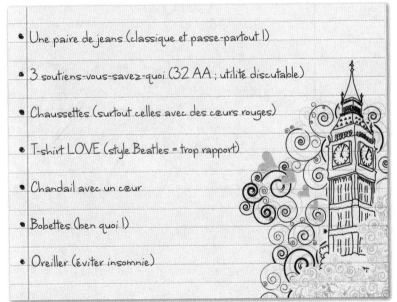

- Une paire de jeans (classique et passe-partout!)
- 3 soutiens-vous-savez-quoi (32 AA ; utilité discutable)
- Chaussettes (surtout celles avec des cœurs rouges)
- T-shirt LOVE (style Beatles = trop rapport)
- Chandail avec un cœur
- Bobettes (ben quoi!)
- Oreiller (éviter insomnie)

- Pyjama (je vais quand même pas dormir nue dans un hôtel à Londres)

- Teddy rude (voir élément précédent)

- Imper (il pleut tout le temps à Londres, y paraît)

- Cardigan rose (parce qu'il est rose)

- Camisoles (classiques et *foule* chics)

- Pantoufles (fait froid à Londres)

- Soie dentaire (haleine fraîche = un must)

- Trousse de maquillage (mascara brun foncé, ombre à paupières, *blush* inutile = joues rouges naturellement, *gloss* (1 rose, 1 corail, 1 naturel)

- Adresses de mes amis (essentielles pour les cartes postales)

- Carnet de voyage (souvenir d'Antoine + itinéraire)

- Une autre paire de jeans (si j'égare la première à l'hôtel)

- Livre *Matilda* (avion + avant dodo)

- Souliers de marche + bottes de pluie

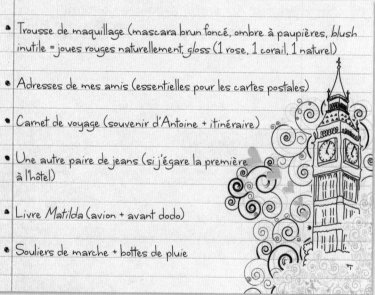

Est-ce que j'oublie quelque chose ? Mon passeport ! Ma photo ne s'est pas améliorée depuis l'an dernier. Normal, je ne suis pas un PERSONNAGE inventé par J.K. Rowling. Solution : montrer mon passeport super rapidement au douanier.

Où est mon carnet de voyage tout choupinet ? J'ai trouvé une boutique un peu **VINTAGE** (pour ma mamounette) et un peu cool (pour moi !) : Topshop. Kate Moss a dessiné des vêtements pour Topshop !! Bon, j'ignore qui est Kate Moss, mais je pense que c'est quelqu'un d'important. Pour ce qui est des musées, j'ai choisi le moins **PIRE** : National Portrait Gallery. Il y a des photos du prince Harry. Donc, ce sera distrayant. Je sais. Je suis trop **FORTE**. Reste à texter ces idées to-tal géniales à ma mère.

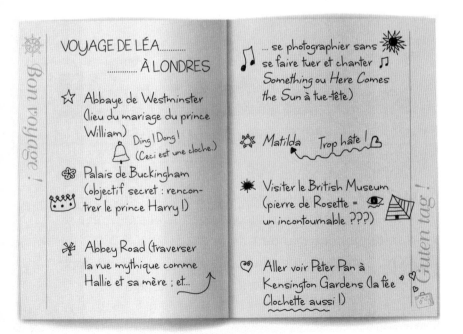

VOYAGE DE LÉA.............
..............À LONDRES

☆ Abbaye de Westminster (lieu du mariage du prince William)
🔔 Ding ! Dong ! (Ceci est une cloche.)

✿ Palais de Buckingham (objectif secret : rencontrer le prince Harry !)

✳ Abbey Road (traverser la rue mythique comme Hallie et sa mère ; et...

♪ ... se photographier sans se faire tuer et chanter ♫ Something ou Here Comes the Sun à tue-tête)

✸ Matilda   Trop hâte !

✹ Visiter le British Museum (pierre de Rosette = un incontournable ???)

♡ Aller voir Peter Pan à Kensington Gardens (la fée Clochette aussi !)

Bon voyage !

Guten tag !

149

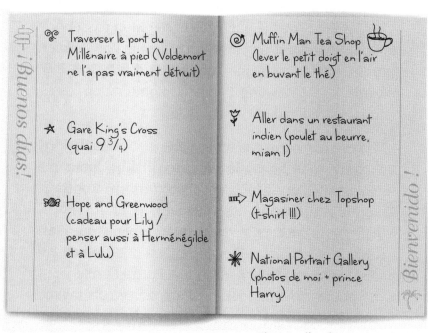

❀ Traverser le pont du Millénaire à pied (Voldemort ne l'a pas vraiment détruit)

★ Gare King's Cross (quai 9 ¾)

🍬 Hope and Greenwood (cadeau pour Lily / penser aussi à Herménégilde et à Lulu)

☕ Muffin Man Tea Shop (lever le petit doigt en l'air en buvant le thé)

🌷 Aller dans un restaurant indien (poulet au beurre, miam !)

⟹ Magasiner chez Topshop (t-shirt !!!)

✳ National Portrait Gallery (photos de moi + prince Harry)

Mon voyage à Londres va être 𝕄𝕆ℕ𝔾𝕆𝕃 !

28 FÉVRIER

(2 dodos avant le départ)

Ce matin, dans le bus, **PVP** fomente encore une **RÉVO-LUTION**. Gabriel Nadeau-Dubois (tellement beau !), sors de ce corps. Un secondaire un affirme qu'il se révolterait contre le port de la 𝒞ℛ𝒜𝒱𝒜𝒯ℰ ; un autre, contre la ceinture obligatoire. Je me rendors, c'est trop plate, cette enquête qui ne mène à rien.

– Léa, réveille-toi !!! dit Lily en riant.

J'ai vraiment dormi? Zut. Humiliation tO-ta-le. Si vendredi peut arriver! Je me lève, j'attrape mon sac à dos et je sors, rouge comme une fraise trop mûre.

– J'ai un beau projet à vous exposer, lance la prof d'art **DRAM** dès que la cloche a sonné. Nous choisirons vingt élèves pour animer des ateliers de mime à l'école Saint-Victor, pendant une journée pédagogique en avril. On travaillera le mime au cours des prochaines semaines. Ceux qui sont intéressés me donneront leur nom. Ça compte pour vos activités de bénévolat.

Revoir Marie-Fée? Oui, ça me tente *foule*. Je regarde Lancelot qui frétille comme une **TRUITE** dans l'épuisette d'un pêcheur. Ce projet lui sauve la vie. **Cool!** En plus, on va rire!

La prof a sorti des cartes. On devra faire deviner le nom d'une personnalité à la classe. **Wow!** Elle a choisi Karo en premier. Celle-ci regarde sa carte, l'air confus. C'est son air normal, mais la carte ne le lui a pas fait perdre. La prof a retourné un petit sablier et Karo doit s'exécuter viiiiiite.

Elle marche à reculons vers la porte. Puis, elle change de **DIRECTION** et marche encore à reculons. Elle agite les mains dans les airs et fait semblant de **chanter**. Nous sommes comme elle: confus. Le temps est écoulé et nous n'avons rien trouvé. À part **Aglaé-la-Cruelle**, qui croyait que c'était un pantin

POSSÉDÉ (c'est pas une personnalité, ça, la grande !) et qui en a profité pour prendre son air supérieur. Le temps écoulé, Karo nous a regardés, la mine super déconfite. Elle ravalait ses **larmes** et nous, nous étions *foule* mal à l'aise. C'était qui ???

– C'était Michael Jackson ! Le roi de la pop !! Le *moonwalk* !!! Vous êtes pas réveillés, ce matin. T'étais dedans, Karo ! Bon, à qui le tour ? Aglaé ! Viens nous montrer ce que tu sais faire, ajoute sadiquement la prof.

Aglaé-la-Cruelle n'a pas besoin de parler pour que nous comprenions que, selon elle, le MIME est *out*. Elle est douée !!

À NOTRE table. Il est question de la relâche. Moi, je me tiens tranquille, tout le monde sait où je vais. Antoine fera du ski pour la dernière fois de l'année. Youpi, enfin ! Lily et Guillaume écouteront de la . C'est quand Karo a demandé à son *matheux* s'il voulait aller au cinéma avec elle que c'est devenu palpitant.

– Aller au cinéma ?? Karolina ! (Lily, cesse de frapper mon **TIBIA** ! J'aurai des bleus à Londres à cause de toi !) Opti-Math s'en vient. J'ai pas le temps. En plus, au prétest, j'ai eu seulement 89 % !

– C'est parce que j'ai eu 100 % que tu capotes comme ça ? le nargue Lancelot avec un clin d'œil. Moi, je fais un marathon Harrison Ford avec Sandrine. On revoit tous les *Indiana Jones* ET les *Star Wars*. Faut profiter de la vie, mon Phil. Capote pas. On révise ensemble, si tu veux !

– Où et quand ? réplique PVP.

Pauvre Karo ! Elle a compris qu'elle n'arrivera jamais à la **cheville** d'Opti-Math. Elle a ramassé son cabaret et nous a quittés sans dire un mot. Tout le monde était mal à l'aise (c'est la journée, on dirait !), sauf le principal intéressé !

Lancelot en a profité pour me **parler** du bénévolat au CHSLD. On commence après la relâche. C'est **sur la coche**.

15 h 45. Enfin, la relâche. J'attends le bus avec **ANTOINE**. Nous nous regardons sans parler, mais on se tient la main. C'est long, neuf jours sans se voir. Je lui promets de prendre des photos de moi sur Abbey Road et de penser à lui tout le temps. Quand **PVP** ouvre la fenêtre pour me faire la morale – je sais, le bus va partir – on s'embrasse **vraiment**.

– Fais attention à toi, Léa, me chuchote Antoine en replaçant une mèche qui s'est échappée de ma **QUEUE** de cheval.

– Tu vas trop me manquer, Antoine, je réplique **doucement**.

– LÉAAAAAAAAAAAAA, on s'en vaaaaaaaaaaaa !
hurle mon **ANGE** (démon !) gardien.

Je laisse **Antoine** et monte dans le bus. Monsieur
Gilles, le chauffeur le plus cool au monde, m'adresse
un clin d'œil complice. Lily est dans le dernier banc.
Elle pleure de rire. Quand elle retrouve ses esprits (dix
minutes plus tard...), elle me confirme qu'elle vient
chez moi ce soir pour célébrer la relâche et mon voyage
et les beaux gars (**RAPPORT ♀**).

Nous avons installé une table pour notre pique-
nique dans le sous-sol. On se fait un **VIN**
et fromages, mais on a remplacé le vin par de la
boisson **GAZEUSE**. Lily a examiné ma valise et,
d'après elle, tout est **SUR LA COCHE**. Nous
écoutons *Harry Potter* en anglais et je me rends compte
que je ne comprendrai rien, à Londres... Alors, nous
revenons sur l'épisode Karo-**PVP**.

– Il est vraiment *nerd* à l'os ! rigole Lily.

– Karo aurait pas dû le lui demander devant nous !
C'est plate de se faire dire des choses comme ça devant
nos amis !

– Elle voulait aller au cinéma, pas faire le tour de la
Gaspésie en raquettes !

– T'imagines Karo en raquettes ? je réplique en
éclatant de **RIRE**.

Si nous ne sommes pas d'accord sur certains
points, nous croyons toutes les deux qu'ils

romront pendant la relâche. Et nous nous sommes fait la promesse de ne plus jamais nous mêler des AFFAIRES de cœur de nos amis (et de nos ennemies aussi) parce que ça tourne toujours mal. Lily, intense comme d'habitude, voulait faire un serment de sang. On a plutôt préféré jurer sur la tête de OUIJA. C'est un serment inviolable au **CARRÉ** !

– Léa, on a oublié une chose, lance Lily tout à coup. Faut que tu manges un *fish and chips* à Londres. C'est leur mets national !

– Rapport avec Karo et PVP ???????????

Ma *BFF* est tellement imprévisible. Je farfouille dans ma valise. Mon Carnet ! J'écris ça et je texte ma mère.

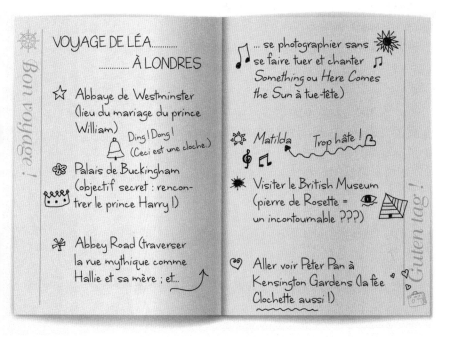

🌀 Traverser le pont du Millénaire à pied (Voldemort ne l'a pas vraiment détruit) ⚡

★ Gare King's Cross (quai 9 ³/₄)

🍬 Hope and Greenwood (cadeau pour Lily / 🍬 penser aussi à Herménégilde et à Lulu)

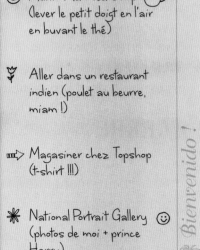

🌀 Muffin Man Tea Shop ☕ (lever le petit doigt en l'air en buvant le thé)

🌷 Aller dans un restaurant indien (poulet au beurre, miam !)

▥▷ Magasiner chez Topshop (t-shirt !!!)

✳ National Portrait Gallery ☺ (photos de moi + prince Harry)

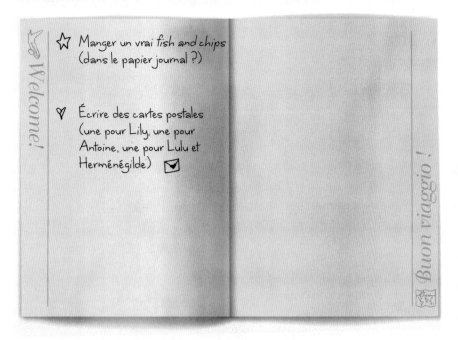

☆ Manger un vrai fish and chips (dans le papier journal ?)

♡ Écrire des cartes postales (une pour Lily, une pour Antoine, une pour Lulu et Herménégilde) ✉

Mon père me souhaite bonne **NUIT** sans me faire remarquer qu'il est trop tard. Il est de bonne humeur! Il a demandé à voir ma valise (**Ouate de phoque!**) et a critiqué parce que je veux apporter mon oreiller. **GRRR!** Moi, est-ce que je lui dis quoi ne pas apporter quand il va à Minneapolis? C'est sûr que dans une ville aussi **endormante**, impossible de faire de l'insomnie! Je ne me querelle pas avec lui parce qu'il me conduira à l'aéroport.

Je consulte cyber-astrologue et dodo! J'espère qu'il a de **BONNES** nouvelles pour moi!

Amours: Après la pluie, le beau temps. (Il sait, pour Londres. Il est fort!) **Amitiés:** Trahison possible. Ne vous confiez pas au premier venu. (Bon, une autre affaire!) **Finances:** Gardez l'oeil sur votre porte-monnaie. (Ben, je vais dépenser un peu à Londres. Mais je regarderai pas mon porte-monnaie 24 heures sur 24! J'aurai autre chose à faire.) **Famille:** Rapprochement avec un membre de la famille. (C'est certain! Je serai *foule* proche de ma mère à Londres. Il est en **FEU**!) **Votre chiffre chanceux:** le 6. (Six? Six???? Quel chiffre insignifiant!)

Est-ce que l'expression *Après la pluie, le beau temps* signifie qu'Antoine déménagera à Londres (la **PLUIE**), puis en Floride (le soleil)? Antoine ne déménage tellement pas! Histoire classée jusqu'à la fin du monde et certainement après.

Dans mon lit, qui me manquera trooOop la semaine prochaine! Je repense à ce qu'Herménégilde m'a dit pendant le  d'adieu (**PIZZA** maison faite par Super-papa!) : les voyages forment la jeunesse. Je suis jeune, donc, ça me concerne. Mais je me demande bien ce qui sera plus formé chez moi en revenant... Mystère. Bonne nuit!

Mes seins?!! Ils vont **éCLORe** à Londres!!!!!!!! Je ne vois pas autre chose. Ce serait pas mal, remarquez. 32 AA, c'est plutôt modeste.

Bonne nuit! Là, c'est vrai.

2 MARS

«*Les passagers du vol 94 en partance pour Londres sont priés de se rendre à la porte d'embarquement.*»

– Papa, c'est nous!!!

Je saisis ma **valise** rouge et je me dirige vers le comptoir. Mon père marche devant moi. Il veut être sûr que je serai sous haute surveillance pendant tout le trajet. Il a peur que je me perde en **ROUTE** ? Qui se PERD dans un avion ? Ce serait une première mondiale et je ferais la première page du *Paris Match* en même temps que le prince Harry !

– Bon voyage, Léa, me dit mon père.

– Merci, papa.

– J'espère que le repas sera bon. Les repas de cette ligne aérienne sont toujours excellents.

– ...

– Avec les milles que j'ai accumulés, ma secrétaire t'a réservé un très bon billet. Tu m'en donneras des nouvelles. Sais-tu que les milles Aéroplan existent depuis...

Ouate de phoque. On n'est pas obligés de PARLER !

– Sois prudente ! me rappelle-t-il, un genre de sanglot dans la voix.

Prudente ? Je vais rejoindre ma mamounette !!! Il CAPOTE un peu trop, là.

– Promis, papa ! Je t'enverrai une carte postale, ai-je déclaré parce que je ne savais pas quoi dire et que je ne voulais pas pleurer devant tous les passagers de l'avion. To-tal humiliant.

L'agente de bord (celle qui doit s'assurer que je ne m'égare pas comme l'écervelée de Petit Chaperon rouge et qu'à l'arrivée, je ne CONFONDE pas ma mère avec un LOUP cruel) me tape sur l'épaule. Il faut y aller !

– Bye Pa' ! je lance en suivant mon guide.

Je fais des SIGNES de la main à mon père et là, des larmes roulent sur mes joues. Je serre les dents parce qu'il n'y a rien de triste. Dans quelques heures, je serai à Londres !!!

Voyage réel au
Pays imaginaire

JOURNAL DE VOYAGE DE LÉA BEAUGRAND À LONDRES

JOUR 1 (3 mars ; météo : aucune idée ! Je dors debout !)

Je SUIS à Londres. Le Magicobus rouge qui m'a amenée ici comptait deux étages. Dans la vraie vie, les valises ne montent pas les escaliers toutes seules (déception to-ta-le). À l'hôtel, ma mère m'a laissé dormir pendant six (Ah ! Mon chiffre chanceux !) heures avant de me tirer de force du sommeil (sous la menace de me lancer de l' EAU glacée à la figure. Londres l'a trop changée !). Elle avait faiiim ! (Excuse *pochissime* !)

Truc de Léa Beaugrand contre le décalage horaire : faire semblant qu'on a dormi pendant toute la nuit même si en réalité on a écouté les super bons FILMS présentés dans l'avion. Le passé, c'est le passé. Je dormirai dans cinq jours…

Première visite à Londres (où je suis enfin !!!) : Muffin Man Tea Shop. Notre table ronde (jolie, la nappe FLEURIE. Clic ! Clic !) était à l'étage. J'ai pu espionner les clients assis en bas. Rien de louche. À moins que les vieilles Londoniennes qui BUVAIENT leur *tea* à petites gorgées étaient au service d'Interpol[10] (hypothèse peu crédible!). À **faire**: s'inspirer de leurs **BONNES** manières (top compliqué). À éviter: faire du bruit en sirotant le *tea* même si trop chaud! Très gênant.

Ce qu'on a commandé: scones, *clotted cream* (traduction: crème caillée. **Beurk!** J'étais certaine que c'était de la crème pleine de mottons!), *strawberry jam*, du *tea* pour moi, un espresso pour elle (évident!), du bacon et des œufs en mouillette (c'est bien elle, ça... Un beau mot pour dire à la ⒸⓄⓆⓊⒺ!).

Découverte: la *clotted cream* est un genre de beurre blanc. Absolument aucun motton!

Météo: ensoleillé! Je fais quoi avec mes bottes de pluie? **Pfff!**

Sorties du salon de thé. Marché pour ne pas exploser. Direction? **KENSINGTON** Gardens. Pour voir la statue de Peter Pan. Fébrilité extrême!!! Nous avons cherché pendant plusieurs minutes; ce **PARC** est plus grand que celui de notre quartier. Au détour, Peter Pan était là, jouant de la flûte. La petite chose écrasée à ses pieds, c'était la fée Clochette? J'y crois pas encore! **Clic! Clic! Autre constatation:** les autos roulent du mauvais côté de la route. À faire de toute urgence: expliquer aux Londoniens que c'est très dangereux, **ROULER** du mauvais côté de la route.

---

10. Organisation internationale de police criminelle. Disons que ça impressionne.

Avons marché, marché et marché. Les maisons sont très différentes de celles de mon quartier. Elles sont comme dans le film *L'attrape-parents* : collées les unes sur les autres, blanches, derrière une petite clôture noirie en métal. Très chic ! *Clic !* J'ai pris l'*underground* pour la première fois. À ajouter dans mon dictionnaire imaginaire : *underground* = métro vraiment **VIEUX**. Nous nous sommes retrouvées près d'un parlement très inspirant. En vrai **moulin** à paroles, ma mère m'a raconté sa semaine dans l'entourage du fameux Barack. Moi ? J'ai fait semblant de téléphoner à **ANTOINE** dans une cabine rouge. Oui ! Comme celle qui donne accès au ministère de la Magie dans *Harry Potter*. *Clic ! Clic !* Il était 18 h. Je le sais parce que Big Ben a sonné la même musique que celle qui joue lorsqu'on ouvre la porte de la boulangerie, puis il nous a indiqué qu'il était 18 h (ou **6** h ! Chiffre toujours chanceux), justement.

Je me suis couchée tôt. Même. Si. Je. Suis. À. Londres. La ville de Peter Pan et du prince Harry.

Observation : les Londoniens ne parlent pas comme notre prof d'anglais (déception, je comprends rien) ! Mais ils sont toujours prêts à nous renseigner. Utile seulement quand on comprend ce qu'ils disent.

Je suis étendue sur mon lit. Déjà, je peux **RATURER** des trucs sur ma **LISTE**. La vie défile trop vite au Pays imaginaire.

VOYAGE DE LÉA...........
.... À LONDRES

☆ Abbaye de Westminster
(lieu du mariage du prince
William) Ding ! Dong !
🔔 (Ceci est une cloche.)

✿ Palais de Buckingham
(objectif secret : rencon-
👑 trer le prince Harry !)

✳ Abbey Road (traverser
la rue mythique comme
Hallie et sa mère ; et...↗

🎵 ... se photographier sans
se faire tuer et chanter 🎵
Something ou Here Comes
the Sun à tue-tête)

☀ Matilda   Trop hâte ! 💗
🎼 🎵

✳ Visiter le British Museum
(pierre de Rosette =
un incontournable ???)

💙 ~~Aller voir Peter Pan à~~
~~Kensington Gardens (la fée~~
~~Clochette aussi !)~~

🐚 Traverser le pont du
Millénaire à pied (Voldemort
ne l'a pas vraiment détruit)

★ Gare King's Cross
(quai 9 ¾)

🍬 Hope and Greenwood
(cadeau pour Lily /
penser aussi à Herménégilde
et à Lulu)

☕ ~~Muffin Man Tea Shop~~
~~(lever le petit doigt en l'air~~
~~en buvant le thé)~~ 🧁

🌷 Aller dans un restaurant
indien (poulet au beurre,
miam !)

➪ Magasiner chez Topshop
(t-shirt !!!)

✳ National Portrait Gallery ☺
(photos de moi + prince
Harry)

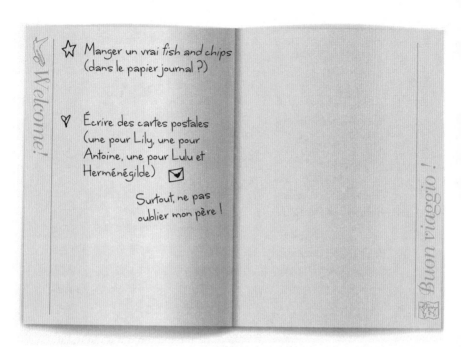

☆ Manger un vrai *fish and chips* (dans le papier journal ?)

♡ Écrire des cartes postales (une pour Lily, une pour Antoine, une pour Lulu et Herménégilde) ☑

Surtout, ne pas oublier mon père !

Autre constatation : une grande **VILLE**, c'est bruyant !

JOUR 2 (4 mars ; météo indécise)

Réveil : loin d'être facile.

Petit-déjeuner : MUFFIN Man. Ça, c'est top évident ! Ai réussi à boire trois gorgées de *tea* en silence. Amélioration notable. **Clap ! Clap ! Clap !**

Plan de match : une journée royale.

Première escale : le **PALAIS** de Buckingham.
Mes impressions : c'est la maison d'une **VRAIE** reine ?
Pas si impressionnante que ça, la demeure d'Élisabeth.
Le château de Cendrillon, ÇA c'en est un vrai !

Commentaires de ma mère : trop de circulation **AUTOMOBILE**. Le *Victoria Memorial* fait tellement art pompier. (Ce monument a été créé par des *sexy* pompiers ? C'est pas écrit dans le guide de voyage !) Trop de touristes (nous, on est des Londoniennes, je suppose ?). Lui ai demandé à quelle fenêtre du palais regarder pour entrevoir peut-être – je ne suis pas si naïve – le prince Harry. Éclat de {R} {I} {R} {E}. Ben quoi ? On est au Pays imaginaire, non ?

Deuxième escale : Abbaye de Westminster.
Kate a épousé son prince ici. *Clic ! Clic !* Il ne s'est pas transformé en  lorsqu'elle l'a embrassé (ç'aurait eu l'air fou à la télé, une grenouille qui se sauve dans la grande allée !). Sabine va capoter quand elle verra la photo. Je foule le même sol que le prince Harry. *Clic ! Clic !* Vérification faite, il ne reste plus de **CONFETTIS** sur le sol. Note : où est le bedeau ?

Trucs historiques que ma mère m'a raconté (qui peut empêcher le vent de venter ?) : c'est l'église où les **ROIS** sont couronnés. (**Cool !**) Où ils sont enterrés. (Moins cool.) Il y a aussi des tombes de poètes. (Ça intéresse qui ?) Le tombeau de la reine

167

Guenièvre est ici? Mon guide est resté muet sur ce point crucial (guide plus que douteux!).

Où ma mère m'a entraînée (de force) : elle a insisté pour que je la photographie devant la tombe de Charles Dickens (son conte de Noël est vraiment **ÉPEURANT**!). *Clic! Clic!* Elle a rendu hommage à Jane Austen à haute voix (*Clic! Clic!*) en déclamant un passage de *Orgueil et préjugés* (moment to-tal humiliant). **Encore pire :** elle m'a photographiée devant la tombe de Marie Stuart (la Marie décapitée. **Ouate de phoque au cube!**). Non contente de m'avoir humiliée devant tout Londres, elle m'a traînée vers le (tout de même magnifique!) t o m b e a u d'Isaac Newton. *Clic! Clic!*

Suggestion pas rapport de ma mère : montrer la photographie de moi en compagnie de Marie-la-décapitée à ma professeure d'anglais. **Ma réaction :** jamais de la vie!

Objectif secret de ma propre mère : faire de moi une **PVP**. Ma riposte à cette tentative : résistance!

Pause déjeuner (mmm!) : un **sandwich** dans un café. Plus un *Tinker Bell fairy cake* (pour faire honneur à la fée Clochette). Plus un *tea* parce qu'en voyage, faut faire comme les **ROMAINS**.

Résumé de l'échange avec ma mère pendant cette pause :

Elle : *Tu es vraiment amie avec Philippe ?*

Moi (sur la défensive) : On peut dire ça. Je le trouve un peu (!!!) sérieux, mais c'est un ami fidèle.

Elle (réfléchissant à sa réponse) : Il ira loin, ce garçon. (...) Je l'aime beaucoup (je suis au courant!) Tu sais quoi ? (Non.) Si j'avais eu un fils, j'aurais aimé qu'il lui ressemble ! (Et moi, je serais la sœur idiote de **PVP** ??????????? Ou pire, sa jumelle ? Je l'ai échappé belle!)

À noter : son « fils » n'est pas très 𝐑𝐄𝐁𝐄𝐋𝐋𝐄 en ce qui concerne les règlements fous de l'école. Elle serait déçue.

Moi (bouleversée) : Slurrrp!

Elle : Léa ! Tes manières !

Moi (toute rouge) : ...

Morale de cette histoire : quelle chance d'être enfant 𝐔𝐍𝐈𝐐𝐔𝐄 !!!!!!

JOUR 2 (après-midi du 4 mars ; météo toujours indécise)

Sorties de l'*underground*. Signe routier digne de mention : sur l'asphalte, on 𝐈𝐍𝐃𝐈𝐐𝐔𝐄 aux touristes (comme moi) de quel côté viennent les automobiles pour leur éviter de se faire écraser sur le bitume (neurones, calmez-vous !). Je l'apprécie. Autos londoniennes 𝐑 𝐎 𝐔 𝐋 𝐀 𝐍 𝐓 encore

et toujours du mauvais côté de la **ROUTE**.
On n'a pas pris mon conseil au sérieux.

Entrée dans la National Portrait Gallery (c'est un mu-sée. Pas de commentaires!) : plan décodé. Déambulons (en moins de deux jours, ma mère a trop déteint sur moi. Urgence : me **ressaisir**.) dans les salles. Je choisis celle où il y a les portraits de la famille royale. Me **DIRIGE** vers celui de Harry (le prince, pas Harry Potter!). Ma mère me photographie à ses côtés. Il est vraiment le plus beau prince que j'ai vu de ma vie. (Pas trop difficile. Les seuls que j'ai vus étaient des personnages de Disney!)

Erreur à ne plus commettre : accepter de bonne foi d'aller dans un musée en croyant que ma mère me suivra aveuglément sans n'en faire qu'à sa tête. Elle m'a forcée à aller voir au moins mille **PORTRAITS** de la reine Victoria, une femme (noOon!) qui a dominé le moOonde!

Ce que j'ai appris sur Léa Beaugrand : je suis plus patiente et donc plus mature qu'avant!

Comment je me suis vengée : (très) long arrêt à la boutique de souvenirs où j'ai acheté : cartes postales (6) ; poster de Harry, qui ressemble à Antoine sauf qu'il a les **CHEVEUX** très roux (♥♥♥), en compagnie de son frère William (♠♠♠).

Appréciation générale de l'après-midi : super cool!

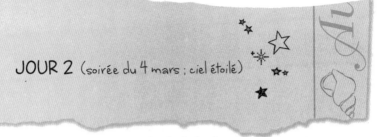

Poussons la porte d'un **R E S T O** (un étroit corridor, plutôt) indien minuscule. Huit tables au max. Très intime. Ça sent bon! Ma mère a pris le contrôle des opérations (excellente chose!). Ai commandé du **POULET** au beurre (coché!) et du pain naan. Pour le reste, je goûte, c'est tout.

Découverte culinaire de la soirée: samosas farcis trempés dans le chutney (genre de ketchup vert très (trop) **piquant**).

Résumé de notre échange pendant le retour:

Moi: Aimes-tu vraiment ça, Washington? (On jase, là!)

Elle: **Pas mal. Si Obama n'était pas là, ce serait différent...**

Moi: Je te comprends, il est tellement beauuu!

Elle: **Je ne pensais pas à ça.** (Elle a ri. Je ne sais pas pourquoi. Il EST beau. C'est un fait!) **Il veut changer des choses et j'ai la chance d'assister à ça!**

Moi: Après Washington, t'iras où?

Elle: **Aucune idée, Léa.**

Moi : As-tu une préférence ?

Elle : ...

Je me suis tue. On est  bien. Je pense tout de même que, si elle vivait ici, ce serait vraiment cool.

À Lily (une carte Audrey Hepburn. Trop chic !) :

Dans notre chambre, je m'occupe de mes cartes . Puisque je suis ici pendant une courte semaine, je dois les envoyer demain matin si je veux qu'elles arrivent au Québec avant la fin de l'année scolaire. Les boîtes aux lettres rouge vif sont tellement belles ! J'ai trop hâte de les utiliser.

À Lily (une carte Audrey Hepburn. Trop chic !) :

POST CARD

Prince Harry en
vacances...

Love you !!!!

172

À Antoine (une carte Paul McCartney) :

Love you that
biiiiiiiiiiiiiiiiig !

Léa XOXO

À PVP (CARTE de la tombe d'Isaac Newton. Obstination avec ma mère, qui veut écrire à ma place. Négociations virulentes. VICTOIRE concédée. Je sais reconnaître une cause perdue d'avance.). Carte écrite par ma mère :

Tu aurais aimé la tombe
d'Isaac Newton !

Ève et Léa

Ma mère. Seule personne à croire que Philippe se pâmera sur une tombe, même si c'est celle du physicien le plus célèbre de la TERRE ! État de ma mère après ce COUP bas : béatitude tO-ta-le !

Dernière chose avant de dormir : ma liste. Je suis **DÉBORDÉE** !

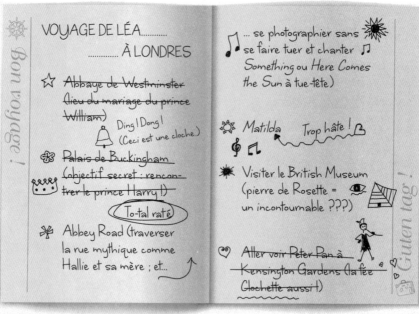

Bon voyage !

VOYAGE DE LÉA..........
.... À LONDRES

☆ ~~Abbaye de Westminster~~
~~(lieu du mariage du prince~~
~~William)~~
Ding ! Dong !
(Ceci est une cloche.)

❀ ~~Palais de Buckingham~~
~~(objectif secret : rencon-~~
~~trer le prince Harry !)~~
(Total raté)

❋ Abbey Road (traverser
la rue mythique comme
Hallie et sa mère ; et...

... se photographier sans
se faire tuer et chanter ♫
Something ou Here Comes
the Sun à tue-tête)

☼ Matilda   Trop hâte !

❋ Visiter le British Museum
(pierre de Rosette =
un incontournable ???)

♡ ~~Aller voir Peter Pan à~~
~~Kensington Gardens (la fée~~
~~Clochette aussi !)~~

♡ Guten tag !

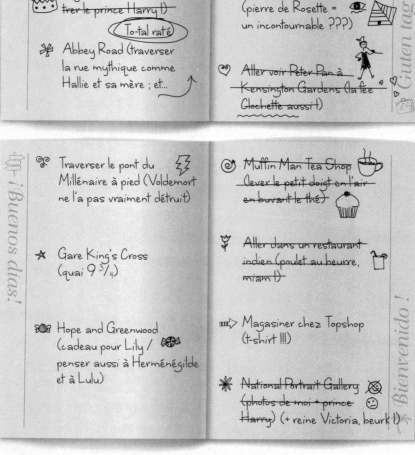

¡ Buenos dias !

❦ Traverser le pont du
Millénaire à pied (Voldemort
ne l'a pas vraiment détruit)

✦ Gare King's Cross
(quai 9 $\frac{3}{4}$)

🍬 Hope and Greenwood
(cadeau pour Lily /
penser aussi à Herménégilde
et à Lulu)

◉ ~~Muffin Man Tea Shop~~
~~(lever le petit doigt en l'air~~
~~en buvant le thé)~~

❀ ~~Aller dans un restaurant~~
~~indien (poulet au beurre,~~
~~miam !)~~

▭▷ Magasiner chez Topshop
(t-shirt !!!)

❋ ~~National Portrait Gallery~~
~~(photos de moi + prince~~
~~Harry)~~ (+ reine Victoria, beurk !)

Bienvenido !

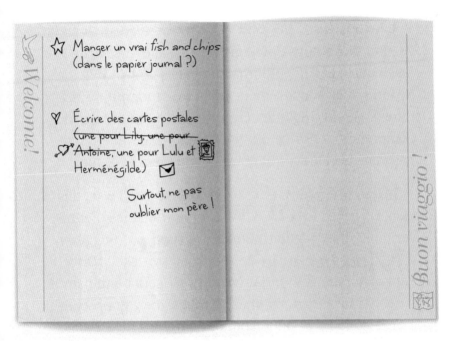

☆ Manger un vrai fish and chips (dans le papier journal ?)

♥ Écrire des cartes postales (une pour Lily, une pour Antoine, une pour Lulu et Herménégilde) ✉

Surtout, ne pas oublier mon père !

J'avais oublié à quel point les vacances, c'est pas **reposant**. Bonne nuit !

JOUR 3 (5 mars ; matinée ensoleillée)

Buo

Plan de match : journée *culturelle*.

Débarquons devant le British Museum. Impressionnant. Comme c'est moi qui ai mis cette activité au programme, je suis responsable de mon **MALHEUR** (à quoi ai-je pensé??????????????? À rien, c'est plus qu'évident !).

175

Décodage du plan du musée : compliqué, ce plan. Nous nous dirigeons vers la salle 4 : celle de la fascinante et incontournable **PIERRE** de Rosette (avis supposément éclairé de mon prof d'histoire !). Je la regarde. *Clic ! Clic !* Comme je ne comprends rien à ce qui y est écrit, je ne m'éternise pas dans les parages et entraîne ma mère avec moi.

Résumé de ce que nous avons vu : des vieilles roches **GRECQVES** (ou romaines ?) et un véritable chat égyptien momifié __(ou aip !)__. Suggérer à **Moucheronne** de momifier son cher Marcel Poitras lorsqu'il mourra (vivant, ce serait vraiment cruel). Nous nous sommes perdues (ben quoi, plan mal décodé...) et nous sommes arrivées face à face avec une statue géante de l'île de Pâques. Tellement impressionnant ! Ça, c'est vraiment incontournable. *Clic ! Clic !*

Mention spéciale à ma mère qui n'a pas souligné que j'avais l'air d'aimer me **PERDRE** dans un musée. Elle s'améliore.

Pause repas : un vrai *fish and chips* ! Dans du faux **PaPiER** journal. Si ma mère n'avait pas autant insisté, je n'aurais jamais accepté de manger du poisson (ou quoi que ce soit d'autre) acheté dans une cantine aussi **minable**.

Résumé de notre argumentation :

Elle : Fais-moi confiance. C'est le meilleur fish and chips de Londres !

Moi : As-tu bien regardé? C'est un minuscule boui-boui! (J'ai utilisé son langage pour qu'elle me comprenne bien. **12/10**, Léa!)

Elle (impressionnée par mon riche vocabulaire) : Je ne saisis pas ton argument, Léa! De toute manière, ai-je l'habitude de m'enflammer pour rien, moi?

Moi : ... (Au moins trois millions d'exemples me sont venus à l'esprit. Ma **LANGUE** était étourdie à force de tourner.) Si tu insistes!

Lui (le cantinier, très patient) : *Cod or...* (qu'est-ce qu'il a dit??? Prononce!)

Elle : Morue ou aiglefin, Léa?

Moi : Pas de la morue, maman! Pas de la morue!

Elle : *Cod and...* (je ne peux toujours pas dire quoi! Ma mère a pris leur accent, ou quoi?)

Moi : ... (Je réfléchis en attendant mon cornet. Il n'y a aucune table dans la cantine. C'est un COMPTOIR. On va s'installer où????????????)

Elle (en me tendant un énorme cornet tout **CHAUD** et un peu **GRAISSEUX**) : Suis-moi, on va manger dehors!

Lunch le plus **MERVEILLEUX** de ma vie : avons dégusté notre *fish and chips* (graisseux = délicieux) assises sur un banc, face à la Tamise (le **fleuve** qui traverse Londres). Par moments, on dégustait nos frites salées et *foule* vinaigrées sans dire un mot, en fixant l'autre rive. On s'est photographiées aussi. CLic ! CLic !

Ma mère m'a raconté sa vie (vraiment plate) à **WASHINGTON**. Moi, ma vie (plate aussi), à l'école. Je lui parle de la rose de Karo ou pas ?

J'étais trop bien, alors j'ai parlé d'Aglaé (pourquoi ici ????), avec qui ma mère me conseille « d'avoir une discussion franche et honnête pour que cessent ces **HOSTILITÉS** contre-productives et indignes de deux femmes évoluées. » À méditer. En compagnie de Lily !

JOUR 3 (5 mars en après-midi ; nuageux mais chaud)

Arrêt chez Hope and Greenwood. ZE magasin de **bonbons** de Londres. Bonbons = partie importante de la culture d'un pays. Ça sentait tellement bon le sucre !

Casse-tête : choisir quoi acheter (activité que je déteste toujours autant !). Ma mère s'occupait de ses textos. Ai pris mon temps. Ai dégusté ce qui était offert. Mal de ventre carabiné...

Ma mère est sortie de son monde **virtuel**. J'hésitais encore. Comme elle est vraiment bonne pour décider, elle a (fortement) suggéré un immense sac de bonbons mélangés pour Lily; un autre pour **Antoine**; un petit sac pour nous deux; des réglisses noires pour Herménégilde; des caramels à la fleur de sel pour mon père et un LIVRE de recettes pour ma LULU (son idée la plus lumineuse!).

Ma mère m'a photographiée devant un mur couvert de pots de BONBONS. Photo textée à Lily qui capote certainement à l'heure qu'il est.

Résumé de notre échange le plus houleux depuis mon arrivée:

Elle: Tu n'offres rien à Philippe?

Moi: Nooon! (J'ai offert une rose à sa blonde pour la Saint-Valentin, depuis cette gaffe colossale, fini les CADEAUX!)

Elle: C'est un ami fidèle, pourtant, c'est toi même qui l'as dit. (J'aurais dû la boucler! Je suis une incontrôlable pie jacasseuse!)

Moi (après réflexion): Tu rapportes quoi à Machiavel, toi? (**22/10**, Léa. La machine à **BOULES** – jamais je ne dirai «BILLARD électronique»! – de ton cerveau t'offre une partie gratuite!)

Elle: ...

Moi: ... (*Game over!* OUF! Je l'ai échappé belle.)

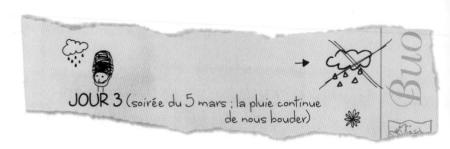

Au théâtre, pour Matilda: décor époustouflant (dixit Ève). Des piles de livres, du plancher au plafond (ça lui plaît, c'est certain!). Des balançoires géantes qui permettraient de toucher le **CIEL** avec les pieds, avec un bon élan... Tuniques grises des filles: pas pire. Mais les gars! Je n'imagine pas **Antoine** portant une mini **casquette** ronde comme la leur. Des chorégraphies géniales, énergiques (ma spécialité)! Quand Trunchbull est entrée en scène, j'ai **CRIÉ**. Elle ressemble trop à notre prof de math, sauf que madame Paquette n'a jamais dit (publiquement) que nous étions des vers de terre.

Ma mère a apprécié autant que moi. Après discussion, nous avons décrété que nos scènes préférées étaient:

- Matilda qui fait la démonstration de ses pouvoirs magiques à mademoiselle Honey (comment est-ce possible, faire glisser un verre sur une table par le seul **POUVOIR** de sa pensée?).

- Les élèves qui se balancent.

- Secret de Trunchbull/Brisebois/Geoffrion mis au jour: poste de surveillance **REMPLI** d'écrans de télé. Ce qui explique que les surveillantes savent toujours où nous sommes (salle de bains, genre!) ou ce que nous faisons (style, s'embrasser au milieu du corridor).

180

★ Trunchbull qui fait TOURNER Alice en la tenant par les tresses (on cherche encore le truc).

★ Quand la craie écrit au TABLEAU toute seule (moment très magique !) pour accuser Trunchbull qui est tO-ta-le-ment KC !

Ce que j'ai tenté de savoir sur le chemin du retour (la magie m'a fait penser à Morgane) :

Moi : T'as déjà consulté une cartomancienne ?

Elle : Moi ? (Trop ÉTONNÉE.) JAMAIS ! Pourquoi tu me demandes ça ? (Ton soupçonneux = danger !)

Moi (tentant de gagner du temps) : Pour jaser. Tu appelais OUIJA avec ma tante Johanne au chalet (héhé !). T'aurais pu !

Elle (KC !) : Après notre expérience avec Ouija, j'ai mis l'ésotérisme de côté.

Moi : Je te comprends tellement…

Elle : Pourquoi tu me parles de ça ? C'est pas ton genre, ces choses-là !

Moi : C'est quoi, mon genre ?

Elle : …

À notre hôtel. Je pense à *Matilda*, à l'imagination et à la force d'un groupe qui se révolterait contre des règlements injustes sur les **bisous** innocents, par exemple. Je grignote une réglisse noire.

– Maman, t'es certaine qu'Herménégilde va aimer son cadeau? je demande en grimaçant.

– Il va adorer ça. C'est lui qui l'a demandé, affirme-t-elle en mangeant un bonbon à la rhubarbe (vraiment meilleur que la réglisse **NOIRE**!).

– Si tu le dis, je réponds en grimaçant encore.

Sur mon lit, je **SERRE** mon Teddy rude contre moi (il aime tellement ça, voyager!) et je mets ma liste à jour. Je barbouille pas mal fort le mot «incontournable» à propos de la **PIERRE** de Rosette. Franchement exagéré! Pas mal plus contournable que la statue de l'île de Pâques dont le prof ne m'a jamais parlé!

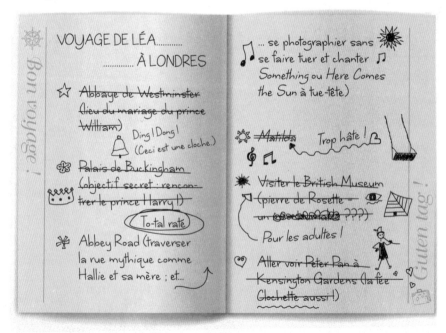

VOYAGE DE LÉA...........
.... À LONDRES

☆ ~~Abbaye de Westminster~~
~~(lieu du mariage du prince~~
~~William)~~
Ding! Dong!
(Ceci est une cloche.)

✿ ~~Palais de Buckingham~~
~~(objectif secret : rencon-~~
~~trer le prince Harry!)~~
To-tal raté

❀ Abbey Road (traverser la rue mythique comme Hallie et sa mère ; et...

♪ ... se photographier sans se faire tuer et chanter ♫ Something ou Here Comes the Sun à tue-tête)

✿ ~~Matilda~~ Trop hâte !

✴ Visiter le British Museum ~~(pierre de Rosette –~~ ~~un ???)~~ Pour les adultes !

♥ Aller voir ~~Peter Pan à~~ ~~Kensington Gardens (la fée~~ ~~Clochette aussi!)~~

Bon voyage !

Guten tag !

182

⚑ Traverser le pont du Millénaire à pied (Voldemort ne l'a pas vraiment détruit)

★ Gare King's Cross (quai 9 ³/₄)

🍬 ~~Hope and Greenwood (cadeau pour Lily / penser aussi à Herménégilde et à Lulu)~~

☕ ~~Muffin Man Tea Shop (lever le petit doigt en l'air en buvant le thé)~~

🌷 ~~Aller dans un restaurant indien (poulet au beurre, miam !)~~

⫘ Magasiner chez Topshop (t-shirt !!!)

✳ ~~National Portrait Gallery (photos de moi + prince Harry)~~ (+ reine Victoria, beurk !)

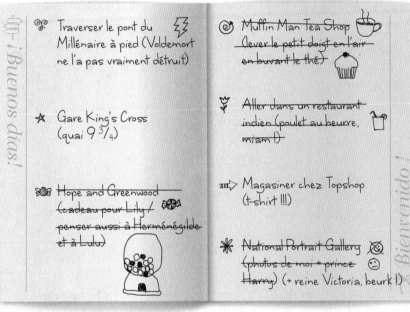

☆ ~~Manger un vrai fish and chips (dans le papier journal ?)~~
Miam !

♡ Écrire des cartes postales ~~(une pour Lily, une pour Antoine, une pour Lulu et Herménégilde)~~ ✔

~~Surtout, ne pas oublier mon père !~~

Et une pour Lancelot !

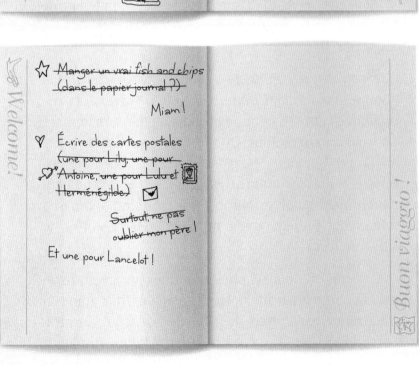

Bon. J'ai écrit une carte postale pour Lancelot (la **STATUE** de Peter Pan, à qui il ressemble) et une pour mon papa (la photo d'un parc dont le **GAZON** est tout vert). Lui qui aime les pelouses super bien entretenues, il va **CAPOTER**, c'est certain.

Constatation : mes vacances rétrécissent.

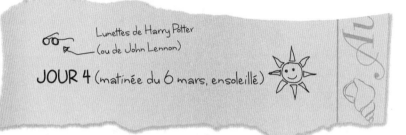

Lunettes de Harry Potter
(ou de John Lennon)

JOUR 4 (matinée du 6 mars, ensoleillé)

Plan de match : sur la piste des Beatles et de Harry Potter (amélioration notable par rapport aux musées).

Première escale : Abbey Road. On a fait comme dans le film *L'attrape-parents*. Traversé la rue mythique ! OK, il a fallu s'y prendre à plusieurs reprises pour se photographier. Quand on est sorties de notre **BULLE**, deux Magicobus rouges, six automobiles et au moins quatre **TAXIS** attendaient patiemment qu'on retourne sur le trottoir. J'ai réussi à m'humilier publiquement au pays d'Harry Potter. Je suis trop forte !

Comme on ne s'est pas entendues sur la chanson qui accompagnerait notre traversée, ma mère a fredonné *Here Comes the Sun* de son côté, et moi, *Something*. On a ri comme deux folles (meilleur moment du voyage !). Photo textée à **Antoine**. *Blink!*

Deuxième escale : **gare** King's Cross. Assez loin de Abbey Road, finalement. Après une loooooongue promenade en *tube* (le toujours aussi vieux métro), nous sommes arrivées devant cette gare assez ordinaire. Mais c'est normal que je pense ça, je suis une moldue. Sommes entrées. Je me suis fait photographier devant le quai 9 ¾. Les Anglais – d'autres moldus – qui passent devant cet endroit mythique à tous les jours me **regardaient**, trop blasés. *Pfff!*

Pause dîner : dans le sous-sol d'une église. Pas un **soupe** spaghetti, là ! Un vrai *afternoon tea*. Ai mangé des sandwiches au concombre et au **gazon** (vraiment bons !), au saumon fumé (miam), d'autres aux œufs (bof !), des gâteaux tellement délicieux et bu des litres et des litres de *tea* sans *ssssslurper* !

JOUR 4 (fin de l'après-midi du 6 mars ; toujours ensoleillé)

Plan de match : toujours sur la piste de Harry Potter.

Troisième escale : le PONT du Millénaire.
Verdict : pont de Brooklyn = toujours mon préféré. Avons traversé et sommes revenues sur nos pas. Devant nous, d'après ma mamounette, c'était la cathédrale Saint-Paul. L'église où on a pris le *tea*. M'a rappelé que c'est là que la **PRINCESSE** Diana s'est mariée ! **Quoi ?** Elle m'a caché cette information quand j'étais dans le sous-sol ? Église devenue soudainement *foule* intéressante ! Je n'avais pas saisi que le pont de Londres (celui de *L'attrape-parents*. Ma mère n'a pas manqué de me rappeler gentiment qu'il s'appelle le Tower Bridge, et pas le pont de Londres, mais comme c'est MON journal de voyage, je m'exprime à ma manière.) était juste à côté. *Clic ! Clic !* On s'est arrêtées à mi-chemin. Le **vent** soufflait dans nos cheveux. Ça sentait bon l'eau (la pollution, moins !). Je suis à Londres avec ma mère et il fait **BEAU** et je me sens tellement bien, surtout que je ne sais plus quel jour on est.

J'ai déposé mon stylo rose sur la table de chevet. Je relis mon journal. On a fait beaucoup de choses en quelques jours. C'est trop **intense**, un voyage en Europe.

– Léa, au sujet d'Aglaé, promets-moi au moins d'y réfléchir. Vous ne pouvez pas vous en vouloir éternellement.

Ce n'est pas l'exacte définition de l'expression **« ennemies jurées »** ? Si elle connaissait ce cruel personnage, elle changerait d'idée.

– Pro-mis, ai-je ânonné.

Londres a pollué mes ꞑⅇⅈℙⅇꞑⅇ⒮ qui ont muté à la vitesse grand V! Seule explication sensée à ce délire soudain et totalement déconnecté de la réalité. Lily me dévissera la tête, c'est écrit dans le **CIEL**.

– Je suis fière de toi (**OhMonDieu!**)... Tu as beaucoup mûri depuis l'accident de Lulu. Tu changes, Léa, poursuit ma mère.

Je ne sais pas quoi dire. On se voit rarement aussi longtemps, ma mère et moi. Je la connais, mais pas autant que j'aimerais. Je suis trop intense, là. Surtout, ne pas pleurer, les larmes feraient de grosses **TACHES** dans mon journal. Où est ma liste que je la rature?

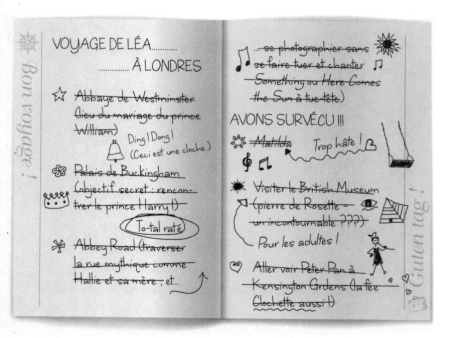

Bon voyage !

VOYAGE DE LÉA..........
.........À LONDRES

☆ ~~Abbaye de Westminster~~
~~(lieu du mariage du prince~~
~~William)~~ Ding! Dong!
(Ceci est une cloche.)

✿ ~~Palais de Buckingham~~
~~(objectif secret : rencon-~~
~~trer le prince Harry!)~~
(Total raté)

✲ ~~Abbey Road (traverser~~
~~la rue mythique comme~~
~~Hallie et sa mère, et...~~

...~~se photographier sans~~
~~se faire tuer et chanter~~
~~Something ou Here Comes~~
~~the Sun à tue-tête)~~

AVONS SURVÉCU !!!

✿ ~~Matilda~~ Trop hâte!

✹ Visiter le ~~British Museum~~
~~(pierre de Rosette –~~
~~un incontournable ???)~~
~~Pour les adultes !~~

♡ Aller voir ~~Peter Pan~~ à
~~Kensington Grdens (la fée~~
~~Clochette aussi!)~~

Guten tag !

187

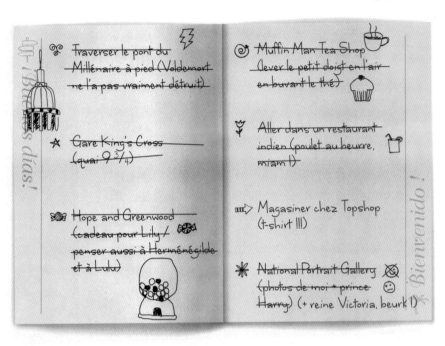

🍬 Traverser le pont du
~~Millénaire à pied (Voldemort~~
~~ne l'a pas vraiment détruit)~~

★ ~~Gare King's Cross~~
~~(quai 9 ¾)~~

🍬 ~~Hope and Greenwood~~
~~(cadeau pour Lily /~~
~~penser aussi à Herménégilde~~
~~et à Lulu)~~

☕ ~~Muffin Man Tea Shop~~
~~(lever le petit doigt en l'air~~
~~en buvant le thé)~~

🌷 ~~Aller dans un restaurant~~
~~indien (poulet au beurre,~~
~~miam !)~~

▯▷ Magasiner chez Topshop
(t-shirt !!!)

✳ ~~National Portrait Gallery~~
~~(photos de moi + prince~~
~~Harry)~~ (+ reine Victoria, beurk !)

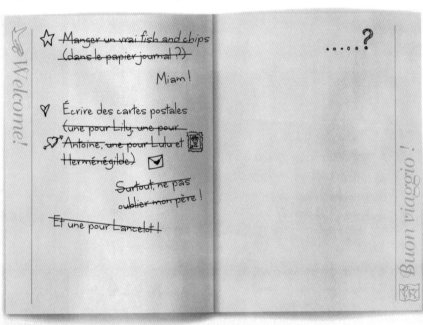

☆ ~~Manger un vrai fish and chips~~
~~(dans le papier journal ?)~~
Miam !

♡ Écrire des cartes postales
~~(une pour Lily, une pour~~
~~Antoine, une pour Lulu et~~
~~Herménégilde)~~

Surtout, ne pas
~~oublier mon père !~~

Et une pour ~~Lancelot !~~

. . . . . . ?

OhMonDieu! Qu'est-ce que je vais faire demain? Est-ce que ma mère acceptera de passer toute la journée chez Topshop? Pourquoi pas? Sa garde-robe aurait besoin d'un sérieux coup de jeune! Je vais y voir per-so-nel-le-ment! *Bonne nuit!*

Jour 5 (matinée du 7 mars ; nuageux)

Plan de match: profiter au max de ma dernière journée à Londres!

Petit-déjeuner: chez le Muffin Man. Je vide presque mon *tea* et je ne **grimace** plus quand je bois, photo de ma mamounette à l'appui. *Clic! Clic!*

Première (longue) escale: Topshop! (Très près de notre hôtel. Si j'avais su!) Ai tout examiné. Presque tout essayé. Ai trouvé ma **ROBE** pour le bal de fin d'études. Ai supplié ma mère de l'acheter. Une robe courte, corail, vraiment **oumpf!** Avec elle, je serais certaine que personne ne serait habillé comme moi (pire cauchemar de TOUTES les finissantes du monde entier!). Refus catégorique de ma mère, car je pourrais **grandir** encore. Pire prédiction à me faire! Je ne grandis plus, moi... C'est décidé!

Pour me venger, j'ai suggéré plein de vêtements «trop **jeunes**» à ma mère. Elle a hésité pour la forme et a tout essayé, «rien que pour te faire plaisir, Léa!» (c'est ça!). La vendeuse lui apportait des vraiment cool et jasait avec nous. Je ne comprenais rien (encore), mais j'ai ri quand elle riait. J'espère que c'était ce qu'il fallait faire. Ma mère a choisi une minijupe verte (en soulignant que la minijupe a été inventée par une Anglaise en 1962. Fin de la capsule historique.). Une **robe** Brigitte Bardot rouge (c'est qui, elle?) et plein d'autres trucs.

Moi? Une minijupe noire au bord **festonné** de dentelle très chic, une cami blanche et un blouson en (simili) cuir. Aussi, un **T-SHIRT** arborant l'Union Jack[11]. Le plus beau t-shirt de ma vie.

Échange rassurant avec ma mère :

Moi: Maman, je voulais savoir... Toi, hum, tes seins... ils ont poussé quand?

Elle (regardant sa poitrine) : Je me souviens pas trop !

Moi (face **découragée**) : ...

Elle (comprenant le sérieux de ma question) : Autour de quinze ans, peut-être un peu plus. Pourquoi ?

Moi: Ben, regarde-moi! Tout le monde en a plus que moi à l'école !

Elle : J'étais comme toi à ton âge. Ne t'inquiète pas, ça va s'arranger...

Moi: Quaaaaand???

---

11. Le drapeau anglais. Tellement à la mode !

Elle : Bientôôôt!!!!!!!!!!!!!!!!!!!

Moi : OKKKKKKKKKKKKKKKKKKKKKK!

Deuxième escale : notre hôtel. Déposer nos 🏷️A🏷️C🏷️H🏷️A🏷️T🏷️S dans le placard. Nous jeter sur notre lit en lançant nos souliers dans les airs. Dormir un peu. Trop dormir. Réveil à 17 h. Ma mère, l'efficacité en personne, a commandé un ℝ𝔼ℙ𝔸𝕊 léger qu'on mangera dans notre chambre. Elle m'a promis une soirée spéciale. À voir!

Jour 5 (soirée du 7 mars ; ciel étoilé)

Troisième et dernière escale du mon (trop court) voyage à Londres : London Eye!!! Étrange nom de l'immense grande Ⓡⓞⓤⓔ située sur le bord de la Tamise. Attente interminable. S'asseoir avec plein d'inconnus qui parlent anglais mais qui sont très polis. S'élever très haut dans le ciel de Londres. Chanter *Je m'envole, je m'envole, je m'envole*! Je serre la main de ma mère, qui me sourit. Le ☀S☀O☀L☀E☀I☀L est couché. Le pont de Londres (je sais, c'est le Tower Bridge) s'est illuminé. Big Ben sonne l'heure. Londres est une ville magique. J'aimerais qu'**Antoine** soit ici, avec moi, pour voir tout ça. C'est sa 🖐️M 🖐️A 🖐️I 🖐️N que j'aimerais tenir, pas celle de ma mère...

Résumé de notre conversation dans la file d'attente:

Elle: Tu aimes ça, l'album?

Moi: C'est cool! J'ai pris tellement de photos, c'est fou! Tu sais pas quoi? Tu vas être fière de moi! J'ai photographié des élèves qui s'embrassaient. Tu sais que c'est interdit, les manifestations sentimentales? (Elle a souri.) J'ai monté une page spéciale pour l'occasion. Tu devineras jamais le titre! *Distance et discrétion? Jamais le 14 février!* C'est bon, hein?

Elle: ...

Moi: Aimes-tu ça?

Elle (les **yeux** mouillés): ...

Moi (les yeux mouillés aussi): ...

On faisait trop dur!!

Ma mère feuillette le journal, elle hoche la tête et prend des notes sur son iPad. Je regarde toutes mes photos. Elles sont mongoles. J'ai hâte de les montrer à Lily et à **Antoine**! Je relis mon journal de voyage. J'ai fait trop de choses. Je pense à ce qu'Herménégilde m'a dit la veille de mon départ: les voyages forment la jeunesse. Je ne sais toujours pas pourquoi il a dit ça... Rien de notable ne s'est produit du côté de vous-savez-quoi!

– Maman, on arrive quand? je soupire.

– Dans trente-deux heures, me répond-elle tout sourire.

J'éclate de rire. C'était un jeu entre nous quand j'avais quatre ans et qu'on allait voir mon oncle Jean-Paul à Québec. C'est loin, ⚜QUÉBEC⚜, quand on a quatre ans. Je lui demandais quand on arriverait. Elle exagérait tellement que ça me faisait rire. Elle s'en est souvenue...

La Belle au bois dormant aimerait dormir pendant un an

9 MARS

Il est 5 h du **MATIN** et je suis en pleine forme. Décalage horaire, c'est de ta faute! Idée numéro un: classer mes livres par ordre alphabétique ou par code de couleurs (plus original). J'ai le temps... Idée numéro deux: trouver le meilleur endroit où installer le **poster** du toujours aussi beau prince Harry. Idée nettement plus **GLAMOUR** que la première. Coché!

Quoi??? C'est pas clair, mais... il y a des faisceaux **lumineux** en provenance de chez Lily? Urgence nationale! À+, ma *BFF* veut me voir.

— Ma chouuuuuuuuuuuuu, t'es revenuuuuue!

Lily me serre dans ses bras en sautillant. Ginette m'a saluée rapidement, puis elle m'a questionnée sur Londres. Pourquoi les adultes changent-ils tout le temps? Elle ne m'adresse jamais la parole d'habitude. L'**adultite aiguë** est en perte de vitesse? *Pfff!*

— Lily, j'ai tes bonbons!!!

Lily tire sur la manche de mon imper pour m'entraîner vers sa chambre. Où est **Moucheronne**? On l'a enfin enfermée dans un donjon sombre et humide (effet de mon voyage dans les vieux pays, comme l'a souligné **TUTU** hier soir)? Cool!!!

– Ma chou! J'avais tellement hâte de te voir. Tu devineras jamais...

– Karo et Philippe ont ROMPU!?

– Karo lui a posé un ultimatum : «C'est moi ou c'est Opti-Math.»

– Ben là! Il a choisi Opti-Math? Évident!

– *Give me five!* a hurlé Lily en mâchant une réglisse noire.

– Est-ce que t'as reçu ta carte postale? Faut que je te dise... On a envoyé une carte postale à PVP aussi! C'est ma mère qui l'a écrite! je rajoute rapidement en rougissant.

– Ch'est pas la meilleure idée de ta mère, cha..., souligne Lily en dégustant un bonbon (qui colle aux dents) à la rhubarbe. *Foule* bon, chelui-là!

Je le savais tellement! Pour le BONBON ET pour la carte postale.

– Léaaa! As-tu mon cadeau? hurle Moucheronne, en tambourinant délicatement sur la porte au lieu de dresser Marcel Poitras pour qu'il saute, traverse un cerceau (FLAMMES optionnelles) et replonge dans son bocal.

Moucheronne devrait prendre exemple sur les adultes et changer, elle aussi! Elle sera au secondaire, l'an prochain. Perspective plus que déplaisante pour nous! À moins qu'elle **redouble** sa sixième année...

11 MARS

Dans le bus. **PVP** est assis sur la banquette devant la nôtre.

– Léa, comment as-tu trouvé les musées de Londres? C'est quelque chose, hein? Tu ne connais pas ta chance, débite notre *nerd* préféré à la **VITESSE** de l'éclair.

– J'ai aimé ceux qu'on a visités. Mais cinq jours, c'est court, hein? Toi, comment ça va, Opti-Math?

Première gaffe de la journée. Encore la **faute** au décalage horaire!

– Lily te l'a dit, je suppose! (De quoi il parle??? *Pfff!*) Karo et moi, c'est fini. Je veux pas en parler...

Ça **TOMBE** bien, moi non plus!

– Léa, faut qu'on se parle! (Décide-toi! Tu veux parler ou tu veux pas?) J'ai un service à te demander. Ce midi, ça te va? me questionne Philippe tout en lisant vous-savez-quoi.

Il peut arriver à faire combien de choses en même **TEMPS**, lui?

– Ouiii, ai-je hésité.

Lily, CALME-TOI !

Devant ma case. **Antoine** m'attend. Nous sommes seuls !!! Je me rapproche **L E N T E- M E N T**. Je me vois dans ses yeux. On ne fait que ça, se regarder. Sans parler. Sans **BOUGER**. Je tiens sa main dans la mienne. À moins que ce soit lui qui tienne ma main dans la sienne ? C'est pas vraiment clair. **Zut !** La première cloche sonne...

– Bon matin, Léa Beaugrand...

– Bon matin, Antoine...

– Les jeunes, la relâche vous a rendus sourds ? Vous avez oublié ce qu'il faut faire quand la cloche sonne ? Ou vous avez besoin d'un plan pour retrouver votre local ? souligne Geoffrion en **riant** de ses nouvelles « blagues ».

– ...

– ...

Je suis en face des *Verts*. Je souris à Aglaé, pour tester le potentiel de la suggestion de ma mère concernant une éventuelle réconciliation. Résultat de mes fines observations : **NULLISSIME**. Le mémo, maintenant. **OhMonDieu !**

– La vie étudiante tient à féliciter Philippe Valois-Pépin (je lève les yeux. Fermez la fenêtre ! Il risque de s'envoler tant il est **FIER**.) qui a été nommé rédacteur en chef de *La Gazette estudiantine*. Souhaitons-lui bon succès !

Je suis sidérée. Pendant que toute la classe **applaudit** – sauf Karo, qui farfouille dans son sac d'école –, je me dirige vers mon pupitre sans rougir (effet positif du décalage?). Lancelot me fait un **signe** secret. Il va pas s'y mettre lui aussi? Si ça continue, je rédigerai le dictionnaire des signes secrets des *Verts* pour m'y retrouver.

– Félicitations, Philippe. Tu réaliseras de grandes choses à la tête de notre journal, déclare le prof d'histoire, sans rire.

Du calme, pierre de **ROSETTE** !

– Monsieur, vous vous êtes amusé pendant la relâche? demande Lancelot, toujours aussi cool.

– Lancelot, ma vie privée ne regarde que moi, rétorque le prof avant de nous présenter un autre **TRAVAIL**, pétulant à remettre à la fin de l'étape.

– Alors, Léa, tu as vu la pierre de Rosette? me demande Monsieur Vie privée en ramassant ses notes.

Et la vie privée des autres, il en fait quoi? *Pfff !*

– Oui, monsieur. J'ai pris une photo (j'ai *foule* bien fait!). Mais j'ai préféré la statue de l'île de Pâques. C'était tellement impressionnant! ai-je débité comme une **fille** exaltée.

– J'imagine, répond-t-il posément tout en classant des papiers. Sauf que la pierre de Rosette joue un rôle crucial dans l'histoire de l'Humanité.

– Les statues aussi, monsieur, mais on ne sait pas encore précisément lequel. Leur origine est mystérieuse, on ignore comment elles sont arrivées là.

Ai-je **KC** mon **PROF** d'histoire? Moi? Mauvaise idée, très mauvaise idée.

– Léa, on fait route ensemble vers la café? Faut que je te parle, me rappelle PVP.

J'espérais qu'il soit frappé d'amnésie. **DOMMAGE!**

– Comme tu le sais, je suis le rédacteur en chef de *La Gazette estudiantine*...

C'est **INOUBLIABLE** !

– Je te félicite, tu le mérites, je souligne avec sincérité.

– Merci! J'ai constaté qu'il manque un article de fond. (Le **fond** de quoi? Du baril?) J'ai pensé à toi. (Pourquoi moi?) Avec Opti-Math qui arrive à grands pas (**HEIN?**), j'aurai de moins en moins de temps à y consacrer, alors j'ai pensé te déléguer cette tâche.

– Moi? J'ai pas de talent pour ces affaires-là, que j'obstine assez mollement à cause du décalage.

– Léa, t'es la meilleure en rédaction, après moi! Tu peux relever ce défi. Je compte sur toi!

Ouate de phoque! Mais c'est vrai que je lui dois bien ça... Après, on sera quitte.

– Compte sur moi, Philippe, je murmure.

Je vais **écrire** sur quoi??????????????????

– Mamaaan?...

Ma mère range son **CELL** et me dévisage. Je me racle la gorge.

– Maman, je cherche une idée... Pour *La Gazette estudiantine*, je veux dire. Philippe a besoin d'aide et je lui ai promis un article... J'ai pensé que...

Ma mère se lève et me **serre** dans ses bras, savourant sa victoire avec grâce et dignité. Elle a le **TRIOMPHE** modeste. J'apprécie.

– Parle de Londres!

– Londres... Ça va pas ennuyer les gens?

Argument assez **POCHE**. On ne la surnomme pas *La GaZzzette* pour rien...

– Léa, il suffit de trouver un angle différent... Tout est dans l'angle qu'on choisit.

Qu'est-ce que les adultes ont tous avec leur angle «nouveau et amélioré»? Si j'ai compris, les angles se démodent? **CHANGEMENT** de sujet, ça presse!

– Les profs sont fous. Ils nous ont donné trois tonnes de devoirs en une seule journée. Je veux dormiiir, moi ! Je les ferai après ma sieste.

– Moi, mes devoirs, je ne les faisais pas tous ! se rappelle ma mère.

– C'est ça, ton angle différent, ai-je conclu en .

J'ai attrapé au vol le  qu'elle m'a lancé à la figure. 1 à 0 pour moi !

À : Lea.sec2@gmail.com
De : Antoine17@hotmail.ca
Objet : Les bonbons

Salut, Léa !

Bonbons super. Merci ! Surtout ceux à la tarte au citron !!!!!!!!!

♥U

Tchaw !

À+. Je dois répondre à mon 🐝BEL🐝 amoureux mangeur de bonbons à la 🐝TARTE🐝 au citron. *Blink!*

Dans le bus. **PVP** me sourit étrangement. Mélange du **CHAT** du Cheshire dans *Alice au pays des merveilles* et du Joker dans le film **BATMAN**. C'est de mauvais augure.

– Léa, je te remercie pour ta carte postale. C'est vraiment gentil de ta part, lance PVP, étrangement **calme**.

– Je vais dire ça à ma mère, Philippe, je réponds, soulagée.

– N'oublie pas la date de tombée pour ton article. Jeudi sans faute !

– T'as jamais parlé de jeudi…, je souligne sans conviction (Silence gênant…) OKKK pour jeudi ! je rajoute, to-tal **KC**.

– Coché ! énonce-t-il avec autorité.

Comme début de journée, j'ai connu **MiEUX**. Bien mieux !

Nous sommes à la café. Tout le **MONDE** rigole. Il n'y a que Lily qui ne rigole pas. Elle frappe mon tibia droit avec **CRUAUTÉ**. Je pensais qu'elle avait oublié cette habitude tellement secondaire deux. Elle désigne une table. Karo dîne avec Aglaé et Justine ! **Ouate de phoque !**

Antoine me fait le plus méga giga sourire du monde entier avant de se précipiter au gym. Je me dépêche, je veux le voir jouer au **BASKET**, ce midi. Il affronte l'équipe de Jérémie et de Tactac. Hécatombe en vue!

Dans les gradins, je rejoins Sabine et Karo, qui n'a pas toléré longtemps la présence de **Cruella de Vil**. Sabine va perdre connaissance tant elle est agitée. Tactac l'a invitée au bal de fin d'études. **OhMonDieu!** L'événement de l'année. Karo lui frotte le dos en ꕷꕷꕷ soulignant que *TACTAC* est un bon gars, lui.

– Léa, tu sais, pour moi et Valois-Pépin? m'interpelle Karo.

– Tout le monde le sait, Karo (pas de commentaire, Léa!).

– Sais-tu quoi? Il préfère...

Karo me déconcentre avec son bàbïllàgé pas rapport. Mon amoureux a déjà réussi trois paniers et Bilodeau ne se possède déjà plus. *Clic! Clic!*

Mon bel amoureux a volé la vedette. Il a fait douze paniers. Et a réussi un tir de pénalité. Je l'ai **embrassé** devant tout le monde. On a été avertis par Brisebois, qui nous a conseillé de ne pas ambitionner sur le pain béni! **Ouate de phoque!** On s'est embrassés, on n'a pas béni de pain! *Sabine* et *Karö* ont pleuré de rire. Moi? J'ai pensé à la révolte dans *Matilda*...

En revenant de l'école, j'ai parlé de mon ARTICLE sur Londres à Lulu et de l'angle différent de ma mère, que je dois trouver de toute urgence. Elle y a réfléchi en épluchant les pommes de terre; Herménégilde veut MANGER du pâté chinois, ce soir. Lui? Il fait cuire le steak haché, ce qui donne plus de temps à ma Lulu pour se concentrer sur mon problème.

– Léa, tu devrais parler de Londres à ta manière.

– J'ai une manière, moi? je réponds, confuse.

Lulu éclate de rire. Je suis encore plus mêlée.

J'ai relu mon c a r n e t de voyage et j'ai trouvé un titre pas trop mal. Puis, j'ai écrit des niaiseries, sans réfléchir. C'est ça, ma manière!

NEUF CHOSES QUE VOUS DEVEZ SAVOIR À PROPOS DE LONDRES

➡ par Léa Beaugrand, secondaire trois

Voici neuf choses que vous ne lirez jamais dans un journal contrôlé par des adultes qui ne s'intéressent qu'aux devoirs et aux règlements. À la demande de la rédaction, je vous livre mes troublantes découvertes au sujet de Londres. Cœurs sensibles, s'abstenir.

1. Amis lecteurs, soyez sans crainte ! Le pont du Millénaire, détruit par Celui-dont-on-ne-doit-pas-prononcer-le-nom, a été reconstruit. Vérification faite, rien n'y paraît.

2. Les Anglais ont une manie. Ils donnent des noms aux choses. Leur horloge s'appelle Big Ben. Leur théière ? Brown Betty. Moi qui m'inquiétais parce que j'ai donné un prénom au géranium de ma grand-mère...

3. Scotland Yard est formel. Il n'y a jamais eu de parties de quidditch au stade Wembley.

4. Le quai $9^3/_4$ n'est pas fonctionnel. Expérience personnelle plus que douloureuse.

5. La forêt de Brocéliande[12] a été rasée récemment pour permettre la construction de condos de luxe. Certains phénomènes paranormaux auraient été signalés chez certains résidents. Interpol enquête.

6. ...

Je n'ai plus d'idées... Pourquoi j'ai accepté d'écrire cet article, déjà ?????? C'est trop nul !

---

12. Forêt mythique de la légende du roi Arthur. Lancelot du Lac y a KC la démoniaque fée Morgane.

PVP m'a fait parvenir un courriel pour me rappeler la date de tombée. Je lui ai envoyé mon **DÉLIRE**. Il a couru après. À partir de tout de suite, on est quitte ! Puis, c'est au tour de Lancelot de me rappeler que demain **SOIR**, on fait du bénévolat ensemble. J'étais bien, à Londres, moi...

15 MARS

L'école est terminée. Lancelot et moi, on est assis dans le bureau de la responsable du CHSLD. Après avoir capoté parce qu'elle croyait que Lancelot lui **CACHAIT** son vrai prénom, elle nous a expliqué que la mission du centre est d'accueillir des personnes âgées en perte d'autonomie.

Elle nous a tendu des formulaires de discrétion qu'il a fallu lire et *signer*. En gros, il ne faut pas bavasser dans le dos des patients ! *Faf !* Puis, elle a vu mon nom et m'a demandé si je connaissais Lucienne Beaugrand. Résumé : Lulu est connue ici aussi et la responsable l'aime bien.

Ensuite, on a fait le tour du quatrième étage, là où nous «sévirons» la semaine prochaine. La responsable nous a présentés aux adultes qui ont besoin de **DISTRACTION**. Ils avaient tous l'air contents de nous voir. Ils nous ont demandé nos noms et certains ont **POUFFÉ** en entendant celui de Lancelot. Ça ne le dérange vraiment pas, il blaguait avec eux. Une seule dame ne semble pas apprécier notre présence. Elle s'est plantée devant nous, nous a dévisagés et a hurlé « **FRANCHEMENT!** », puis elle a déguerpi. On n'a rien fait, nous! Je le jure.

— T'es pas tanné que les gens pensent que Lancelot, c'est pas ton vrai prénom?

— L'autre option était cent fois pire: Jean-Gilbert!

On a **éclaté** de rire ensemble, puis mon bus est arrivé. Je suis un peu pressée. Je vais au cinéma avec Antoine, ce soir. Parfois, j'ai trop de vie!

Je suis devant le cinéma. J'attends mon amoureux. Comme il a subi un **FILM** *foule* filles la dernière fois, c'est mon tour de subir un film pas mal plus pour les gars: *Jack le chasseur de géants*. Je dis «pour les gars» parce qu'aucune de mes amies ne rêve de chasser les géants. Point positif: je serai avec **Antoine**. Point négatif: le film.

Antoine (t)(i)(e)(n)(t) ma main, je tiens la sienne. Il a l'air songeur. Je comprends pas ce qui le tracasse dans ce scénario, un enfant de cinq ans pourrait résumer l'intrigue en trois lignes, max. Je mange des **jujubes** en le regardant du **COIN** de l'œil. Les rouges sont vraiment bons!

– Léa, faut que je te dise quelque chose à propos de mon père...

– Hmm...

– Il va travailler en Finlande pendant quelques mois.

– En Finlande? Ouache! Tu vas t'ennuyer de lui, hein? Inquiète-toi pas trop. Ma mère travaille à Washington et c'est pas si pire...

Même que parfois, c'est plus que **PARFAIT**!... On s'aime plus quand on se côtoie à petites doses.

– C'est ça que je me dis! a-t-il conclu en souriant.

Je me serre contre lui. Il **SENT** bon! Ben quoi? C'est vrai!

16 MARS

Aujourd'hui, pas question de procrastiner. On tourne la vidéo sur notre actrice fétiche: Reese Witherspoon. Nous nous sommes enfin entendues sur la scène à **FILMER**, Lily et moi. Elli revient du cabinet d'avocats où elle fait un stage avec Emmett, un super bel étudiant en droit de Harvard. Ils sont dans l' ▰▰▰▰ d'Emmett et ils discutent de la discrimination envers les blondes.

– Comment on va faire pour montrer qu'on roule en voiture ? je demande à Lily, qui dispose des chaises dans mon salon pendant que **Moucheronne** fouille dans notre bibliothèque.

Lily devait garder sa sœur ($) cet après-midi. Alors, on a hérité d'elle et de Marcel Poitras, qui **NAGE** paresseusement dans son bocal que Moucheronne a déposé sur la table de la **CUISINE** pour qu'il puisse regarder dehors.

– Ben, on s'assoit ici, puis tu prends une assiette pour simuler un volant d'automobile.

Éclats de rire **hystériques** de Moucheronne, entraînant Herménégilde à venir faire une promenade de santé de notre côté de la maison.

– Allô, monsieur H ! lance Lily en riant. On fait un travail d'école… Ma sœur est ici…

Herménégilde nous salue, puis retourne chez lui, **CRAMPÉ**.

– Qui va filmer si on est assises dans l'auto toutes les deux ? Oublie Lulu ! Elle est vraiment *pouiche*. Chacune de ses vidéos est un tremblement de terre.

– Moi, moi, moi ! s'exclame Moucheronne. Léa, je suis bonne là-dedans. Dis oui ! Dis ouii !

– Si tu veux, je réponds sur un ton **RÉSIGNÉ**.

– Si vous preniez des Barbie, ce serait plus facile à filmer, suggère Moucheronne, pas si **CRUCHE** qu'elle en a l'air à première vue.

Lily et moi, on se regarde, *foule* étonnées.

– Oui !!!

– Pinkie !

Blonde et légale, prise 22. Avertissement sévère à la seule vidéaste **AMATEUR** disponible cet après-midi dans tout le système solaire : les conseils de metteure en scène **incompétente**, ça va faire !

– Action ! hurle Moucheronne.

Début de l'épisode

– **LÉA / EMMETT** (dans l'auto de Barbie, que je pousse pour faire plus vrai) : **ALORS, TU FAIS DE LA DISCRIMINATION CONTRE LES BRUNES[13] ?**

– Lily / Elli (dans le siège du passager, regardant au loin) : Je vais me gêner. En tant que blonde, je subis la discrimination.

On fait avancer l'auto sans parler pendant que nos poupées font semblant de réfléchir (pas facile !). Ma Barbie aux longs cheveux **BLONDS**, que ma

---

13. Dialogue tiré du film *Blonde et légale*, Metro-Goldwyn-Mayer, 26 juin 2001.

mère détestait (stéréotype de la **FEMME**-objet. *Pfff!*), est parfaite dans son rôle. Le Ken de Lily est très chic, mais il s'insère un peu mal dans l'auto. On dirait qu'il **CONDUIT** à demi couché.

— LÉA / EMMETT : VOYONS, ELLI, ÊTRE BLONDE, C'EST MAGNIFIQUE. PERSONNELLEMENT, J'AIMERAIS TE VOIR CANALISER CETTE PUISSANCE ET T'EN SERVIR POUR RENDRE CE MONDE MEILLEUR !

Rien qu'à entendre le **TON** que je viens de donner à cette réplique, je me dis que si j'étais un gars, je serais *foule* intense ! J'arrête l'auto pour que la Barbie blonde puisse descendre.

— LÉA / EMMETT : ELLI !

— Lily / Elli : Oui ?

— LÉA / EMMETT : DE QUOI EST-CE QUE J'AURAIS L'AIR EN BLOND ?

— Lily / Elli : Je crois pas que tu pourrais l'assumer !

Fin dans la joie –
L'épisode est enfin parfait !!!

Notre travail d'anglais est terminé. Pas si à la dernière minute que ça ; on le remet mardi prochain ! On mange des biscuits à la farine d'avoine et aux cerises séchées que **LULU** vient de nous apporter. Faut profiter de la vie. **Autre profession à RAYER de la liste**

des occupations potentielles : actrice. Je ne pourrai jamais supporter les COMMENTAIRES pas rapport d'un metteur en scène incompétent !

– Lily, je t'ai pas dit ça..., ai-je commencé en chuchotant sans raison valable pendant que Moucheronne écoutait *Blonde et légale* dans mon sous-sol miteux mais chaleureux. Le père d'Antoine va travailler en Finlande pendant quelques mois. C'est cool, la Finlande, hein ?

– Y a plein de beaux mecs, en Finlande. Tous blonds à part ça !

Donc, plein de filles BLONDES aussi ?! Comme Elli Woods ! OhMonDieu !

– Et le rapport avec le père d'Antoine est ?...

– Aucun, ma chou. Je disais ça pour ta culture personnelle !

– As-tu trente dollars de côté ? J'aimerais retourner chez Morgane...

Lily est toujours partante, alors on a pris un rendez-vous. Demain après-midi. (La cote de popularité de Morgane est en chute LIBRE ou quoi ? Pas étonnant ! Si elle a fait des prédictions pas rapport à tout le quartier, elle a du temps libre !) Excellent ! Lily n'aura pas le temps de convertir son ARGENT en bonbons ! J'ai hâte de mettre Morgane à l'épreuve. Peut-être même que je lui demanderai un remboursement.

Je suis toujours aussi *pouiche* à roche-papier-ciseaux-pas d'allumette ! Lily a encore gagné. J'attends dans le petit SALON, que Morgane a décoré pour la Saint-Patrick. Des ELFES verts au nez pointu me dévisagent avec cruauté. Même que je les ai retournés face contre le mur. Sérieux.

Il reste huit **longues** minutes à la séance de Lily. C'est interminaaable !

Enfin ! Morgane me tend le même paquet de cartes que l'autre fois en me gratifiant d'un air ésotérique. Je les **BRASSE** et je coupe en trois piles bien égales. Morgane étale les cartes devant elle. Elle me regarde. Regarde les cartes à nouveau. Qu'est-ce qui se passe **ENCORE** ?

– Je sais ce qui t'inquiète. C'est ton petit chum, hein ?

Il. N'est. Pas. Petit.

– Il va partir bientôt...

– C'est pas son père qui part ? je réplique sur un ton informé.

Je l'ai ébranlée. Elle se concentre sur les **CARTES**. Et me regarde.

– Son papa (elle me parle comme si j'avais trois **ANS**!) va partir. Sa famille le visitera... peut-être pendant les vacances d'été. (Pendant l'année scolaire, ça convient moins, disons!) Tu vois les cartes ici? Ben, c'est la famille! (Et les **vacances** d'été, c'est quelle carte?)

– Il part jusqu'à quand? ai-je presque crié.

– Je te l'ai dit la dernière fois. C'est pas un calendrier, c'est juste des cartes.

Mes **YEUX** se sont mouillés. Je lui ai tendu l'argent. Elle l'a refusé en souriant. Elle ne veut pas accepter mon argent? Elle s'est **trompée**! Je le savais tellement!

– Qu'est-ce qu'elle t'a dit, ai-je demandé à Lily pour la forme.

Elle fera des *mystères*, j'en suis certaine.

– La même chose que l'autre fois. J'ai gaspillé trente beaux dollars gagnés à garder ma sœur et son poisson mongol! Toi?

Elle a fait **PAYER** Lily et pas moi?!

– Elle pense qu'Antoine partira avec son père cet été.

– Sérieux? Morgane est une vraie girouette. On devrait oublier tout ça, a suggéré ma *BFF*.

– Facile à dire..., ai-je répliqué.

– Tu sais même pas ce qu'elle m'a prédit!

– À cause de quiiiii? ai-je conclu en RIANT.

Sur le chemin du retour, Lily s'est arrêtée chez moi pour récupérer son étui à CRAYONS. Comme si la prédiction de Morgane n'était pas suffisante, fallait que le ciel me TOMBE sur la tête à mon retour à la maison. Ma mère était là, elle nous a saluées et nous a demandé d'où nous revenions comme ça, pour jaser. (Elle n'est pas si curieuse.) Lily, sans réfléchir, lui a parlé de Morgane et de ses prédictions *poches*.

PÉTAGE DE COCHE DU MILLÉNAIRE!!!

– Léa, tu as consulté une cartomancienne? Tu me déçois tellement (air TROP théâtral pour être sincère).

– Je prends ma vie en main, tu sauras! C'est pas toi qui répètes ça tout le temps?

– Consulter une cartomancienne, ce n'est pas vraiment ce que j'appelle prendre sa vie en main. Faire des gestes concrets pour changer sa vie, c'est pas mal plus efficient! (Effi-quoi?)

Je suis trop KC! Lily tente de se CACHER derrière le mur de la cuisine tant elle est mal à l'aise.

– Arrrrgh! Tu me comprends tellement pas, des fois!

Argument teuf-teuf par excellence!

– Tu as raison, je ne comprends vraiment pas ce geste. Je suis tellement déçue! De Lily aussi, tiens! Vous me décevez toutes les deux.

Quoi, elle engueule ma *BFF* aussi? **Ouate de phoque**, c'est le pétage de coche le plus intense de sa vie! Et ça inclut tous ceux qu'elle a eus avec Machiavel.

Elle me regarde, me fait son air de mère tellement désolée, puis elle retourne dans son bureau. Où est mon père quand j'ai besoin de lui? À SAN FRANCISCO!

– Léaaa, excuse-moooi!

– Lily, ma mère t'a engueulée, toi aussi! J'étais trop mal. Regarde, mes joues sont encore rouges!

– Sais-tu quoi? Ça, là, c'est une preuve! On est vraiment deux sœurs, maintenant. À la vie, à la mort, Léa Beaugrand!

On s'est fait une longue ACCOLADE. J'ai la meilleure amie du monde entier. Autre preuve? Elle a capoté quand elle a vu le poster du prince Harry sur mon mur.

– La vie étudiante tient à souhaiter bon succès à tous les participants du concours Opti-Math qui se tiendra demain matin (s'il y en a qui l'**IGNORAIENT** encore, ben là, c'est plus le cas!).

– Bon, comme nous sommes en avance sur le programme, nous allons faire de l'enrichissement en géométrie **AU SECOURS!!!!!!!!!**. Voici un document que j'ai préparé spécialement pour vous, à partir des problèmes d'Opti-Math. (Pourquoi, monsieur Dieu, **POUR-QUOI ?**) Vous pouvez travailler en équipe.

Lancelot? *Yesss!* Je vais peut-être aimer un peu la géométrie, surtout s'il me parle d'Indiana Jones en même temps.

Ce midi, à NOTRE table. Antoine est dans la lune. Quand je lui ai demandé ce qu'il avait, il m'a parlé de son père, sans ajouter de détails. Il n'est pas habitué à être **SÉPARÉ** de lui longtemps, je comprends ça. Je lui ai serré l'épaule. Il m'a souri. Il SOURIT toujours aussi bien! Est-ce que je lui dis, pour les vacances d'été? Non, son papa lui fera la SURPRISE.

Ce matin, **PVP** est INTENABLE. Nous avons tenté de le calmer en lui racontant des blagues *poches*. Impossible. Monsieur Gilles, le chauffeur d'autobus, a finalement trouvé la solution : il lui a prêté un Game Boy de l'ancien temps et PVP a joué pendant tout le trajet. La petite MUSIQUE de *Super Mario Bros.* l'a calmé. Pas vraiment le même effet sur nous !

La prof d'anglais nous a permis de CHOISIR un livre de lecture à notre goût au lieu de nous imposer *Mary, Queen of Scots*. J'ai choisi *Matilda* et j'ai trop hâte de faire ma présentation orale. Lily ? *Charlie and the Chocolate Factory*, franchement !

– Y a-t-il des volontaires pour présenter votre vidéo ?

Comme **PVP** est absent, Lily et moi avons pu nous exhiber en premier. On a déjà essayé de lever la main avant lui. Mission. Im. Pos. Si. Ble. En plus, je me suis fait mal à l'épaule. Grrr !

Notre vidéo est vraiment drôle. Des bruits pas rapport, l'auto qui roule en zigzag, ma Barbie qui s'agite dans tous les sens lorsqu'elle sort de l'auto pour mettre ses CHEVEUX trop blonds en valeur. Prof qui rit aux larmes = super note en vue.

À NOTRE table. Nos deux *nerds* sont **revenus** d'Opti-Math survoltés. On a eu droit à une révision (to-tal inutile) détaillée de leur test. C'était tellement **PLATE** que Lily et moi, on s'est levées pour aller à la salle de bains.

Ici, c'est pas mieux. Aglaé raconte ses *EXPLOITS* à Karo, qui s'en fiche trop.

– En tout cas, Karo, c'est pas pour n'importe qui, ce genre de concours, souligne Aglaé en nous regardant assez fraîchement.

Et ma mère qui croit que je peux faire la paix avec ce... cette... ~~PERSONNE~~ ! Elle a aucune idée de la manière dont ça fonctionne dans le **MONDE** d'aujourd'hui.

– T'as tellement raison, Aglaé. Sauf que toi, tu l'as pas compris, tu t'es inscrite ! a souligné Lily, très sérieusement.

Aglaé l'a tellement cherché. C'est elle qui a commencé. On va pas se laisser faire, quand même !

– Mesdemoiselles, ça fait longtemps qu'on ne s'est pas retrouvées ici. (*Bof !*) Si vous avez fini, sortez. Ce n'est pas un *Salon étudiant*, ici, a répété Geoffrion pour la millionième fois de sa vie.

22 MARS

La GaZzzette estudiantine est imprimée. J'ai **mal** au cœur. J'en prends un exemplaire, pour ma mère. Un autre pour Lulu. Je cherche mon article. Dernière page (vraiment la **MEILLEURE** place). Ça fait drôle de **voir** mon nom dans le journal. Maintenant, l'article du rédacteur en chef... **Ouate de phoque !**

MENS SANA IN CORPORE SANO[14]

Philippe Valois-Pépin, troisième secondaire
Envoyé spécial aux olympiades régionales

C'est ce que répétait le célèbre (?!?) Juvénal (on dirait un nom de médicament !). Le sport est essentiel à l'équilibre mental. Le 20 février dernier...

— Léa, ton article est tellement crampant ! T'as du talent, ma vieille, me lance Guillaume.

Son opinion ne compte pas, c'est mon ami ! Alors, **POURQUOI** je suis aussi rouge que Marcel Poitras ?

---

14. Un esprit sain dans un corps sain. Excusez-le !

– Ce matin, dictée. Sortez vos cahiers, annonce la prof de français, trop fière de son idée.

Lily mime celle qui se tranche la gorge. Je lui indique le mouvement des AIGUILLES qui tournent avec mon doigt.

– Léa, ça va bien? me demande la prof qui m'épie tout le temps depuis le test sur *Le Comte de Monte-Cristo*.

Comment moi je pourrais COPIER sur Lily? Argument numéro un: la dictée n'est même pas commencée. Argument numéro deux: Lily est assise derrière moi! Argument numéro trois (vraiment bon): la première et dernière fois que j'ai copié sur elle, c'était en cinquième année (du primaire). J'ai fait sept **FAUTES** alors que je n'en fais presque jamais. Lily n'est pas pouiche, nuance: elle écrit *foule* mal!

À la pause, **Antoine** m'attend devant ma case. Cool!

– Léa, euh, allô! Faut que je te dise quelque chose.

– Allô, Antoine...

– Mon père part pendant un an, finalement.

– Un an? C'est pas si long. Tu vas voir, ça va passer vite, je déclare avec l'**enthou-siasme** d'une *cheerleader*.

Je suis vraiment douée pour les encouragements.

– Je sais... Je... Nous... Hier soir, on a décidé que toute la famille le suivrait. Pour un genre d'expérience familiale... dans un pays étranger...

QUOI ???!!! Un an? C'est une éternité !!! Il peut arriver tellement de choses en un an! Des exemples? Un. Le père d'Antoine décide de devenir Finlandais et entraîne toute sa famille dans ce projet to-tal **insensé**. Deux. Je suis frappée d'amnésie et, lorsqu'il revient, je ne me souviens plus qu'Antoine est mon amoureux. Trois. Ma mère devient rédactrice en chef du *New York Times*, nous déménageons sur la très chic Cinquième avenue et **Antoine** n'a pas ma nouvelle **ADRESSE** pour me retrouver à son retour.

Mon chum s'en va vraiment pendant trois cent soixante-cinq jours dans un **PAYS** peuplé de filles trop blondes comme Elli Woods dans *Blonde et légale*? Mes **yeux** brûlent. Ne pas pleurer devant lui. Surtout, ne pas pleurer devant lui !

Je suis à la salle de bains, cachée dans une cabine. Je pleure encore un peu et je renifle beaucoup. Là, je suis *foule* horrible. Yeux **BOUFFIS**. Nez rouge. Voix éraillée pas rapport. Je ne peux pas y croire. Mon amoureux s'en va en **FINLANDE**. En Fin-lan-de ! Il va faire du ski avec des filles trop blondes. Je ne le verrai plus devant sa case. Je ne tiendrai plus sa main. Je ne l'embrasserai plus en cachette de Brisebois ou de Geoffrion ou de Bilodeau ou... Il n'attendra plus l'autobus avec moi. **PVP** ne nous criera plus dessus. Je n'irai plus le voir jouer au **FOOT-BALL**. Je n'irai plus au cinéma avec lui. **OhMonDieu!** Il reste encore des **larmes** dans mon corps?

– Léa, es-tu ici? lance une voix que je connais trop bien.

– Ouiiiiiiiiii, je réponds en pleurant.

Je lui raconte alors le projet d'Antoine à Lily, qui reste muette de **STUPEUR**. Je sais qu'elle me comprend. C'est ma presque sœur!

À ma demande, Lancelot me remplace devant la classe. Il **TIENT** le mémo de la vie étudiante que je ne lirai pas parce que je suis incapable de prononcer un mot sans pleurer.

– Ce midi, il y aura un match de volley-ball amical entre les profs et les étudiants. Venez encourager votre équipe préférée: celle des profs! dit Lancelot avant de retourner à sa place sous les huées gentilles des élèves qui ont mieux à faire, soit me dévisager.

Le prof de **SCIENCES** me jette un œil. Il comprend que je ne vais pas bien et me laisse en paix.

– J'ai corrigé vos rapports de labo. Je sais, ce n'est pas trop tôt. Pour la plupart d'entre vous, tout est beau!

PVP ramasse notre **COPIE**. Il me fait le **SIGNE** de la victoire. On a eu 10/10? S'il savait comme je m'en fiche!

En attendant le bus pour me rendre au CHSLD. Discret, Lancelot est un peu en retrait. Il respecte ma vie privée, j'apprécie. Antoine est à mes côtés. Il ne m'avait pas tout dit: il déménage en avril! J'ai vérifié, ce n'est pas un poisson d'avril à l'avance. (Mon dernier **eSPOiR**!) Pour l'école, tout est arrangé avec la direction et les professeurs. Pour une fois que l'école aurait pu avoir une quelconque utilité... Le bus est là. J'embrasse rapidement **Antoine** avant que Lancelot me **TIRE** à l'intérieur.

Notre première mission: faire griller du pain, puis le badigeonner de **CONFITURE** ou de beurre d'arachides et le servir aux personnes âgées qui sont dans le solarium. On leur offre aussi du café. Une gentille dame, Berthe, me raconte que son mari est parti faire des commissions. «Il devrait arriver d'une minute à l'autre. Tu vas voir, il est ben fin.» Je fais signe que oui. Elle recommence son histoire quelques minutes plus tard. Je l'encourage, je lui dis qu'il ne devrait pas tarder, qu'il y avait sans doute beaucoup de gens à la caisse. L'infirmière me chuchote que son mari est **MORT** depuis dix ans. Berthe est atteinte de la maladie d'Alzheimer. Je trouve ça trop **triste**... Ne pleure surtout pas, Léa.

– Léa, t'es trop sensible. Ta madame Berthe, elle était pas triste, elle. Elle est convaincue que son mari va arriver bientôt! Elle sait même pas qu'elle est malade! m'encourage Lancelot, pendant qu'on attend l'autobus.

– Tu penses?

– T'aimerais mieux savoir que tu perds la mémoire, que ton mari est mort et que tu vas mourir dans un CHSLD, toi? me demande Lancelot.

– Tu vas finir premier à Opti-Math, hein? je dis pour **CHANGER** de sujet. T'es trop fort!

– Si tu savais comme je m'en fiche. Je me suis inscrit pour agacer Phil, c'est tout. C'est un bon gars. Il suit trop le règlement, mais c'est un bon gars! On a eu du fun ensemble.

– ...

Enfin! Je suis de retour à la maison. Pendant le SOUPER, mon père m'a trouvé un air étrange. Il est trop *extralucide*. Il m'a questionnée. Je lui ai répondu rapidement. Il a réagi comment? En prononçant ces paroles **tellement** consolantes:

– Un de perdu, dix de retrouvés!

En plus, son ton était tellement détaché, genre, il se fiche trop de ce qui m'arrive. **Ouate de phoque!** C'est le dicton le plus stupide que j'ai entendu de toute ma vie. Je ne veux pas trouver dix amoureux. J'en ai 𝑢𝑛 et je veux qu'il reste ici. C'est difficile à comprendre, ça?

J'ai regardé mon père droit dans les yeux. J'ai déposé ma *fourchette* dans mon assiette. Je me suis dirigée vers ma chambre. Il n'était pas forcé de dire quelque chose.

Lily me fait des signes désespérés par la fenêtre. Je **FERME** les rideaux. Zéro envie de répondre.

23 MARS

Ce matin, il **NEIGE**. Comme si ça n'allait pas assez mal comme ça. Ma mère est coincée à Washington pour cause de tempête de neige *foule* pas rapport! Je lui ai annoncé la nouvelle pour **Antoine**. Elle m'a répondu, et je cite: «Je sais que tu peux relever cette épreuve avec élégance.»

Elle a rajouté qu'elle et mon père vivent un peu comme ça et que ce n'est pas si difficile. (Elle évite les dictons *pochissimes*, elle, au moins.) Elle a conclu qu'elle partage ma **peine** et que je peux me confier à elle (ben là... faudrait qu'elle vienne ici de temps en temps!). Puis, elle m'a parlé de mon article, qui s'est retrouvé trop vite sur le site Web de l'école.

Elle l'a trouvé «ma foi, tellement foufou» (**ouate de phoque!**), mais très approprié à mon lectorat (une bande de **fous**?). Elle m'a encouragée à participer au prochain numéro, ce qui devrait m'occuper pendant l'absence d'Antoine, qui visitera le pays des clones d'Elli Woods. OK, la dernière partie de la phrase est de moi. Ma mère n'a jamais écouté *Blonde et légale* au complet.

Sa réaction est déjà mieux que celle de mon père.

Lulu? Elle a tout compris.

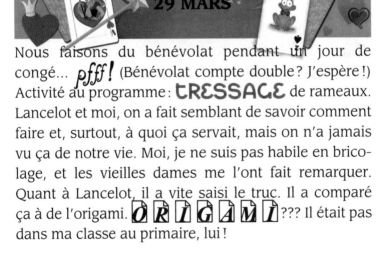

29 MARS

Nous faisons du bénévolat pendant un jour de congé... **pfff!** (Bénévolat compte double? J'espère!) Activité au programme: **TRESSAGE** de rameaux. Lancelot et moi, on a fait semblant de savoir comment faire et, surtout, à quoi ça servait, mais on n'a jamais vu ça de notre vie. Moi, je ne suis pas habile en bricolage, et les vieilles dames me l'ont fait remarquer. Quant à Lancelot, il a vite saisi le truc. Il a comparé ça à de l'origami. **ORIGAMI**??? Il était pas dans ma classe au primaire, lui!

Berthe ne perd pas son temps en attendant son mari qui devait avoir toute une liste d'épicerie parce que ça lui prend beaucoup de temps. Elle tresse des **RAMEAUX** plus vite que son **OMBRE** et rattrape mes gaffes. Elle est habile, madame Berthe.

C'est quand même étrange. Elle a oublié que son mari est **MORT**, mais le tressage des rameaux, ça, ses doigts se souviennent toujours comment faire ! Je capote !

On s'est bien amusés. Les personnes présentes nous ont raconté plusieurs souvenirs de leur jeune temps et du **TEMPS** de Pâques et du carême et des cloches qui partent à Rome le jeudi soir pour revenir le dimanche matin et plein d'autres anecdotes super drôles.

Lancelot s'est fait un ami : monsieur Legendre. Ils se racontent des blagues **nulles** et ils rient comme des fous.

Le bénévolat est terminé. Lancelot et moi, on se dirige lentement vers l'**ARRÊT** d'autobus. Je lui ai parlé d'Antoine et de la Finlande.

– Léa, ça va être vite passé, un an ! me dit Lancelot.

– J'ai l'air si triste que ça ? je rétorque, découragée.

– Honnête ?

– Honnête !

– T'as vraiment pas l'air dans ton assiette, ma vieille ! On est là, nous ! me rassure-t-il.

– ...

Que fait une princesse lorsque son prince se change en grenouille?

Premier cours de la semaine : sciences. Le prof entre, l'air **atterré**. Qu'est-ce qui se passe encore ?

– Les jeunes, j'ai une nouvelle à vous annoncer. Ce n'est pas simple... Je... Ce week-end, j'ai gagné le gros lot à la loterie. Alors, je prends ma retraite. Ça n'a pas été facile, mais après mûre réflexion (il nous regarde...), je suis finalement à l'aise avec ma décision...

Nous sommes stupéfaits. Lily ne **GRIGNOTE** plus ses œufs en chocolat. Karo a éclaté en sanglots, ce qui me fait **renifler** discrètement. Même Aglaé est bouleversée. À noter : le chagrin est *in*.

Je regarde monsieur Patenaude. Il sort un mouchoir de sa poche. Je suis to-tal **émue**.

– Monsieur, je me fais le porte-parole de mes condisciples pour vous souhaiter une agréable retraite, déclare PVP qui a pris les choses en main alors que nous étions tous en larmes.

Le **PROF** est ébranlé. Il ignorait à quel point on l'apprécie. Franchement, nous aussi ! Il se racle la gorge, maintenant ! Quoi encore ?

– Poisson d'avril ! ! ! ! ! ! ! ! ! ! ! ! ! ! ! ! !

Nous l'avons tous **HUÉ**. Il est trop **CRUEL** ce prof !

– Le gros lot, c'est une blague, ça aussi ? demande Lancelot.

– T'as tout bon, mon Lancelot, rigole le prof, trop fier de sa blague **nullissime**.

Si au moins le départ d'**Antoine** était aussi un poisson d'avril...

Ce midi, avec mon bel amoureux, on s'est regardés dans les yeux. Étant donné que dans quelques jours, il sera en **FINLANDE** et ce sera impossible de le faire. Je veux que mes **neurones** impriment son visage à l'**ENCRE** indélébile. Parce qu'il va trop me manquer. Je sais, il me reste son poster. Poster que la méchante Lily a voulu que je détruise quand j'ai décoré ma chambre ! J'ai tellement bien fait de suivre mon instinct !

Je sais. Il y a les courriels et Facebook et Skype. Tout le monde me répète ça. Mais ça ne sera vraiment pas la même chose. Ça ne sera plus jamais **PAREIL**. Personne n'a l'air de me comprendre. En tout cas, moi, je...

– Léa, il fait beau sur la Lune ? me demande l'inimitable Trunchbull dont le sens de l'humour me renverse chaque fois.

À ce que je sache, le rêve n'est pas (encore) interdit par le **CODE DE VIE** ! Note prise dans mon agenda, information à vérifier ce **SOIR**.

Dans ma chambre. Concentration: nulle. Motivation: frôlant le zéro absolu. Seule activité qui convient à mes neurones: cyber-astrologue.

Amours: Faites confiance à la vie. (Il **déraille**!) **Amitiés:** Vous êtes bien entouré. Amusez-vous! (M'amuser? Mon amoureux s'en va et je devrais m'a-mu-ser? Guenièvre organisait des masqués quand son beau Lancelot était en croisade? NON!) **Finances:** Le printemps vous pousse à la dépense. Respectez scrupuleusement votre budget. (Il me reproche ma visite chez Morgane? Le jaloux!) **Famille:** Un membre de votre famille vous sera d'une aide précieuse. (Il parle certainement pas de mon père et de ses dictons nuls!) **Votre chiffre chanceux:** le 3. (Trois, sept ou deux, aucun rapport! S'il y avait des chiffres plus CHANCEUX que les autres, Trunchbull nous en aurait parlé!)

À: Lily43@gmail.com
De: Lea.sec2@gmail.com
Objet: Cyber-astrologue!!!

Ma chou, lis mon horoscope. Je comprends *foule* rien.

Ta chou

3 AVRIL

Dans le dernier banc de l'autobus, loin des oreilles indiscrètes, Lily me chuchote qu'au PRIN-TEMPS, il faut faire confiance à la vie (!!!) parce que je suis *foule* bien (ENTOURÉE) par trois personnes qui me distrairont en ces temps troubles. Je lui ai demandé si elle est certaine de ce qu'elle raconte. Pour appuyer son point, elle m'a donné trois œufs en chocolat, en me faisant un clin d'œil. **Ouate de phoque !**

— Qui sont ces trois personnes qui me distrairont ? j'insiste, pour tester son interprétation.

— Compte sur moi, Léa, annonce PVP qui a profité de notre intense concentration pour se rapprocher de nous.

Depuis qu'Opti-Math est passé, Philippe a beaucoup trop de temps libre !

Cours d'art dram. Au programme : l'atelier de mime à l'école Saint-Victor. C'est pas trop tôt ! Lancelot et moi avons été choisis (il est probablement une des trois personnes de la prédiction de cyber-astrologue !) pour **ANIMER** un atelier ensemble. La prof d'art dram nous donne la période pour préparer nos consignes. On a eu plein d'idées farfelues et on a ri comme des fous. Peut-être un peu trop au goût de la prof.

– Ça avance, ici? nous demande-t-elle. Vous voulez que je relise vos consignes pour vous donner mon avis?

– L'équipe de *cheerleading* de l'école a remporté la première place au championnat provincial scolaire. Félicitations, les filles!

Mon annonce ne captive personne. Il n'y a pas de **cheerleader** dans la classe. Cours de sciences, toujours sur la génétique. C'est intéressant. Le prof, qui se déplace entre les bureaux, a jeté un œil sur mon cahier de notes. Il désigne le prénom d'Antoine, que j'ai écrit dans les **marges** des pages un peu partout. Il chuchote gentiment que «ce n'est pas à l'examen, ça!» **Ben quoi!** J'étais dans la lune. Ça peut arriver.

Le prof nous a donné du temps pour faire le **DEVOIR** en classe. Je me retrouve avec **PVP** sans trop savoir comment ça s'est produit. Je sais. Je suis vraiment trop dans la **LUNE** aujourd'hui! Est-ce que c'est grave? Même pas! On a fini les premiers!

– Philippe, je peux te poser une question? ai-je osé doucement.

– Oui...

– Est-ce que t'as laissé Karo parce qu'elle a reçu une autre rose ?

– ...

– T'es pas obligé de répondre...

– Pas vraiment, en fait. (**OUF!** Ouais... Peut-être un peu... (*Zut!* Je le savais **TELLEMENT**!) Ça m'a rien fait, qu'elle ait un admirateur inconnu. Absolument rien. C'était anormal de rien ressentir, je crois, alors...

– Je te comprends, ai-je répondu en *souriant.*

– Léa, je peux te poser une question, moi aussi ?

– Si c'est au sujet du devoir de math, demande à Lancelot, ai-je niaisé.

– Toi et Antoine, allez-vous rompre ? Je veux dire, il part pendant un an. C'est long, un an...

– ???????????????

Dans la salle de **bains**. Vérification faite, nous sommes t**o**-**ta**-le-ment seules, Lily et moi. Je lui raconte la **RUPTURE** de **PVP** et de Karo. On capote tellement. Je lui répète la question que PVP m'a posée. Assise sur le calorifère, Lily regarde dehors en mangeant de la *réglisse* rouge. Elle me dévisage, puis répond :

– Bonne question, ma chou !

– C'est pour ça que je t'en parle. T'as toujours réponse à tout, toi...

– ...

La porte s'**OUVRE**. On sort avant que Geoffrion n'enclenche sa cassette. *Antoine* est près de sa case? Je cours le rejoindre.

5 AVRIL

Ce soir, au bénévolat, ça a dérapé. La **messe** a été déplacée à aujourd'hui parce qu'hier, le curé a eu un empêchement majeur (**???????**). Nous poussons les fauteuils roulants de nos vieux amis qui ne peuvent marcher jusqu'à la chapelle. Berthe est là, elle attend toujours que son mari revienne avec les **COMMISSIONS**. J'ai eu envie de lui dire qu'il ne reviendra pas, mais je me suis retenue. Parfois, c'est mieux de ne rien savoir, j'en sais quelque chose.

Lancelot m'avoue qu'il est athée et qu'il n'a jamais assisté à une messe de sa vie. Même pas à **NOËL** ?! C'est plate pour lui, il n'a pas de bedeau cruel dans sa vie. Concentration, Léa. Nos amis connaissent toutes les prières et les récitent vraiment bien. Puis, c'est au tour des chants religieux. Un vieil homme, installé en avant, se lève alors que tout le monde reste assis. Il **entonne** un cantique inconnu de tous (de nous, en tout cas, parce qu'on n'a rien compris!). Le curé attend qu'il s'assoie pour continuer. Lancelot m'a regardée, je l'ai regardé. Fou rire! Dès qu'on se regarde, on POUFFE. C'est tellement intense qu'on doit sortir.

Quand on ne peut pas rire, pourquoi tout nous semble hilarant?

– Léa, on organise un party pour le départ d'Antoine? me demande Lancelot.

– Tu veux fêter ça? ai-je répondu, incrédule.

– Pas fêter! Souligner. Faut se voir toute la gang une dernière fois avant la Finlande.

– Peut-être...

À l'arrêt d'autobus. Lancelot se met à chanter à tue-tête le dernier cantique qui nous a forcés à sortir, en inventant la plupart des mots parce qu'il ne les connaît pas et en FAUSSANT au max. Tous ceux qui attendent aussi l'autobus s'ÉLOIGNENT de nous, parce qu'un ado qui chante, c'est tellement dangereux! Surtout s'il chante un cantique religieux. Lancelot, il sait comment me distraire.

Ce soir, pas le temps de niaiser. Après le bénévolat, BOWLING avec Lulu, monsieur H et Antoine. Je joue en équipe avec mon amoureux et Lulu avec le sien. C'est serré, les gars sont vraiment forts. Herménégilde est tellement compétitif, c'est fou! Il jase tout le temps pour **déconcentrer** Antoine. Pauvre lui! Moi? Je suis vraiment bonne depuis qu'**Antoine** m'a appris à lancer ma **BOULE** (rose) avec élégance.

YÉÉÉÉÉÉÉÉÉÉ! Antoine a réussi l'abat décisif. Monsieur H lui a serré la main et moi, j'ai pris des **PHOTOS**.

– Je vais m'ennuyer de toi, Antoine, ai-je dis en soulevant ma boule rose.

– Moi aussi, Léa. On se parlera par Skype. Faut que je finisse mon secondaire trois par correspondance. Je vais avoir besoin de ton aide en français, a-t-il souligné en **SOURIANT** tellement bien.

– Les blondes finlandaises vont toutes tripper sur toi...

– Pis toi? Les gars québécois tripperont pas sur toi, je suppose?

– Tu me niaises!

– Nooon... J'en connais un ou deux...

Qui ça?

– Vous êtes déjà fatigués, les jeunes? Je veux ma revanche, moi, a lancé Herménégilde en donnant une **TAPE** dans le dos d'Antoine.

Nous (surtout Antoine) avons lavé monsieur H et ma pauvre 🛁🛁🛁. On a fini la soirée avec eux, en mangeant du gâteau au fromage et au chocolat, spécialité de Lulu. Antoine mange bien. Il parle bien de la Finlande, aussi.

6 AVRIL

Ce soir, je garde la belle Mia. Elle pleure tout le temps. Elle se MORD les poings. Je suis to-tal découragée et j'ai les larmes aux yeux. Je texte Lulu :

Lulu
Mia pleure et mange ses poings.
Help !!!!!!!!!!!!!!

La réponse de Lulu :

Berce-la !

J'ai 🚼🚼🚼🚼🚼 un bébé qui a hurlé pendant une soirée entière. Question : comment un bébé tout MIGNON peut-il se transformer en démon en l'espace de quelques semaines ?

Quand Sara est revenue, elle ne m'a pas demandé comment s'était passée ma soirée. Mes cheveux étaient défaits et mon MaSCaRa avait coulé parce que j'ai pleuré de découragement. Ce n'est qu'à ce moment que Mia, intriguée, s'était mise à rire aux éclats.

Sara m'a donné trente-cinq dollars et m'a souhaité bonne nuit. Je lui ai souhaité bonne chance, ce qui l'a fait rigoler. En revenant à la MAISON, je me suis dit que je pourrais garder tous les samedis soirs, après le départ d'**Antoine**. Je deviendrais riche et je pourrais acheter du mascara qui ne **COULE** pas quand on pleure. Je ne prévois pas pleurer pendant trois cent soixante-cinq jours, mais c'est utile, du mascara résistant aux larmes. Au **DIABLE** cyber-astrologue et son budget à respecter. Qu'est-ce qu'il connaît au mascara ?

7 AVRIL

Urgence extrême. Sabine n'a pas de robe pour aller au bal de fin d'études de son amoureux et elle capote parce que toutes les belles robes auront été achetées et qu'il ne lui restera que des **TRUCS** dont plus personne ne veut et elle aura l'air super fou (folle ? Pas certaine !) sur les photos !

Elle m'a **téléphoné** pour me supplier de l'aider dans cette tâche de la plus haute importance. J'hésite. Ça fait longtemps qu'on ne s'est pas retrouvées seules, toutes les deux. J'ai suggéré que Lily nous accompagne. Sabine a hurlé de bonheur, puis on s'est donné rendez-vous à 13 h en face des distributrices de **gommes** casse-gueule du centre commercial.

Nous fouinons dans les magasins depuis cinquante-trois minutes. Sabine n'aime rien. Pas de robe courte, ça fait pas assez princesse! Elle a un peu raison. Dans les **CONTES**, y a-t-il une seule princesse qui ne porte pas de robe longue? Il y a eu Peau d'Âne qui se promenait avec un morceau d'**ANIMAL** mort sur le dos, mais elle a vite compris que ça n'avait pas d'allure. Pas folle, Peau d'Âne!

Pas cette robe-là non plus, même si elle est longue. La couleur jaune **canari** (comme celle de Belle dans *La Belle et la Bête*) ne convient pas vraiment à Sabine et à ses cheveux roux. Sabine en a finalement trouvé une de son goût, mais quand elle a vu trois filles sortir des cabines d'essayage avec la même, elle a tourné les talons. Elle veut être unique pour cette occasion super importante dans la vie de Tactac.

Prochaine boutique! Une robe longue rose, lacée dans le dos, avec du **TULLE** et plein de *bling-bling*. Magnifique. Ça, c'est une vraie robe de princesse! Sabine a marché, tourné, fait de l'attitude au **MIROIR**, relevé ses cheveux – qui ont allongé depuis l'an dernier – pour faire semblant qu'elle portait un chignon un peu décoiffé mais pas trop.

Nous, on capotait. La plus belle robe que j'ai vue de ma vie! Mais beaucoup trop chère. Ma mère flipperait! Mon père? On le retrouverait inanimé dans un coin du magasin! Sabine a texté le **prix** à sa mère, qui a fait une syncope. Puis, notre amie a essayé de négocier elle-même le prix avec la gérante. Quand elle veut quelque chose, elle ne lâche pas facilement, Sabine. Elle a souri à la vendeuse, parlé avec sa voix de SOURIS, battu des cils et hoché la tête pour tenter d'établir une grande complicité entre elles. Résultat de ses efforts ? Quand on a quinze ans, les gens ne nous prennent pas vraiment au sérieux. Les faux cils bioniques ? *Pfff* !

C'est à ce moment précis que Lily a commencé à s'énerver. Elle trouvait le temps long, elle n'avait plus de BONBONS et les robes de princesse, c'est pas son genre.

– Sabine, pourquoi on va pas à la friperie de Marie-Maude ? ai-je suggéré. C'est pas loin d'ici. Si tu veux pas être comme toutes les autres, c'est la place !

– Peut-être qu'elle a plus rien, je suis dernière minute, réplique Sabine, au bord du découragement.

– Ça peut pas être pire qu'ici, l'obstine Lily, au bord de la crise de NERFS.

Lily et moi, on est assises dans de vieux fauteuils en velours bleu élimé qui font vraiment friperie. Pour passer le temps, je donne de légères chiquenaudes (ma mère pense à moi) sur les PENDELOQUES de cristal (ma mère pense trop fort à moi ! J'aurais simplement dit bling–bling !) d'une vieille lampe. Avec son index, Lily suit le contour fleuri d'un napperon de dentelle jaunie. C'est un peu long !

Sabine a trouvé *Ze* robe. JUPE courte (je sais! Elle a changé d'idée sur la manière dont une princesse doit se vêtir pour avoir l'air d'une vraie princesse.) en TULLE rose vif. Corsage blanc ajusté (Sabine a de quoi remplir le corsage, elle, je l'envie trop! Grrr!) avec des motifs rose vif, vert pomme et turquoise. Les bretelles? Des rubans! C'est tellement beau. On dirait Cendrillon à son premier bal.

– Ouah! Ça me fait penser au tutu de la fée Dragée dans *Casse-Noisette*. Tu vas être la plus belle du bal et t'es juste en secondaire trois (argument trop convaincant). Moi, si j'étais toi, je n'hésiterais pas une seconde de plus, ai-je lancé honnêtement.

En prime, Marie-Maude lui a déposé une COURONNE de fleurs sur la tête. OhMonDieu! Elle a dit que Sabine a l'air de sortir de la pièce *Le songe d'une nuit d'été*. Lily renchérit en répétant que c'est tellement vrai. **Ouate de phoque!** Elle sait même pas ce que c'est, *Le songe d'une nuit d'été*! Et elle répète ça comme un perroquet, l'air de savoir vraiment de quoi il est question. Elle est crampante!

– Va falloir que je trouve des souliers. De quelle couleur? C'est tellement compliqué, soupire Sabine, la voix remplie d'incertitude.

– Pensais-tu aller au bal nu-pieds comme Cendrillon (avant que sa fée MARRAINE s'en mêle)? a lancé Lily, au bord de la dépression la plus nerveuse de sa vie.

– Des souliers, t'en avais besoin de toute manière, alors je comprends pas ton point, ai-je répliqué. Mais vite comme ça, là, je dirais vert pomme! Ce serait vraiment *oumph*! Différent des autres. Des Converse vert pomme, ce serait vraiment top! C'est très à la mode. (J'ai vu ça dans le journal. Je suis pas certaine que ça fait princesse, mais c'est original!) Hein, Lily?

Lily me dévisage, complètement sidérée par ma nouvelle vision de la mode. Elle SECOUE la tête, découragée. Qu'est-ce que j'ai dit?

Du bout des lèvres, elle a prononcé «Des Converse???» en me fixant, convaincue que le magasinage intensif m'a contaminée.

Je comprends pas. Lily apprécie les idées cool, d'habitude. Je sais... Elle déteste perdre son temps, ma *BFF*! Notre princesse? Les Converse ne l'ont pas renversée. Mais elle a apprécié mon originalité. Elle est toujours devant le miroir, elle TOURNE et sautille. Elle s'est photographiée, a texté la photo à sa mère qui a capoté. Là, elle attend l'avis de Tactac qui ne répond pas à ses textos parce qu'il étudie en prévision d'un féroce examen de physique et qu'il a éteint son CELL pour mieux se concentrer. On le sait, nous, qu'il va l'adorer.... ENFIN!!! Tactac a répondu. Il adore.

Je récapitule : Lily et moi, on adore. Sabine adore. Sa mère adore. Tactac ADORE.

Qu'est-ce qu'on attend pour partir alors??????????

Je n'ai presque pas pensé à **Antoine** aujourd'hui. Une chance. Quand je pense à lui, des centaines de questions **TOURBILLONNENT** dans ma tête. Est-ce qu'on va rompre quand il sera en **FINLANDE**? Est-ce qu'on aura trop changé pour s'aimer encore? Est-ce qu'on va reprendre quand il va revenir de Finlande? Est-ce qu'il va revenir de Finlande? Est-ce qu'on ira au bal de fin d'études ensemble? Est-ce que Marie-Maude aura d'aussi belles robes quand ce sera mon tour?

Le magasinage me rend trop **INTENSE**.

9 AVRIL

C'est la pause du **MATIN**. Le mémo de la vie étudiante ne révèle aucun *scoop*. Nous sommes dans le corridor et tout le monde parle fort en même temps. Geoffrion est dépassée et, pour une fois, elle a l'air de s'en ficher au plus **haut** point.

– Léa, je t'ai pas dit ça! crie Lily pour être certaine que je l'entende m'annoncer sa **GRANDE** nouvelle.

– Qu'est-ce qui se passe encore?

– C'est Marcel Poitras. Il est mort!

– Ta sœur va pas m'inviter aux funérailles, j'espère? La dernière fois, on a fait semblant de pleurer la mort de son crapaud. Marcel Poitras est mort noyé, je suppose ? ai-je conclu, **CRAMPÉE**.

– T'as tout faux, ma chou ! Il a sauté à l'extérieur de son bocal pendant la nuit. Moucheronne l'a trouvé tout séché sur son bureau ce matin. Elle pleurait, t'as pas idée à quel point ! Quand elle ne sanglotait pas, elle hurlait que c'était son seul ami.

L'an prochain, Moucheronne prendra le **même** bus que nous... Ça promet !

10 AVRIL

– C'est la partie du cours qui plaît aux filles, d'habitude, lance Bilodeau avec sa **DÉLICATESSE** coutumière. Acrogym[15] ! En équipe de cinq, pas plus. Des équipes mixtes. Les gars sont utiles pour les pyramides, ne l'oubliez pas !

On est déjà quatre : Lily, Philippe, Lancelot et moi. Si Karo se joignait à **NOUS**...

– Valois-Pépin, il vous manque quelqu'un on dirait ! remarque Karo en faisant de l'**ATTITUDE** à Philippe. Je peux faire partie de ta gang ?

---

15. L'acrogym consiste à présenter une chorégraphie qui contient à la fois des acrobaties et de la gymnastique, et tout ça sur une musique entraînante qu'il faut choisir avec soin. Étape la plus difficile.

Karo qui fait de l'attitude, c'est ÉPEURANT! On accepte quand même. Il faut toujours un membre plus *poche* que les autres et Karo est plus que parfaite pour ça! Je sais que je ne devrais pas penser comme ça. Karo n'a pas *choisi* d'être *poche* en gym. Mais Philippe ne lui a rien fait! Pas aujourd'hui, en tout cas.

On est assis par terre, on attend les ordres de la caporale Bilodeau, qui se dirige vers nous, son sifflet sautillant MOLLEMENT sur sa poitrine.

– Aglaé et Justine sont seules, vous les prenez dans votre équipe! ordonne-t-elle.

QUOI? Quatre « non! » fusent clairement en même temps. **Pinkie?** C'est pas le moment. Karo a hurlé « oui »! Karo, mêle-toi de tes affaires. Toi, ça s'endure, mais Aglaé-la-Cruelle? J'ai déjà donné!

Je CHUCHOTE avec Lancelot, qui est de mon avis. Il ouvre la bouche, prêt à obstiner Bilodeau. Il PORTE bien son nom, il a vraiment peur de rien.

– Madame Bilodeau, si je peux me permettre...

– Vous êtes sept! le coupe la prof avec sa voix de policière nouvellement diplômée. Vous allez créer la meilleure chorégraphie du niveau, je le sens!

Ouate de phoque! C'est de la dictature! Aglaé n'est pas si enchantée, elle non plus. Elle a rejoint Karo en silence, Justine sur ses talons. À voir son air, l'ACROGYM est *out*. Ou nous quatre. Non. Les deux!!!

J'ai croisé Antoine devant sa case. Je suis un peu décoiffée. Normal, on a fait des **PYRAMIDES** et des roues latérales et des grands écarts et des sauts et plein d'autres mouvements énergiques. Je lui ai raconté l'affront de Bilodeau. Il a pouffé de rire. C'est certain qu'il trouve ça drôle, il s'en va en Finlande ! Il se fiche que la prof exagère. Surtout qu'il est son **CHOUCHOU** de tous les temps.

On avait fait de l'acrogym ensemble en secondaire un. Avec Guillaume, Lily et Martin. Je le lui ai rappelé. Il m'a souri, puis a déposé un bisou tout chou sur ma joue. Je ne **laverai** pas cette joue avant son retour. Juré sur la tête de... Marcel Poitras !

Il fallait que je passe aux toilettes pour me **RECOIFFER**. Derrière une porte close, QUI me demande si j'ai un tampon à lui donner ? Aglaé, qui ignore encore que c'est moi qui vais lui sauver la vie ! (J'ai toujours ce qu'il faut dans la **POCHE** secrète de ma jupe pour faire face aux catastrophes.)

Moi : Aglaé, faut qu'on se parle, lui ai-je gentiment annoncé en lui tendant ce dont elle avait désespérément besoin à ce moment précis de sa vie.

Elle : ... (totalement **KC !**)

Moi : On fait équipe en acrogym, on n'a pas le choix. (Malheureusement !) Je voulais te dire : soit tu participes, soit tu sors de l'équipe. Les gars hésiteront pas une seconde à te mettre dehors, crois-moi.

Je sors ces idées-là d'où, moi ? Je suis en !

Elle : ... (Elle sort de sa cabine ; attitude extrême.)

Moi : As-tu compris, Aglaé ? (Je sais pas, dans la cabine, des fois, on **entend** mal.) On est tous d'accord. Tous les membres de l'équipe doivent contribuer ! Tu connais Bilodeau ! Elle niaisera pas avec ça !

Elle : J'ai compris.

Moi : Il va y avoir des pratiques. Même le dimanche après-midi ! On prépare pas une chorégraphie chacun de son côté. Si on veut avoir la meilleure chorégraphie du niveau, va falloir tout donner. (Je suis 𝖯𝖨𝖱𝖤 que **PVP** tout à coup !) Je suis certaine que t'es d'accord avec moi !

Elle : Oui.

Moi : Parfait !

J'ai failli dire 𝖽𝖺𝖼‑𝗈‑𝖽𝖺𝖼 !! Mes 𝗇𝖾𝗎𝗋𝗈𝗇𝖾𝗌 ont retrouvé leur état normal juste à temps. Je lui ai tendu la main. (Erreur ! Mes neurones sont encore en TRANSE, finalement.) Aglaé l'a serrée, puis elle est sortie assez vite. Mes deux 𝗠𝗔𝗜𝗡𝗦 ont agrippé les rebords du lavabo. Je questionne mon reflet dans le miroir comme s'il allait me répondre. Est-ce que j'ai bien fait ? Elle va me le faire payer ?

OhMonDieu! Il y avait quelqu'un dans la cabine du fond? **Humiliation extrême!**

– Léa, t'es en forme, constate Lily, les yeux **ronds** comme des billes.

– J'ai pas tapé trop fort? je balbutie en réalisant subitement tout ce que mes neurones en transe m'ont forcée à dire.

– Es-tu ma-la-de? demande ma *BFF* en touchant mon **FRONT** pour s'assurer que je ne suis pas fiévreuse.

On a pouffé de rire.

12 AVRIL

Je suis enfin à l'école Saint-Victor avec Lancelot pour notre atelier de **MIME**. J'ai rencontré madame Lachance-Deschamps à qui j'ai encore fait un câlin parce que je l'aime encore. Elle me trouve une petite mine et me demande comment ça va, l'air inquiet. J'ai rougi pour ne pas répondre.

Nous entrons dans le gym. Marie-Fée se précipite vers moi et me donne une claque dans le dos (Lancelot, arrête de rigoler!). Elle a un **DIACHYLON** sur le menton. Elle a tabassé quelqu'un?

Madame Lachance-Deschamps nous présente aux élèves qui ont l'air moyennement **excités** de nous rencontrer. Nous sortons nos consignes et c'est parti. C'est Lancelot qui anime.

– Les amis, je vous explique...

– Heille! Chu pas ton amie, toi! lance Marie-Fée, fière d'elle parce que les gars ont pouffé de rire.

Bon! Première phrase et il faut déjà que j'intervienne.

Je tends le (S) (A) (C) de consignes à Marie-Fée. Elle hésite parce qu'elle a peur de ne pas comprendre ce qui y sera écrit. Elle rougit et je lui fais un clin d'œil complice. Elle se concentre, mais éclate de rire. Elle me fait signe, je tourne le **SABLIER**. Quarante secondes pour deviner. Tic-tac. Tic-tac. Marie-Fée fait semblant de balayer quelque chose, puis elle boxe. Elle **BOXE** encore, se jette à terre. Je ne comprends rien.

– Le hockey, hurle un gars qui porte un chandail des Canadiens.

Marie-Fée lui fait signe que oui. Elle boxe et **tape** sur tout ce qui bouge. Lancelot a deviné, lui? Pas moi.

– Bagarre générale au hockey! hurle le partisan des **CANADIENS** en faisant une *bine* à son voisin, qui réplique de la même façon.

– C'EST ÇAAA! jubile Marie-Fée, tellement fière.

Lancelot demande à Marie-Fée comment elle se sent après une PRESTATION aussi électrisante. Il pourrait carrément remplacer l'animateur de *La Voix*... Elle embarque dans le jeu et termine même son discours par un coup de poing sur l'épaule de Lancelot, qui grimace de douleur.

Quand les jeunes en ont eu assez de nos consignes, on a sorti le jeu de cartes préparées par notre prof. Le premier a mimé BAMBI. On n'a pas deviné, c'était trop compliqué. Mais on a ri! Un autre, Rocky Balboa. Mime inspiré de la bagarre de Marie-Fée. Quand la CLOCHE a sonné, un garçon mimait Harry Potter. On s'est tous applaudis, puis les élèves se sont précipités sur leur boîte à lunch.

À noter sur la courte liste des choses que je pourrais faire dans la vie : PROFESSEURE au primaire. Sauf que j'aime pas faire la discipline. À méditer sérieusement.

Retour à la maison à pied. Nous sommes épuisés. Nous ne parlons pas beaucoup.

– Léa, vas-tu continuer à sortir avec Antoine quand il sera en Finlande?

Pas lui aussi!

– Lancelot, même si on cassait... Antoine, c'est... Antoine!

– Je te comprends..., répond aussitôt le meilleur ANIMATEUR de l'école.

Est-ce que je l'ai **KC?** Impossible. Personne ne casse Lancelot!

– As-tu des idées pour l'acrogym? je demande pour DISSIPER l'étrange malaise qui s'est glissé entre nous. Moi, j'en ai pas vraiment.

– J'en ai noté quelques-unes. On s'en parle quand?

– Au prochain cours?

– Au prochain cours! répète Lancelot en me faisant un *high five*.

13 AVRIL

Ce soir, mon père a organisé un souper pizza **MAISON** et il a invité **Antoine** à manger avec nous. Il a recouvert le comptoir de la cuisine de toutes les garnitures qu'on peut déposer sur une pizza. Même des **ANCHOIS** (pas nécessaire) et des artichauts marinés.

Ma mère questionne *Antoine* sur la Finlande et sur ses PROJETS. Elle aime bien Antoine. Le fait qu'il voyage comme elle le rend encore plus intéressant à ses yeux. J'espère qu'il ne sera pas son ami Facebook! Mon père? C'est l'appétit d'Antoine qui l'étonne! Chacun ses priorités.

Après le souper, on s'est réfugiés dans le sous-sol. Antoine a trouvé les DVD de la saison 1 de l'émission *Star Trek*. Il capote sur cette **SÉRIE**. Moi ? Je m'en fiche. Je me suis collée sur mon amoureux et je l'ai regardé, lui. Jusqu'à ce que mon père descende. Ancien *trekkie*, il s'est assis avec nous, content d'avoir enfin un allié dans cette maison. Les gars ont écouté tous les épisodes de la saison en rafale. **Ouate de phoque !** Mon père est tellement casse-**pieds**.

16 AVRIL

Notre chorégraphie est montée. On l'a travaillée hier midi. Et on en a parlé ce matin dans le bus. Chacun sait ce qu'il a à faire. On répète. La première pyramide est **MALADE**. C'est Lily qui sera au sommet. Lorsqu'elle redescend, on l'accueille dans un panier formé par nos bras. Défi : ne pas la laisser tomber. Puis, nous réalisons un enchaînement qui conduit à l'autre **PYRAMIDE**. Aglaé chuchote son découragement à Justine, qui ne sait pas vraiment quoi faire.

– Aglaé, si tu veux, on va revoir l'enchaînement. Faut que tout le monde soit à l'aise, même toi, Lancelot, ai-je lancé en riant.

Lancelot me fait une grimace avant de faire trois **CULBUTES** arrière dont la dernière sur une seule main.

– Léa, je suis *poche*, remarque judicieusement Aglaé qui n'est plus cruelle du tout. Je veux m'améliorer...

– Peux-tu faire une roue latérale?

Elle fait signe que OUJ.

– Peux-tu en faire une à la suite de l'autre?

– Je sais pas, avoue Aglaé-la-pas-cruelle.

Je lui propose d'essayer.

Meilleur cours de gym de l'année. Aglaé a découvert qu'elle peut faire des roues l'une à la suite de l'autre. Pendant que les gars font un saut de l'ange super malade, elle et Justine font des roues dans des **directions** opposées l'une de l'autre. On dirait un rideau de scène qui se ferme pour s'ouvrir sur un autre tableau. Karo? Elle tape des mains dans le rythme. Elle joue son rôle de *cheerleader* à la perfection. Reste à choisir *la musique*!

17 AVRIL

Ce midi, il fait vraiment beau. Antoine et moi, on mange notre lunch dehors. Seuls. Antoine prend conscience qu'il part dimanche. Ça le rend silencieux. Moi? Ça me coupe l'**appétit**. Seul point positif? On est ensemble. Je sais qu'il va tellement me manquer. Ma gorge se serre à cette idée. Si je ne bois plus rien, peut-être que je **PLEURERAI** moins?

19 AVRIL

Heureusement qu'il y a le bénévolat. Ce soir, nos amis sont dans la verrière. Ils jouent au tic-tac-toe. J'affronte madame Berthe, qui ne comprend pas les règles, et je gagne tout le temps même si je lui laisse toutes les chances du monde et que je lui suggère où **tracer** son X. Aucun compte rendu à propos du retard de son mari, elle s'améliore.

Lancelot fait face à monsieur Legendre, qui est très fort. Ça devient encore plus intéressant lorsque deux résidents demandent à l'infirmière de leur expliquer les règles du **JEU**. Elle assure qu'il faut aligner trois X ou trois O, verticalement ou horizontalement, pour remporter la victoire. Elle oublie la diagonale. Franchement, plus **SIMPLE** que le tic-tac-toe, ça ne se fait pas!

L'infirmière a affirmé à Lancelot que monsieur Legendre est imbattable quand il joue avec les autres résidents. On se regarde. Monsieur Legendre comprend les **RÈGLEMENTS**, lui! Ça aide!

– Léa, une chance que tu m'as accompagné à toutes nos séances de bénévolat... J'aurais lâché si j'avais été seul, m'avoue Lancelot, le CHAMPION international du tic-tac-toe au CHSLD.

– C'est drôle, ici, ça change les idées...

– Tu penses à Antoine ?

– ...

– Tu vas voir, samedi, on va vous changer les idées !

– ...

20 AVRIL

Des fois, le temps a l'air figé. D'autres fois, il passe tellement vite. La preuve ? C'est déjà samedi. Nous sommes dans le sous-sol de Lily. Guillaume a installé son système de son, Lily, sa BOULE disco. Nous ? On DANSE. Antoine est surexcité, il danse comme jamais. Moi aussi ! Quand Guillaume a fait jouer la chanson *Mickey*, on s'est tous déchaînés.

– Léa ! C'est ça qu'il nous faut pour l'acrogym !! me crie Lancelot en lançant les BRAS dans toutes les directions.

– T'AS RAISON ! ai-je hurlé parce que Guillaume croit que la musique doit être FORTE pour qu'on l'apprécie pleinement.

J'arrête de parler pour profiter de la musique, de mon bel amoureux, de la boule **DISCO**, de mes amis, des bonbons de Lily et de l'absence de Moucheronne (merci, Ginette!)!

Antoine m'a quittée, il jase avec **PVP** et Lancelot. Ils se serrent la main et... se font une accolade??? Les gars sont bizarres. C'est une nouvelle manie, cette année. Ils font ça à tout propos. J'ose pas les rejoindre. Je veux pas **INTERROMPRE** quelque chose d'important. Antoine, c'est leur ami aussi. Pas seulement mon amoureux!

Karo me rejoint en bougeant maladroitement le bassin.

– Léa, t'es pas trop triste? demande-t-elle, délicatement.

– Juste assez, je réponds en riant.

La question de Karo était si **stupide**, qu'est-ce que je pouvais répondre d'autre?

– T'as raison, Léa, les gars, c'est tous des sans-cœur! (J'ai dit ça, moi? Madame Berthe m'a transmis sa maladie?) On pense avoir trouvé le prince charmant (**Wow!** C'est de PVP que tu parles, là? Je fais signe à Lily qui fouille dans les ♪♪ de son **amoureux**!) et, à la première occasion, pouf! Il se change en crapaud galeux, chiale Karo en atteignant un sommet dans la confusion.

J'**ÉCLATE** de rire. Depuis que Philippe l'a laissée, Karo disjoncte. OK. Philippe est sérieux, mais de là à le traiter de crapaud **galeux** !!! Elle dit n'importe quoi. Je regarde Lily. Ses yeux sont trop rieurs pour qu'elle n'ait rien entendu. Ma presque sœur me comprend tellement.

Antoine ne se transformera  en grenouille à l'aéroport. Il n'a pas choisi de partir à l'aventure pour retrouver le **Graal** (qui n'existe même pas de toute façon) comme le Lancelot de Guenièvre. Sa famille quitte le **pays** et il doit suivre. Les adultes ont décidé. Il obéit, c'est tout ! Son cœur n'a rien à voir là-dedans. C'est toujours le même **Antoine**. Et je l'**aime**. Ouh ! Guillaume fait jouer une chanson d'amour, c'est le moment d'aller voler mon amoureux à Lancelot.

– Tu vas me manquer, Léa…

– Tu vas me manquer, Antoine…

– Veux-tu d'un chum finlandais pendant un an ? me demande-t-il en souriant trop bien.

J'ai bien entendu ? Il vient de dire qu'il veut pas casser ? **Ouf** !!! Ses yeux scrutent les miens avec tellement d'intensité. C'est pas une question à choix multiples, Léa, dépêche-toi de répondre !

On se dévisage. Puis, on s'embrasse. On est dans une bulle. C'est silencieux, une **bulle**. Confortable aussi. C'est comme si on était seuls au monde... Ah! C'est quoi, ce bruit d'**EXPLOSION**? On ouvre les yeux. Lily a fait éclater un gigantesque *pop-up* au-dessus de nous. Nous voilà sous une pluie de **CONFETTIS** avec toute la gang qui nous entoure. Giga câlin!!!

21 AVRIL

Je suis à l'aéroport avec Guillaume, Antoine et ses parents. On a pris des photos. Tout le monde a fait des câlins à tout le monde. Puis, une voix froide a appelé les passagers du **VOL** d'Antoine. Ses parents et sa sœur se sont éloignés timidement de nous. Nous restons seuls. Antoine fait des efforts pour ne pas pleurer. Moi aussi. On s'embrasse. On s'écarte l'un de l'autre. On se **sourit**. Tout a déjà été dit, alors...

Antoine fait une dernière **ACCOLADE** monstre à son meilleur ami. Une larme roule sur la joue de Guillaume. Une aussi sur la joue d'Antoine. J'éclate en **SANGLOTS**. Antoine me regarde. Il dépose un baiser sur ses doigts et le lance en ma direction. Puis, il tourne les talons et se dirige vers ses parents. Son dos s'éloigne de moi. Mon visage est couvert de larmes. Comment je vais faire? Un an, c'est tellement **LONG**! Vous savez pas à quel point.

25 AVRIL

Dernière visite au CHSLD, déplacée un jeudi soir pour une raison ADMINISTRATIVE en dehors du contrôle de la responsable. Alors, nous, on a obéi sans poser de questions. On a l'habitude, on va à l'école!

Mes vieux amis me distraient de ma vie. Lancelot aussi. Aujourd'hui, on joue aux QUILLES avec eux. Bon, pas comme avec Antoine et monsieur H. Les quilles sont en plastique, la boule est vraiment GROSSE, et l'allée, à hauteur des fauteuils roulants. Il n'y a pas de dalots et rien n'est automatisé. Juste une table longue et étroite. Notre mission? Avancer les joueurs vers la table. Replacer les quilles. Courir derrière la BOULE.

Madame Berthe ne participe pas aujourd'hui. Elle est alitée depuis quelques jours. J'ai versé une larme quand la responsable nous l'a appris. Elle m'a assuré que tout allait BIEN pour elle et m'a demandé de saluer son amie Lucienne (qui ça? Ah, oui! Lulu!) de sa part.

– Lancelot...

– Quoi?

– Je m'ennuie d'Antoine.

– Moi aussi! C'était pas celui qui parlait le plus, mais...

– Je sais… (Ne pleure pas, Léa!) Tu viens au défilé de mode des finissants demain? Antoine m'a donné son **BILLET** pour toi. Tout le monde y sera!

– Si tout le monde y va…, conclut Lancelot en me donnant une tape amicale dans le dos.

C'est la première fois que je prononce le prénom de mon **AMOUREUX** sans pleurer. Je vais survivre. Bonne nouvelle. J'oubliais! Il a changé sa photo de profil sur **Facebook**. Mais il est toujours aussi beau. J'ai cliqué sur J'aime. *Blink!!!*

26 AVRIL

J'ai mon appareil-photo. J'ai supplié madame Carouby de nous réserver les **MEILLEURES** places au défilé. Je prends des photos pour l'album, quand même! Une *forêt* de têtes, ça intéresse personne! Autre argument de poids? Je serai accompagnée du rédacteur en chef de *La GaZzzette estudiantine* (je suis trop manipulatrice!) et nous devons **tout** voir! Elle a accepté.

Tous les profs sont là. Même Brisebois, qui s'assure que le défilé de mode des **FINISSANTS** se déroule dans l'ordre et la discipline. **Ouate de phoque!** Relaxez, madame.

Les lumières s'éteignent. Les hurlements résonnent. Je ne comprends pas. Il ne s'est rien passé encore! Un gars et une fille s'avancent. Blablabla. Premier numéro. Le maître de cérémonie se prend pour Harry Potter. Il fait semblant que sa cicatrice le fait souffrir, qu'il sent que Voldemort est dans les parages. Sa vie est en danger! Un SPOT s'allume. Brisebois!!! Les finissants ont comparé Brisebois à Voldemort? Éclats de rire tonitruants!

– Blague trop facile! critique PVP en prenant des notes pour son «papier».

– Phil, relaxe un peu, réplique Lancelot, la bouche pleine de chips au vinaigre. C'est de l'hu-mour!

Le rédacteur en chef de *La GaZzzette* n'est pas vite! Il a toujours pas saisi que les étudiants ne sont **jamais** du côté de la direction. Ça se fait pas. Au moins, il ne fait plus sa face de directeur des années 1950. Évolution notable!!!

Si Lily et Guillaume pouvaient cesser de s'embrasser à tout propos, ce serait moins gênant pour tout le monde... OK. Disons que je remarquerais moins l'absence d'Antoine. Je me comprends. Troisième numéro. Une finissante s'amène. Elle va chanter. Pas notre chanson préférée à Antoine et à moi!? Zut. Ne pas pleurer, ne pas pleurer. Tiens, je PENSE que je vais aller m'acheter un sac de chips, moi aussi! Faut une photo du kiosque, quand même! SNIF!

Je **covoiture** avec **PVP**, parce que Lulu et monsieur H participent à un tournoi de bridge et que mes parents sont à NYC pour voir une comédie musicale. Le père de PVP est... spécial. À côté de lui, le mien est un **CLOWN**. Philippe devient tellement plus sérieux (c'est possible?) devant son père! Ce dernier l'a questionné sur le spectacle et l'article dans le journal et le point de vue qu'il adoptera et **blablabla**. Si je me compare à Philippe, mes parents me négligent. Je le plains.

28 AVRIL

Aujourd'hui, pratique d'acrogym dans le jardin. Seul **ENDROIT** où mon père nous autorise à faire nos folies. Il a pas encore saisi que c'est un travail d'équipe **pour l'école**! Tout le monde y est, y compris Aglaé et Justine. Nous avons répété trois fois sur la chanson *Mickey*. J'ai aidé Aglaé, qui est toujours aussi *poche* sauf en roues latérales. Je ne pense pas qu'elle m'apprécie plus qu'avant, mais elle ne fait plus d'attitude.

Quand on s'est quittés, toute la gang s'est fait des accolades, mais Aglaé et moi, on était trop mal à l'aise, alors on s'est dit «Salut» en **rougissant** bêtement. On n'allait pas faire semblant qu'on s'aime à la vie à la mort! OK. On a enterré la hache de **GUERRE**. Mais je lui ai pas non plus offert un **bracelet** d'amitié!

Combien de temps
la princesse Merida
pleurerait-elle
le départ de son
amoureux?

– On demande à Bilodeau de passer les premiers! implore PVP sans aucune raison valable.

– On passe au vote? suggère Lily, certaine que tout le monde souhaite retarder l'heure fatidique.

Pour: 4. Contre: 3. **Ouate de phoque au super cube!** Les gars et Justine nous ont laissées tomber. Avec l'appui de Karo. Son vote devrait être annulé, elle ne lève jamais la main au bon moment! Chose vraiment digne de mention: Aglaé a voté comme . Ce n'est certainement pas par amour pour moi. Elle devait être terrifiée à l'idée de se produire devant la classe. Mais quand même...

On sait qu'on a bien fait. Ça se sent, ces choses-là. Ça vient de l'intérieur. Les **lignes** de Lily étaient parfaites. Les gars étaient solides, les pyramides n'ont pas vacillé. Ils ont fait des culbutes magnifiques. Leur **SAUT** de l'ange était impressionnant. Ils ont été applaudis. Les **ROUES** d'Aglaé et de Justine étaient synchronisées. Même Karo a tapé des mains en respectant les temps. Bilodeau a souri. Meilleur signe au monde.

J'aimerais ça, pouvoir raconter notre performance à **Antoine** devant ma case... Excusez-moi, je dois aller aux **toilettes**. Mon nez coule...

Je regarde mon reflet dans le miroir. Je pense à Merida, la princesse rebelle aux longs *CHEVEUX* roux bouclés. Je devrais m'en inspirer. Elle ne pleure pas pour rien, Merida! Elle fait fi des obstacles, elle! Facile à dire. Elle vit dans un film en 3D!

2 MAI

Ce matin, dans le bus, **PVP** ne parlait pas. Il s'est assis derrière monsieur Gilles et a joué avec le Game Boy de l'ancien temps. Il s'est même **tiraillé** avec un secondaire un pour pouvoir jouer. Lily et moi, on est très inquiètes. Qu'est-ce qu'il a? Un secondaire trois ne se chamaille jamais avec un secondaire un dans le bus. Règle non *écrite* que tout le monde applique à la lettre.

Cours de math. Trunchbull a l'air moins **BÊTE** qu'à l'habitude. Ce n'est sûrement pas grâce à la température: il pleut à boire debout, comme l'a fait remarquer monsieur H ce matin. Elle n'a même pas relevé que Lancelot m'a lancé une boulette de papier sur laquelle il avait dessiné un énorme **bonhomme** sourire. Tout va de travers, ce matin.

Madame Carouby m'a jeté un drôle de regard lorsqu'elle m'a tendu le mémo de la vie étudiante. La ☂pluie☂ affecte trop les adultes. Autre symptôme de l'adultite aiguë?

Je jette un œil. Quoi?? OhMonDieu! Je capote tellement!!!!!!

– Le comité de correction nationale d'Opti-Math a publié les résultats. En secondaire trois, les grands champions provinciaux d'Opti-Math sont des étudiants de l'EISL. Il s'agit de Lancelot Saint-Jean et de Philippe Valois-Pépin (**ouate de phoque!**), qui, à la surprise du jury, ont mérité une note… parfaite!

Mes deux amis sont debout. Ils se sont donné une solide poignée de main suivie d'une accolade, puis nous ont remerciés. (Si j'avais eu mon appareil-photo!) Nous hurlons de joie parce que ce n'est pas rien, remporter une OLYMPIADE neuronale. Puis, je sais pas comment ni pourquoi c'est arrivé, nous nous sommes tous jetés sur eux en criant. Sauf Aglaé qui jouait les humiliées. Et le prof d'histoire qui n'est pas très démonstratif.

Question: est-ce que la guerre des *nerds* est terminée? J'espère que non!

On a célébré nos deux *bollés*, et mon **mascara** n'a pas tenu. Preuve qu'il m'en faut un hydrofuge de toute **urgence**. Je frotte la peau sous mes yeux pour enlever les traces noires qui me donnent l'air d'avoir pleuré pendant toute la matinée parce qu'**Antoine** est parti. C'est pas ça du tout!!! J'ai trop ri!

La porte des toilettes s'ouvre. Laissez-moi le temps de me *démaquiller!* Ah! Aglaé...

– Aglaé, je voulais...

– Tu veux savoir ma note, c'est ça? me lance-t-elle, un sanglot dans la voix.

– Nooon! (D'après le mémo que j'ai choisi de ne pas lire au complet pour ne pas t'**humilier** publiquement, tu t'es pas classée parmi les deux cents premiers... sur trois cent quatorze... J'en sais assez comme ça!) Je voulais te dire que je respecte ça, Opti-Math, genre... C'est pas facile comme concours! Regarde qui a gagné, ai-je rajouté en riant.

Aglaé a presque **souri**. On a quitté les toilettes en même temps (sans jaser quand même!), devant Geoffrion qui était trop étonnée de nous voir sortir sans nous bousculer pour enclencher sa célèbre **cassette**

Lily a annoncé la nouvelle à monsieur Gilles, qui a félicité **PVP** publiquement.

– Je suis fier de toi, mon gars. Les «petits», vous allez pouvoir jouer au Game Boy en paix mainte-nant, parce que notre Philippe ne sera plus stressé par son résultat, a souligné le chauffeur de bus le plus **cool** de la planète, pendant que mon ami rougissait.

Il doit être soulagé. Il n'est pas le « premier *loser* », comme il dit. Son père ne devrait pas être déçu. Antoine (sniff!) aurait CÉLÉBRÉ la victoire de PVP en lui donnant une gigantesque claque dans le dos. Ou en lui faisant la bascule?

Ma mère RESTE à Washington ce week-end. C'est plate! Mais elle a pris le temps de me texter pour savoir comme je vais. J'ai répondu: « Pas pire dans les circonstances. » Elle a renchéri: « Amuse-toi! La vie est courte. »

Ma mère me suggère de m'AMUSER? Je vais plus mal que je pensais. Je lui ai parlé d'Aglaé et de la hache de guerre à demi enterrée. Elle m'a servi son sermon féministe. Les femmes et la solidarité et « c'est en parlant qu'on se comprend » et blablabla. Finalement, c'est pas si plate qu'elle soit retenue à Washington!

4 MAI

Il est 5 h 02. Je sais, c'est le matin. Pire, un **samedi** matin! Antoine a besoin d'aide en français et on *tchatte* sur Facebook. Je lui ai raconté pour l'acrogym. Il m'a annoncé qu'il jouera au SOCCER, en Finlande. C'est bien Antoine. Je lui ai parlé d'Aglaé et de la hache de guerre à lui aussi. *LOL au cube.* Il n'y croit **pas du tout**. Je lui ai appris les résultats d'Opti-Math. Ça, il y croit. Et il aurait choisi la claque, pas la bascule.

Je lui ai expliqué les subordonnées relatives pour la troisième fois. Je pense qu'il fait semblant de ne pas comprendre pour qu'on passe plus de temps ensemble. Parce qu'il ne peut pas être aussi *cruche* !?!

Quand on a eu terminé, il a écrit « Tchaw ! »

Je m'ennuie moins de lui quand on se retrouve sur **Facebook**. Mais c'est pas comme quand on se regarde dans les yeux et qu'on se *TIENT* la main...

6 MAI

— Franchement, Lily, faire tirer des bonbons après ta présentation orale en anglais, c'est tellement deuxième année du primaire, ai-je répété pour la septième fois.

On n'en pouvait plus d'étudier, alors on a décidé de faire prendre l'air à nos *neurones* en allant au dépanneur. Lily, en **TROTTINETTE**. Moi, en vélo. Lily a acheté quelques sucreries pour survivre à une semaine chargée, dont des Gobstopper. Des bonbons qui durent éternellement, fabriqués dans la chocolaterie de Willy Wonka. **WILLY** les a créés en songeant aux enfants qui n'ont pas beaucoup d'argent de poche !

En passant devant le tableau d'**AFFICHAGE** du dépanneur, j'ai repéré l'annonce de Morgane, et des **LARMES** ont mouillé mes yeux encore trop influençables.

– Léa, une réglisse rouge? Ça console de tout! affirme Lily en me faisant un clin d'œil.

J'obéis sans dire un mot. Ma *BFF* m'attire chez elle et insiste pour qu'on lise la prévision mensuelle de cyber-**astrologue** ensemble. Pour que j'en décode le sens caché que j'aurais supposément tendance à ne pas voir/comprendre. **Grrr!** Elle se pense encore meilleure que moi!

– Ma chou, t'es sur une mauvaise pente (**?!?**). Faut que tu prennes ta vie en main (Ève, sors de ce **CORPS**!). Tu passeras pas un an à pleurer, là. Antoine est pas mort! Il est parti en Finlande! To-tal différent.

– Je pleure pas tant que ça! T'exagères...

– Heille! T'as regardé une vieille annonce jaunie au *dep*, pis t'avais les larmes aux yeux! Avoue que ça pourrait aller mieux!

– Tu me comprends pas!

– T'as raison, je te comprends *foule* pas! Bon, la prévision. On la lit, ou pas?

Amours: Vous êtes libre? Pas pour longtemps. Une Balance vous charmera et vous vivrez une idylle. (Je ne suis pas libre. Nuance: mon amoureux est en VOYAGE et ça va durer un an.) **Amitiés:** Un de vos amis vous confiera ses problèmes. Écoutez-le. (Personne n'a plus de problèmes que moi dans mon entourage!) **Finances:** Provoquez les choses. La chance sourit aux audacieux! (Si je pouvais avoir un emploi d'été, ce serait vraiment bien. Si je comprends le MESSAGE, je dois faire des démarches. C'est plein de bon sens.) **Famille:** Période d'accalmie dans vos relations avec vos proches. (Mon père va me lâcher avec ses dictons *poches* et le MÉNAGE? C'est parfait.) **Votre chiffre chanceux:** le 1. (Un, c'est LE chiffre solitaire! Je suis chanceuse qu'Antoine soit parti???)

– Léa, c'est magnifique! (*Hein?*) Un de tes amis voudra sortir avec toi. (Pas question!) Là, il faut lire entre les lignes. Tous tes amis savent qu'Antoine ne trouverait pas ça drôle si un gars te tournait autour. Alors, vous sortirez en amis et ça te distraira pendant... un an (le 1?!?). Vous vous balancerez au parc (la Balance???) et cet ami audacieux sera charmant. Tout est beau, ma chou. T'avais compris quoi, toi? me demande Lily en suçant le même Gobstopper que lorsqu'on est sorties du *dep*.

– Un peu comme toi, le parc et la distraction audacieuse le 1er de chaque mois. Franchement, on pense pareil ! C'est tellement clair…, ai-je déclaré avant d'**ÉCLATER** de rire.

Je comprends surtout que ma *BFF* me confiera bientôt qu'elle a des problèmes de santé mentale. Parce qu'elle est tombée sur la tête ! (Point **négatif**.) Mais elle me change les idées. (Très positif !)

– Lily, qu'est-ce que Morgane t'a prédit ?

– Léaaa !

Je le saurai **ja-mais** !

7 MAI

Dans le bus, nous sommes tous tranquilles. Chacun répète à voix basse sa présentation orale pour le cours d'anglais, ce qui a fait rire monsieur Gilles. Comme Lily a choisi *Charlie and the Chocolate Factory*, elle a gardé le même Gobstopper qu'hier. Elle nous l'a montré (pas vraiment nécessaire) pour prouver que c'est le même sauf qu'il a changé de **couleur**.

– Y a-t-il des volontaires pour faire leur présentation en premier ? demande la prof, en regardant du côté de PVP et de Lancelot.

Comme ils ont levé la main en même temps, elle a tiré au sort. Pourquoi pas ROCHE-papier-ciseaux-pas d'ALLUMETTE? **Ouate de phoque!** Ces deux-là sont tellement immatures, c'est épeurant.

Au tour de Lily de parler de *Charlie and the Chocolate Factory*. Tout le monde a ri parce que la gourmandise de Lily est légendaire. Avant de débuter, elle a offert un Gobstopper à la prof et lui a demandé de le déguster en écoutant attentivement son exposé. La prof a affirmé qu'il goûtait le caramel.

Lily a présenté les personnages, résumé l'histoire. Puis, elle a mis l'accent sur son PP[16] préféré : Willy Wonka, l'inventeur de BONBONS le plus génial de la planète. Au lieu de s'attaquer aux (nombreux) travers des adultes – sujet préféré de l'auteur de ce roman – Lily s'est concentrée sur l'imagination de Willy et sur les bonbons fabuleux auxquels il rêve et qu'elle aimerait trouver dans notre dépanneur préféré : pastilles **EXPLOSIVES** à réserver à ses ennemies (éclats de rire) ; gommes à mâcher «repas complet» et toutes sortes d'autres inventions. Elle a conclu en distribuant des BONBONS à ceux qui en réclamaient.

---

16. Le personnage principal. Lily se prend pour Willy Wonka aujourd'hui !

Bon, enfin mon tour. Je parle de Matilda, de ses parents qui n'ont pas conscience de sa grande valeur (comme la plupart des parents qui ne voient pas à quel point leurs enfants sont exceptionnels), de Trunchbull et de la ratière. Je parle enfin des **POUVOIRS** magiques de Matilda et des élèves qui se sont révoltés contre des règlements **INJUSTES**.

J'ai conclu qu'à bien y penser, nous avons tous des pouvoirs magiques qui nous permettraient de changer les choses si on le voulait vraiment. Il y a des règlements discutables dans toutes les écoles. J'ai cité – à titre d'exemple, comme ça – celui qui **(V) (I) (S) (E)** les manifestations sentimentales à EISL. Il faut toujours terminer en ouvrant sur un sujet plus vaste, c'est ce qu'on nous a appris ! Celui-là est *foule* vaste. On m'a applaudie. Même la prof ! **PVP** devait être distrait, il a applaudi lui aussi ! Qu'est-ce qui lui a pris ?

Ça ne me tente pas vraiment de lire ce mémo. Ça me rappelle que j'irai **SEULE**... Si j'y vais.

– La vie étudiante rappelle qu'il reste des billets pour la danse du printemps, qui aura lieu ce vendredi. Ils seront en vente à la cafétéria jusqu'à vendredi après-midi. Le thème : musique des années 1980 !

La prof de français me coupe la parole pour nous annoncer en primeur qu'elle nous surveillera à la **DANSE**. Ça m'étonne pas, elle est trop fouine. Puis, elle enchaîne avec les **ADJECTIFS** de couleur et toutes les exceptions qu'il faudra retenir en vue de l'examen final. Je pensais qu'on avait vu tout ça, l'an dernier! Non! La prof nous avait caché plein d'exceptions trOOop incroyables, elle ne voulait pas nous décourager.

Avec Lancelot, on a fait les **EXERCICES**. Et on a pris une décision. Pour ne pas faire de **FAUTES** d'accord dans les productions écrites, suffit d'utiliser seulement les couleurs qui suivent: rouge, bleu, jaune, vert, blanc, noir et, bien sûr, le rose. Ces mots sont 100% garantis à l'épreuve des fautes d'accord.

– Lancelot, t'es trop fou!

– T'as rien vu, Léa! T'as vraiment rien vu! affirme Lancelot en me faisant un clin d'œil.

– Tout va bien ici? nous interrompt la Belette-en-chef, en donnant une légère tape sur mon pupitre.

J'ai **sursauté**. Merci, madame! Je ne m'étais pas encore humiliée publiquement cette semaine. Coché!

– Qui n'a pas son billet pour la danse? demande Guillaume en me dévisageant intensément. C'est moi qui fais la musique, faut pas manquer ça!

Tout le monde me ─®─Ⓔ─Ⓖ─Ⓐ─®─Ⓓ─Ⓔ. Je rougis et je me tais.

– Tu viens, Léa, c'est pas négociable! m'ordonne Guillaume.

– Ça me tente pas, Guillaume!

Question : la princesse Merida refuserait-elle de s'amuser un vendredi soir parce que son amoureux participe au concours du lancer du tronc d'ARBRE en **FINLANDE** ? Je crois plutôt qu'elle aurait dansé une **gigue** écossaise endiablée pour célébrer l'événement...

9 MAI

Ce matin, quelques gars de secondaire un distribuent *La GaZzzette estudiantine*. L'article sur le défilé de mode des finissants s'y retrouve. Coché ! Et une nouvelle chronique de **PVP** intitulée *C'est votre opinion* ! Sa première chronique est **fortement** inspirée par ma mère. Philippe ne me l'a pas dit, mais je suis *extralucide* et franchement, ce titre, c'est tellement le genre de ma mamounette !

CONTRE QUOI OU CONTRE QUI
VOUS RÉVOLTERIEZ-VOUS ?

Le iPad, c'était pour organiser un vox pop ? PVP a listé toutes les idées folles que nous lui avons lancées à la blague dans le bus : Guillaume et la **radio** étudiante ; Lily et le sucre ; Antoine et le besoin de sommeil... et moi qui me porte à la défense d'un véritable *Salon étudiant* ET des manifestations senti-mentales ! La meilleure ? Je ne suis pas la seule à me **révolter**. Je compte un... trois... sept... douze... treize étudiants qui décrient le règlement sur les manifestations sentimentales ! Malheureusement, ça ne changera rien. Pourquoi je le sais? Il y a une épidémie d'adultite aiguë à l'école.

Symptômes de l'adultite aiguë – mise à jour essentielle. Les adultes s'amusent à changer les choses qui fonctionnent super bien. Un exemple? Notre uniforme. OK. Le nouveau est vraiment plus cool que l'ancien. Mais on l'aimait, notre ancien uniforme! En tout cas, je me comprends.

Et ce qui n'a pas d'allure – des règlements nuls qui empoisonnent la vie –, ça, pas question de les modifier par contre! Pour au moins un million de mauvaises «bonnes» raisons. Je ne sais pas pourquoi c'est comme ça. Mais c'est un fait!

10 MAI

Soir de la danse. Je tente pour la troisième fois de tracer une **ligne** d'*eye-liner* à la base de mes cils. La première fois, ma mère est entrée en coup de vent dans la salle de bains pour me demander comment je me sentais (sans faire référence à l'absence d'ANTOINE, bien entendu! Quelle délicatesse!). J'ai failli me crever un œil en sursautant, avant de répondre que je n'ai pas assez d'intimité dans cette maison et en lui demandant de me ficher la paix quand je me **maquille**. Surtout qu'elle ne m'a rien appris dans ce domaine *foule* important et que c'est sa faute si j'éprouve autant de difficultés ce soir.

La deuxième fois, mon père a cogné à la porte pour s'assurer que la voie était libre. Y A QUELQU'UN! Là, j'ai verrouillé la PORTE et mis des bouchons dans mes oreilles. Pour l'*eye-liner*, je m'inspire d'une photo de Selena Gomez. Sa ligne était *foule* réussie. Reste l'œil gauche... Selena a bien fait de rompre avec Bieber... Ce gars-là est étrange... Ils n'allaient pas ensemble... Mon t-shirt Union Jack est vraiment chic! Est-ce que je rêve ou ma poitrine aurait pris de l'ampleur (façon de parler) depuis Londres? On dirait que oui. OhMonDieu!

J'arrive à l'école avec Philippe. C'est ma mère qui nous y a CONDUITS. Ils ont discuté politique. Parfait! J'ai pu texter en paix avec Antoine, qui est resté debout pour me souhaiter une bonne soirée. Il veut que je fasse une vidéo de Guillaume le *DJ*. Et que je lui courrielle toutes les photos que je prendrai.

On a passé le «poste de DOUANES». C'est une élève de l'école de police qui m'a interrogée en me faisant de l'attitude. En plus, elle a mal appliqué son *eye-liner*! Pfff!

Il y a déjà beaucoup de monde. La danse est bien partie même si le décor est minimal! Des rubans de papier crépon blanc et bleu qui s'entrecroisent au-dessus de la piste de danse. Le plancher du gym est couvert de ballounes blanches et bleues. Vraiment romantique mais un peu **ENCOMBRANT**!

Guillaume introduit parfois les pièces qu'il fera jouer. Puis, il lance la musique. (Vidéo pour **Antoine**: coché!) Je danse avec **PVP** qui se secoue comme un arbre battu par le **vent**. Les ballounes volent autour de lui. Assez drôle. Lancelot et Sandrine viennent d'arriver!!! Enfiiin! Lily? Elle aide Guillaume à sortir les CD de leur **BOÎTIER**!

Je ne suis pas triste, mais ma tête se **TOURNE** parfois en direction de l'entrée. Au cas où... Je sais qu'Antoine ne viendra pas. Ma tête, elle, n'a pas totalement intégré le concept.

– Gang, une chanson de Pink Floyd: *Another Brick in the Wall*. Ça parle d'une révolte des étudiants contre les abus d'autorité. Tout le monde danse! crie Guillaume dans son **MICRO**.

Quand le chanteur scande ces deux phrases, tout le monde répète avec lui. Lancelot et Jérémie lèvent même le poing dans les airs:

Teachers leave them kids alone...

Hey! Teachers! Leave them kids alone[17]!

Karo à l'**HORIZON**. Giga troubles en vue! Qui est le gars qui marche derrière elle? Cet inconnu

---

17. *Another Brick in the Wall*, par Roger Waters du groupe Pink Floyd.

est vraiment AVEC Karo? **Ouate de phoque!** Je regarde Lancelot qui regarde **PVP** qui me regarde.

Thriller, maintenant et ça presse! Les gars se mettent à bouger comiquement. Avec Sandrine, on roule les épaules dans le 𝕣𝕪𝕥𝕙𝕞𝕖 en se faisant de l'attitude. On est tellement cool!!! La preuve? Des secondaire quatre se joignent à nous. Malheureusement, ils ne sont pas en quantité suffisante pour mystifier Karo, qui nous a repérés parmi la foule.

– Salut, gang! Je vous présente Pierre-Marc, nous annonce Karo et, par le fait même, à PVP.

Karo, ne t'humilie pas publiquement, s'il te plaît. Ne fais rien que tu pourrais **REGRETTER** dans trente secondes. La musique s'arrête. On crie en secouant les mains vers le ciel. Certains lancent des **BALLOUNES** dans les airs, c'est magique.

– Léa, je suis tellement amoureuse, là. Tu sais pas comment, se vante Karo en regardant Philippe (pas son Pierre-Marc ni moi!).

– Tant mieux, Karo, je réponds en espérant que ma réponse la fera taire.

TO-TAL RATÉ!

– L'admirateur inconnu ne m'a jamais fait signe. Comprends-tu pourquoi, toi?

Pense vite, Léa!

– C'est un gars, Karo! (Ne rougis pas, Léa!) Et ils changent tous vite d'idée, tu sais... Il a tourné la page, ai-je répliqué.

Boucle-la !

Je fais un signe ÉPEURANT à Lily qui semble avoir compris. Elle explique quelque chose à Guillaume et il fait jouer *What a Feeling*. Y avait pas autre chose de moins pertinent, genre?

Karo regarde Philippe dans les yeux. Elle se tourne vers Pierre-Marc qui a l'air de vouloir se sauver et elle l'embrasse avec passion. To-tal gênant pour tout le monde. Philippe arrête de danser. Il tourne les talons et QUITTE la piste d'un pas décidé. Merci, Karo, pour ce beau malaise.

Philippe est dehors. Les mains dans les poches, il regarde le ciel qui est SUPER étoilé. Lancelot et moi, on s'approche de lui. Il nous regarde en souriant. J'espère qu'il ne va pas nous décrire les CONSTEL-LATIONS, ça m'intéresse pas vraiment. Comme Lancelot, je veux juste lui signifier que je n'approuve pas le geste de Karo.

– *Man*, oublie ça. Karo t'en veut. Elle s'est vengée, c'est tout, explique Lancelot. Je suis certain qu'elle sort même pas avec ce gars-là pour vrai.

Philippe ne répond rien.

– Lancelot a raison. Karo veut reprendre avec toi, c'est évident, ont déclaré mes neurones sans mon approbation.

Ouate de phoque ! Qu'est-ce que j'ai fait ?

– Léa, c'est *foule* fini, comme tu dis, déclare PVP très lentement. C'est juste que... je ne pensais pas... qu'elle pouvait être aussi méchante !

Moi non plus. Lily et Sabine et Jérémie et miss X, sa blonde du moment, nous ont rejoints. Lily m'étourdit sous un millier de SIGNES secrets pas rapport. On s'approche tous de notre ami et on lui fait un giga câlin.

La danse s'est terminée dans le calme. Karo a surpris notre giga câlin au clair de lune. On croit qu'elle a saisi le principe. En tout cas, elle a disparu. Nous ? On a dansé et dansé encore. J'ai même dansé avec un secondaire cinq. Comme on a aidé Guillaume à emballer ses AFFAIRES de *DJ*, on a été les derniers à quitter notre vieux gym.

C'est le père de Philippe qui nous a ramenés à la maison, avec Lily. On est restés silencieux, mais j'ai montré mes photos à Philippe : le D E C O R (vraiment beau). Lily avec Guillaume. Guillaume au micro, nous présentant une pièce d'un de ses nombreux groupes-cultes. Jérémie et miss X (Antoine ne la connaît pas, mais il voulait voir *toutes* mes photos !). Lancelot et Jérémie levant le poing sur *Another Brick in the* WALL. La Belette-en-chef au comptoir santé. Sabine et TACTAC. La gang au CLAIR de lune, après le giga câlin (photo qui pourrait être moins floue...). Des groupes de filles coiffées et maquillées comme dans les années 1980 (la mode a vraiment évolué ! Quelle chance !). La foule agitant les mains dans les airs. Moi et mon t-shirt Union Jack (photo prise par Lily). La fille (mais en était-ce vraiment une ?) de l'école de police ! Des *Bleus* et des *Verts*. Le plancher du gym COUVERT de SERPEN-TINS et de ballounes.

C'était une belle danse. Je pensais pas que je m'amuserais autant ce soir. Et l'album va être mongol !

2 h 14. Je ne réussis pas à dormir parce que, comme l'aurait fait Merida, je me suis amusée à la danse, même en l'absence de mon doux **prince**. Mes neurones me posent ces questions *pochissimes* pour se rendre intéressants :

◎ La musique était si bonne que ça, Merida ?

◉ C'est grâce au dérapage to-tal pas rapport de Karo ?

● L'*eye-liner* a autant d'effet sur l'humeur ?

● Il dansait bien, le secondaire cinq ?

● ...

Essayez de dormir quand vos neurones vous harcèlent avec des questions aussi personnelles !

11 MAI

9 h 02. Mon père cogne à la porte de ma chambre. On me demande au téléphone ! Je regarde le ZOMBIE qui passe devant le **MIROIR** de ma commode. J'aurais dû me démaquiller avant de me coucher...

– Ma chou ! Comment ça va ? crie Lily, trop en forme.

– Hummm ! Je me suis endormie à 3 h 07... Pourquoi t'appelles aussi tôt ?

– Ma sœur t'invite aux funérailles de Marcel Poitras.

– Grommbeulll !

– Je te niaise ! Comment ça va, ma chou ? répète ma *BFF* **amnésique**.

– Ça irait mieux si je pouvais dormir ! Salut !

JE. DÉTESTE. LES. GENS. QUI. NE. RESPECTENT. PAS. LE. SOMMEIL. DES. AUTRES. ZZZzzzzz^{zz}zzzzzz !

Il est 12 h 07. J'ai courriellé la vidéo de Guillaume et toutes les **PHOTOS** à Antoine. On jase sur Facebook.

Antoine
Wow ! Guillaume est top ! Merci.

288

Léa

Super musique. On a dansé comme des fous.

Antoine

Guillaume, c'est le meilleur ! Hey !
C'est qui le gars avec Karo ?

Léa

Pierre-Marc, son supposé chum.

Antoine

??????????????

Léa

Invité pour rendre Phil jaloux !

Antoine

Et... ???????????

Léa

Échec to-tal humiliant pour Karo

Antoine

LOL ! C'est du Karo tout craché, ça !

Antoine m'a parlé du **SOCCER**, de son équipe et de son devoir de français (87 %) ! Je lui ai donné notre TRUC pour bien utiliser les adjectifs de couleur. Il a répondu : « *LOL.* Cré Lancelot ! »

À la fin, il a écrit « Tchaw ! Je t'♥. » Il l'a VRAI-MENT écrit.

12 MAI

– Léa, qu'est-ce que tu veux faire pour ta fête? me demande Lulu en SOURIANT.

– Je sais pas trop, je réponds.

Je n'ai pas ajouté qu'Antoine ne sera pas là. Elle le sait, je lui CASSE la tête avec ça assez souvent.

– Tu vas avoir quinze ans, ma Lélé. C'est important, quinze ans!

- Je veux manger du gâteau. Pour le reste, je sais pas encore.

J'ai promis à Lulu d'y penser. En étudiant pour l'examen d'histoire. Depuis l'épisode PIERRE de Rosette/île de Pâques, le prof est convaincu que l'histoire me passionne et me pose toujours des questions. Mauvais karma!

En étudiant, je complète mon dossier de bénévolat. Lancelot ne me lâche pas sur Facebook! Il sait pas quoi écrire pour attendrir le prof de sciences qui relira ce dossier et se demande si la poésie scientifique est une option viable. N^{O}O$_{O}$n! À+.

J'ai ressorti mon super carnet *foule* inspirant. Une nouvelle page. Les petits cœurs

suspendus sont vraiment chou ! Séance **INTENSE**
de **remue**-méninges :

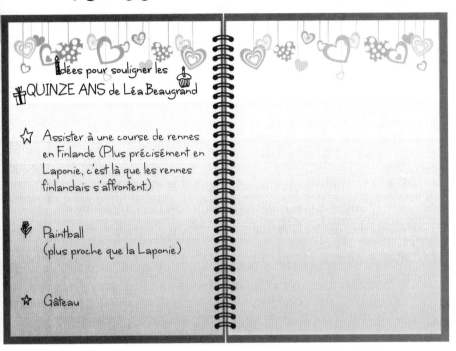

Idées pour souligner les
QUINZE ANS de Léa Beaugrand

☆ Assister à une course de rennes
en Finlande (Plus précisément en
Laponie, c'est là que les rennes
finlandais s'affrontent.)

❀ Paintball
(plus proche que la Laponie)

☆ Gâteau

Seulement trois idées, dont une qui sera refusée.
Mes **neurones** ont ratatiné pendant ma quin-
zième année. Ça fait peur pour le futur.

Ce soir, souper de famille. Mon père a fait son fabuleux **spag**. Lulu, une tarte aux pommes. Moi, la
salade. Ma mère ? La même chose qu'Herménégilde,
c'est-à-dire rien ! Mais elle est distrayante ! J'aime ça,
les soupers de famille. Tout le monde parle en même
temps. Ma **salade** est vraiment bonne ! Et j'ai
appris plein de choses :

Première nouvelle ! Lulu et monsieur H partent en **croisière** le 18 mai. Vous êtes témoins : on me dit jamais rien !

Mon père a perdu les **SANDALES** que Lulu lui a offertes l'an dernier. On a ri de lui et il a boudé. Il a annoncé qu'il voulait rénover le sous-sol. Il lui trouve un air miteux. J'ai pété une coche. Il a eu l'air to-tal estomaqué. Ben quoi ! C'est PARCE qu'il EST miteux qu'on l'aime !

Ma mère s'est querellée pour la centième fois de l'année avec Machiavel hier : elle veut être mutée à Londres ; il refuse.

Tout le monde s'inquiète pour Antoine et le mal du pays (et moi ? Je **COMPTE** pas ?).

Voyage en Laponie peu probable. Idée rejetée par ma mère, qui a toutefois félicité mon ouverture aux autres cultures. **Ouate de phoque !**

J'espère que Machiavel va dire oui, l'Angleterre, c'est moins loin de la Finlande que le Québec !

J'en étais certaine, mais je **souligne**, au cas où vous en doutiez : la Laponie et la course de **RENNES** = à oublier. Le **PAINT-BALL**, j'ai mis ça comme ça, je faisais un remue-méninges. Mais je suis tellement *poche*, c'est la pire option au monde. Ça fait trOOop **☀.☀.☀** ! J'ai pas d'idées...

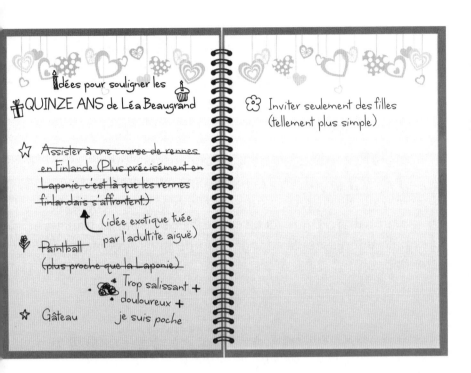

Idées pour souligner les QUINZE ANS de Léa Beaugrand

☆ ~~Assister à une course de rennes en Finlande (Plus précisément en Laponie, c'est là que les rennes finlandais s'affrontent.)~~

↑ (idée exotique tuée par l'adultite aiguë)

❀ ~~Paintball~~ ~~(plus proche que la Laponie)~~

• Trop salissant + douloureux + je suis poche

☆ Gâteau

✿ Inviter seulement des filles (tellement plus simple)

C'est tellement simple, une **fête** *foule* fille... je fais ça chaque année, en plus. Pourquoi mes neurones ne m'ont rien suggéré de plus cool? Moi qui pensais que cette année serait mon année **chanceuse**. Ça paraît pas. Il m'est arrivé rien que des choses super *poches*. En tout cas, beaucoup!

13 MAI

Lily me suggère de **célébrer** le début de ma seizième année (**ouate de phoque!**) à La Ronde. En vingt-quatre secondes, elle a listé tous les manèges qu'on fera et ceux où on risque de **VOMIR** et donc, de bien s'amuser. C'est une super idée, mais ça me rappellera trop **Antoine** et la Grande Roue et je veux pas commencer ma seizième année en pleurant. Ça me porterait malheur.

PVP, qui étudiait pour l'examen de math (il en a **TELLEMENT** besoin) qui aura lieu le 21 mai (il est en retard sur son *planning*!), a suggéré le paintball. N°O°n! Idée rejetée *hier* soir par la principale intéressée, avec tout plein de bons arguments à l'appui.

Nous sommes aux **TOILETTES**. Réunion au sommet. *Another Brick in the Wall* + le vox pop de PVP dans *La GaZzzette estudiantine* = on veut que les règlements changent. Moi? Mon amoureux est en Finlande, alors les manifestations sentimentales me tapent sur les nerfs et je suis pas mal indifférente. Je sais que Merida ne reculerait pas devant un défi aussi inspirant. Mais moi, j'ai un **ANNIVERSAIRE** *foule* fille à organiser!

– Qui veut représenter les filles de secondaire trois? Léa? suggère Sabine en prenant sa voix de **SOURIS**.

– Sabine, non! Toi, tu serais parfaite. Avec ta voix de souris, tu vas charmer Brisebois, je réplique.

– Quelle voix de souris? demande Sabine qui a retrouvé sa voix normale.

– Laisse faire, Sabine... Lily? je propose alors en combinant trois S I G N E S secrets pour que Lily dise oui.

– Es-tu malade? Aglaé? lance Lily en sortant le sourire le plus Colgate qu'elle connaisse.

La **mimique** d'Aglaé indique que cette idée est *out*! Elle serait bonne, pourtant. On lui a dit, mais elle a refusé. Elle en veut à la vie étudiante de l'avoir forcée à démissionner et elle boude.

On oublie Karo. Elle est si confuse que Brisebois va comprendre le contraire de ce qu'on veut et l'école aura l'air d'un pensionnat des années 1940.

– Si personne ne se propose, on va passer au vote, je conclus même si cette idée est trop farfelue.

La porte s'ouvre. Geoffrion est estomaquée. Cinq délinquantes d'un coup! Elle bafouille, ce qui nous fait glousser.

– Mesdemoiselles, ce n'est pas un *Salon étudiant* ici. Allez tenir vos conciliabules ailleurs!

On l'a regardée. On s'est regardées. On a POUFFÉ en sortant.

15 MAI

Ce midi, les étudiants rencontrent la direction.
Objectif : faire abroger le RÈGLEMENT

complètement désuet sur les MANIFESTATIONS sentimentales. Oui, je fais partie du groupe (résultat du vote : Léa : 4 ; Sabine : 1). Ça me déplaît. **Plan de match** : ne rien dire, parce que je n'ai rien à manifester. **Suggestions de ma mère *foule* rebelle** : la liste est trop longue. Je vous CASSE pas la tête avec ça.

Nous étions dix représentants. On a exprimé notre point de vue simplement : quand on est en amour, on veut s'embrasser ! Super bon esprit de synthèse. Brisebois a tout noté, l'air concentré. La directrice, madame Sansregret, nous a écoutés en HOCHANT de la tête, un sourire poli sur les lèvres (son rouge à lèvres trop pâle est démodé).

Tout allait bien jusqu'à ce qu'une fille de secondaire cinq menace de déclencher une grève générale illimitée. **Ouate de phoque !** Là, la directrice a cessé de hocher de la tête comme une *bobble head*. Dommage, c'était divertissant. Elle a mis fin à la réunion. On s'est rendues, les autres filles et moi, à notre quartier général des trônes de porcelaine pour faire le point.

— On va gagner, Sansregret voudra pas qu'on fasse la grève ! assure la secondaire cinq.

— Je suis pas certaine, je SOULIGNE.

— La grève les fera pas bouger, ajoute la secondaire quatre.

– Faudrait pas niaiser ici. Geoffrion se fera un plaisir de…

Pas la **porte**?! Il faut qu'on trouve où la caméra est cachée!

– Mesdemoiselles, si je dois le répéter mille fois, je le ferai. Ce n'est pas un *Salon étudiant*, ici. Si vous avez terminé, vous êtes priées de sortir, annonce celle dont le sourire éclatant est max énervant!

Je MANGE devant l'ordi pour échanger avec Antoine. Mon père n'est pas très pour, mais comme il est en Arkansas, il le saura jamais!

Léa
Rencontre avec Brisebois et Sansregret au sujet des manifestations sentimentales.

Antoine
LOL. Chances de succès?

Léa
Nulles. La secondaire cinq a dit qu'on ferait une grève générale illimitée.

Antoine
LOL au cube! Ça arrivera jamais.

Léa
Jamais. ♥U.

Antoine
♥U2! Tchaw!

– Léa, faut qu'on se bouge. Ton anniversaire, c'est dans moins d'un mois. Faut savoir ce qu'on fait et vite. Des idées. Des idées! s'**INQUIÈTE** ma *BFF*.

– On va au cinéma?

– Trop ordinaire! Oh, je sais! Un marathon films d'horreur!

– Ouache!

– OK! Alors un marathon FFF dans ton sous-sol miteux mais chaleureux?

– FFF? C'est quoi ça?

– Films *foule* filles!

J'ai noté sur ma **LISTE**, en demandant des suggestions de FFF à Lily.

– *Profession: hôtesse de l'air*! C'est tellement bon.

Lily a raison. Je l'écoutais avec ma mère, qui capotait parce que l'héroïne devenait **PILOTE** d'avion à la fin et qu'elle brisait les stéréotypes et que ça prouvait que les filles peuvent faire aussi bien que les gars et encore d'autres trucs *foule* délirants. Mais c'est un bon **FILM**!

– Je le sais! *Le mystère des fées*!!! C'est FFF, ça. Y a pas un gars qui aime ça!

Lily me regarde, to-tal médusée (mot savant que je peux enfin utiliser sans avoir l'air *nerd*).

– Léa! C'est *foule* bébé aussi.

Elle est obstineuse, ma *BFF*! Soupir de découragement.

– *Quatre filles et un jean*, alors?

– Ouaip! Tu devrais sortir ta vieille paire de jeans et on écrirait plein de messages. On dessinerait, aussi. Ça te ferait un super souvenir! As-tu tout ce qu'il faut?

– Pas moi mais Lulu, ouiiiiiiiiiiiiiiiiii!

Je savais qu'avec Lily, on (bon, surtout elle...) aurait plein d'idées *foule* COOL. On a continué jusqu'à ce que Moucheronne vienne gratter à la porte de la chambre de Lily, me suppliant de l'inviter elle aussi. On a hurlé que non. Ginette s'en est mêlée. Et je suis rentrée chez moi.

Je suis allée chez LULU, qui s'inquiète parce qu'elle m'abandonne pendant une semaine pour sa CROISIÈRE. Je lui rappelle que je vais bientôt avoir quinze ans et que je ne mettrai pas le feu à la maison et que je ne me noierai pas dans la baignoire et que lorsqu'elle reviendra, j'aurai un plan *foule* complet pour célébrer mon anniversaire. Ça l'a vraiment rassurée.

Maintenant que je me suis occupée de mes adultes, je dois noter les IDÉES de génie qu'on a eues avec Lily.

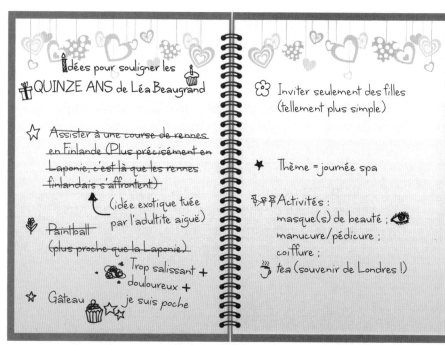

Idées pour souligner les QUINZE ANS de Léa Beaugrand

☆ ~~Assister à une course de rennes en Finlande (Plus précisément en Laponie, c'est là que les rennes finlandais s'affrontent.)~~
(idée exotique tuée par l'adultite aiguë)

❀ ~~Paintball~~
~~(plus proche que la Laponie)~~
• Trop salissant +
• douloureux +

☆ Gâteau je suis poche

❀ Inviter seulement des filles (tellement plus simple)

✦ Thème = journée spa

Activités :
masque(s) de beauté ;
manucure/pédicure ;
coiffure ;
tea (souvenir de Londres !)

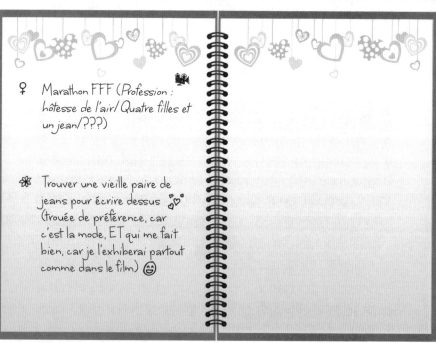

♀ Marathon FFF (Profession : hôtesse de l'air/ Quatre filles et un jean/???)

❀ Trouver une vieille paire de jeans pour écrire dessus (trouée de préférence, car c'est la mode, ET qui me fait bien, car je l'exhiberai partout comme dans le film) 😊

Faudra que je parle à ma mère. Je sais qu'en matière de beauté, ce n'est pas une experte. Mais justement, elle s'habille mal sans avoir l'air d'une SORCIÈRE. Elle a certainement des trucs...

18 MAI

Pourquoi avoir une PISCINE si on ne l'utilise jamais? Mon père ne veut absolument pas s'en occuper. C'est vrai qu'il pleut ce midi et qu'il fait *foule* froid dehors. Les adultes sont vraiment bons pour justifier le fait qu'ils négligent leurs tâches! Truc à conserver précieusement. Ça peut servir!

Je lui ai rappelé que la piscine serait utile à Lulu qui ferait de l'aquaforme pour sa santé. Et que c'est pour ça qu'on a acheté la maison hantée d'Ida et de son chien mongol. Il m'a regardée tellement croche. J'ai fait semblant de m'étouffer pour faire diversion. J'ai rajouté que je célébrais mon anniversaire de naissance ici et que je souhaitais qu'on prenne un bain de minuit pour l'occasion. J'ai dit ça comme ça, pour obstiner mon père qui a noté la date de mon party (15 juin) dans son BlackBerry chéri. Mais il n'a rien promis. Alors j'ai insisté. Je lui ai demandé si on avait un contrat moral. KC. Il aime ça, lui, ce genre de question *poche*. Il m'a fait son air exaspéré. J'ai souri. Il a soupiré et a fini par dire oui. Danse de la joie! Je. suis. trop. forte.

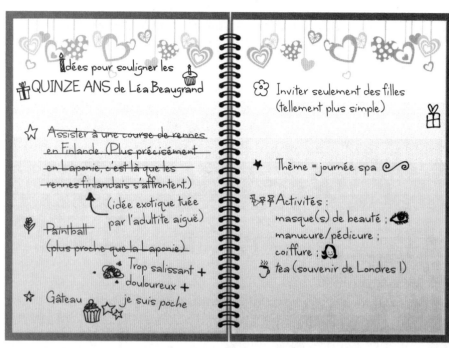

Idées pour souligner les **QUINZE ANS** de Léa Beaugrand

☆ ~~Assister à une course de rennes en Finlande. (Plus précisément en Laponie, c'est là que les rennes finlandais s'affrontent.)~~

↑ (idée exotique tuée par l'adultite aiguë)

❀ ~~Paintball~~ (plus proche que la Laponie)

• Trop salissant +
• douloureux +

☆ Gâteau je suis poche

❀ Inviter seulement des filles (tellement plus simple)

✦ Thème = journée spa

Activités :
masque(s) de beauté ; 👁
manucure/pédicure ;
coiffure ;
tea (souvenir de Londres !)

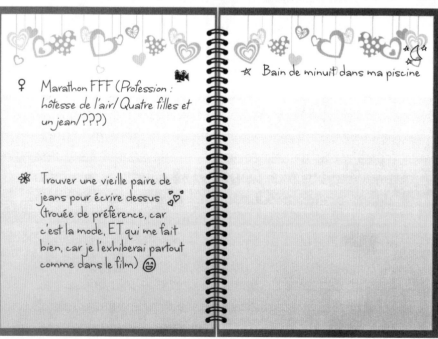

♀ Marathon FFF (*Profession : hôtesse de l'air/ Quatre filles et un jean/???*)

❀ Trouver une vieille paire de jeans pour écrire dessus (trouée de préférence, car c'est la mode, ET qui me fait bien, car je l'exhiberai partout comme dans le film) 😄

✧ Bain de minuit dans ma piscine

Reste à déterminer qui j'**INVITERAI**. Moi (trop évident!), Lily (encore plus évident!), Sabine (championne des activités *foule* filles toutes catégories), Karo (qui ne parle plus de Pierre-Marc depuis la danse)... Aglaé?! Êtes-vous **MALADES**? C'est une compagne de classe à qui je parle parfois pour être cool. Pas une amie. C'est utile de savoir faire la différence.

Raisons qui expliquent que je ne suis pas allée **CONDUIRE** Lulu et monsieur H à l'aéroport:

- ⊕ Monsieur H portait une chemise **hawaïenne** trop laide. Mes neurones rougissent rien qu'à évoquer ce souvenir. Ne jamais apparaître sur une photo en compagnie de cette chemise affreuse.

- ⊕ Examen super difficile de bio mardi: génétique et **SYSTÈME** reproducteur. C'est vraiment difficile. Étude intensive aujourd'hui!

- ⊕ Cet aéroport est **hanté**. Ben quoi? Il est plein de mauvais souvenirs...

19 MAI

J'ai parlé de ma **fête** d'anniversaire à ma mère. Le thème l'a étonnée. Elle est contre l'idée que j'invite trois amies dans un ~SPA~ de luxe (c'est elle qui a prononcé le mot «luxe», pas moi!). Elle pense que c'est encourager une industrie qui promeut (**ouate de phoque au cube!** J'ai cherché dans le diction-naire. Ça signifie «qui fait la promotion de...» Ma mère est tellement épuisante, parfois.) une image irréaliste du **CORPS** féminin... blablabla... mais on pour-rait imiter le concept avec simplicité (la meilleure!) dans... blablabla...

– Si tu le souhaites, a-t-elle ajouté, je pourrais engager une manucure (ouiiiiiiiiiiiiiiiii!) qui viendrait à la maison et qui vous ferait un manucure. (J'avais compris le principe, merci de préciser.) Rien d'extra-vagant, Léa.

Elle m'**ENNUIE** avec son discours féministe tellement démodé, mais... elle a quand même de bonnes idées. Je le savais!

20 MAI

Lundi férié = congé d'école. *Yesssss!* Sauf qu'il **PLEUT** et qu'on gèle. Je suis chez Lily. On tente d'étudier pour le test de sciences. (Non, je n'ai pas vraiment étudié samedi...) La génétique, c'est fascinant. Pour vérifier si on a compris, on se pose des questions. Du genre: comment se fait-il que Moucheronne soit aussi exaspérante? Elle tient ça de qui? Si c'est une question à **CHOIX** multiples,

(E)(N)(C)(E)(R)(C)(L)(E)(R) la lettre correspondant à Ginette! Quel chromosome est responsable de l'adultite aiguë de Ginette? Le chromosome AA? (Hypothèse personnelle.) Est-ce que le féminisme se transmet de mère en fille sur le second chromosome X? Est-ce que je pourrais être porteuse? Si oui, quand se manifesteront les premiers symptômes?

Constatation: je n'ai rien appris d'utile pendant le cours de sciences. À preuve, je ne suis pas en mesure d'appliquer mes connaissances à de simples questions tirées de la vie de tous les jours. À quoi ça sert alors?

Antoine
Bonne nuit, Léa.
♥U.

21 MAI

– Rangez vos livres, vos cahiers, votre calculatrice programmable (zut !). Vous avez une heure. Bonne chance à tous.

Le prof de sciences est vraiment sur les NERFS ce matin. La 🐀🐀🐀🐀🐀 lui tape sur le système, on dirait. Première question... le chromosome Y...

Je reviens de la vie étudiante. Le mémo que je vais lire est *foule* déprimant. En plus, pendant le cours de la **B·e··l··e··t··t··e**-en-chef !

— La direction tient à rappeler que, malgré le retour de la belle saison (ben là, il pleut !), le code de vie s'applique toujours (**ouate de phoque !**). Cela vaut pour l'uniforme ainsi que pour les manifestations sentimentales. À cet égard, voici un mémo que nous vous demandons de bien vouloir remettre à vos parents. Félicitations à l'équipe de volley-ball qui a remporté le championnat régional. L'Harmonie EISL a décroché la deuxième place au MusicFest (blablabla).

Pendant que je distribue le mémo le plus *poche* de ce siècle, une idée FRAPPE mon cerveau. L'an prochain, je ne me présente pas aux élections. C'est décidé. Ils trouveront un autre porte-parole. Le mémo de la direction ? Ma mère va tellement capoter. Pour lui éviter une syncope, je le donnerai à Lulu qui s'en servira pour dresser sa liste d'ÉPICERIE.

— Voici l'extrait d'un roman de Gabrielle Roy pour l'exercice de compréhension de texte.

Tout le monde CHIALE en même temps !

— On peut faire le travail en équipe, madame ? demande Lancelot.

— Non ! C'est un exercice en vue de l'examen final. Comme vous ne faites pas encore vos examens en équipe (elle ricane sottement), vous devez le faire seul, énonce la Belette-en-chef, tellement fière de nous avoir KC.

Résumé d'un avant-midi tellement *pouiche*: il pleut. On gèle. L'examen de sciences était *foule* CHIEN. Le mémo de la direction, je n'ai pas de mots pour le décrire. Et là, exercice de compréhension de texte à faire tout seul! Et Antoine qui est en FINLANDE.

C'est l'heure du LUNCH. Réunion au sommet (de quoi? Je sais pas trop.). Je suis aux toilettes en compagnie des autres représentantes des étudiants qui se rebellaient contre un règlement to-tal désuet. La fille de secondaire cinq capote à cause du mémo qu'on a lu ce matin. Elle radote au sujet de la grève générale illimitée et elle nous demande si nous sommes prêtes. Ben voyons, ça a pas rapport au max! On a été très claires: on fera pas la grève pour une RAISON aussi sentimentale. (Je sais, dans *La GaZzzette estudiantine*, j'ai affirmé le contraire. Mais on change dans la vie.) Elle a répliqué que c'est l'héritage que les secondaire cinq veulent nous laisser: une école moderne.

Je suis renversée. Un: j'étais convaincue que les secondaire cinq ignoraient qu'on fréquentait la même école qu'eux. Deux: une école moderne a un vrai *Salon étudiant*. Où on peut se donner des bisous et écouter la musique qu'on aime. Donc, on a besoin d'un *Salon étudiant*, pas d'une grève.

Trois : la secondaire cinq montre des signes évidents d'adultite aiguë. **Quatre :** j'ai pas mal fait le tour de la question (ce qui explique pourquoi je suis étourdie ? À moins que je sois affamée.).

Les «vieilles» poursuivront le **COMBAT** sans nous. Comme nous sommes plus nombreuses qu'elles, ça risque de ressembler à une **BALLOUNE** qui se dégonfle en faisant pchhhiiittt. Et elles perdront la face. Une question. Comment ça se passe, quand on perd la face ? Elle se détache de notre corps et roule au milieu du corridor ? Ça pourrait devenir dangereux, toutes ces faces qui roulent un peu partout... Faudra être vigilante, Léa.

Lorsque la porte s'ouvre, la «jeune génération» – c'est-à-dire nous – sort en premier. Ce sont les vieilles qui encaissent l'**AVERTISSEMENT** de Brisebois en personne.

23 MAI

Invitations données pour mon **ANNIVERSAIRE**. Réponses reçues. Nous serons quatre : Lily, Sabine, Karo et moi. Quand Lulu sera de retour, je serai prête.

Dame Holle
s'invite aux
anniversaires

26 MAI

Ce matin, on a organisé un BRUNCH pour souhaiter un bon retour à la maison à Lulu et à monsieur H, qui ne quitte plus sa chemise hawaïenne. Elle est toujours aussi humiliante, même le matin dans notre cuisine! Mon père a préparé ses super gaufres aux bleuets. Il aime nous rappeler que c'est une recette secrète et qu'il ne nous la divulguera jamais et que c'est inutile d'insister. On insiste quand même parce que c'est ce qu'il souhaite (preuve qu'il n'a pas vraiment de vie!). Et il refuse en faisant SEMBLANT d'être vraiment agacé par notre indiscrétion. Puis, il nous sert nos gaufres et tout le monde est content. **Ouate de phoque**, on fait dur!

Je raconte à LULU de quelle manière je vois mon anniversaire. Ses yeux s'ILLUMINENT, elle sourit et fait des signes à monsieur H. Elle demande sur un ton détaché si Lily est là aujourd'hui. Je réponds que oui sur le même ton cool. Genre : «Ouais, je pense bien, là!» Je fais comme si je n'avais pas compris qu'elle va concocter des PLANS avec ma *BFF*. Je suis une vraie *Poker face*, comme dirait Lady Gaga. Normal, je développe mes compétences. Je vais avoir quinze ans. Je connais plus les adultes qu'avant. C'est pas un don si exceptionnel. Ils sont trop prévisibles...

À: Lea.sec2@gmail.com
De: Lily43@gmail.com
Objet: Tes invités

Ma chou,

T'es certaine que les gars peuvent pas venir?
Au moins pour le marathon FFF?

Dis oui! Dis ouii! Dis ouiii!

PRÉCISION ESSENTIELLE: FFF = films
foule filles = pour filles SEU. LE. MENT.

À: Lily43@gmail.com
De: Lea.sec2@gmail.com
Objet: Re: Tes invités

Seulement si Antoine est là!

Ta chou

À: Lea.sec2@gmail.com
De: Lily43@gmail.com
Objet: Je ris, je ris, je ris

T'es trop drôle.

Salut!

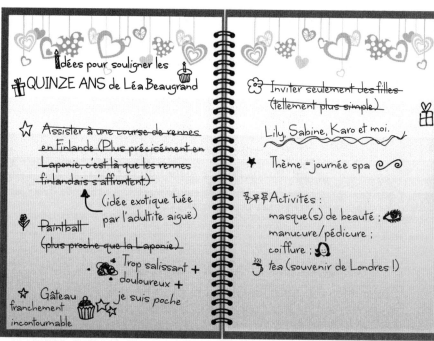

Idées pour souligner les **QUINZE ANS** de Léa Beaugrand

☆ Assister à une ~~course de rennes en Finlande (Plus précisément en Laponie, c'est là que les rennes finlandais s'affrontent.)~~

↑ (idée exotique tuée par l'adultite aiguë)

❀ ~~Paintball (plus proche que la Laponie)~~

Trop salissant + douloureux + je suis poche

☆ Gâteau franchement incontournable

❀ Inviter ~~seulement des filles (tellement plus simple)~~

Lily, Sabine, Karo et moi.

★ Thème = journée spa

Activités :
masque(s) de beauté ;
manucure/pédicure ;
coiffure ;
tea (souvenir de Londres !)

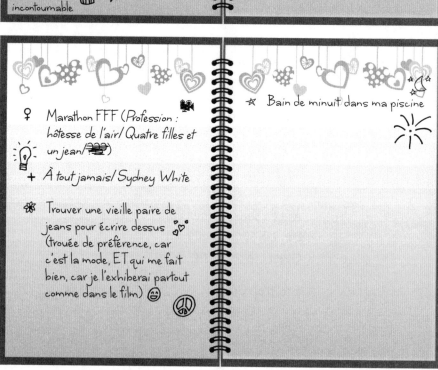

♀ Marathon FFF (*Profession : hôtesse de l'air/ Quatre filles et un jean/* ~~???~~)

+ *À tout jamais/ Sydney White*

✿ Trouver une vieille paire de jeans pour écrire dessus (trouée de préférence, car c'est la mode, ET qui me fait bien, car je l'exhiberai partout comme dans le film) 😊

✿ Bain de minuit dans ma piscine

Je récapitule parce que Lily m'a distraite de mon plan de match! Les INVITATIONS, c'est réglé. Et j'ai eu deux super idées de FFF: *À tout jamais*, qui raconte (encore) l'histoire de Cendrillon. Et *Sidney White*, qui s'inspire de celle de Blanche-Neige.

Ça ne me tente franchement pas d'inviter des gars pour les entendre dire que Blanche-Neige est une nunuche qui a accepté une pomme empoisonnée offerte par une cruelle sorcière alors que TOUT le monde sait qu'on refuse de la nourriture offerte par une sorcière, surtout quand elle erre dans une FORÊT super louche.

Passer une soirée sans Guillaume est trop difficile pour Lily? Elle ferait quoi si son amoureux allait rejoindre Antoine en Finlande? *Pfff!*

29 MAI

Cet après-midi, activité vélo avec Bilodeau (oups! rime involontaire...) pour souligner la fin de l'année et le fait que les ENFANTS de l'ancien temps (mes parents, genre?) marchaient tout le temps et que nous, on fait *foule* dur à côté de ces athlètes tellement parfaits. **Ouate de phoque!**

Autre point. Je ne me sens pas vraiment concernée par le sermon moralisateur de Bilodeau. Pour aller à l'école, notre bus emprunte une voie rapide INTERDITE aux piétons (ce qui signifie, en langage adulte, qu'on ne peut pas marcher là) et aux vélos (remplacer «marcher» par «rouler»). Ce serait bien que les ADULTES se branchent.

J'ai fait cette randonnée de trois kilomètres en compagnie de Karo, qui est plus confuse que jamais. Donc, super distrayante. Elle m'a parlé de **PVP** pour la millionième fois depuis la relâche. Je regarde autour. Le PP[18] de notre conversation est parti en FLÈXHE avec Lancelot. Il est sans doute déjà arrivé au parc. PVP **PARTI** = aucun danger que ses oreilles bioniques ne perçoivent une bribe de ce délire top confidentiel. Ouf!

– Léa, penses-tu que je devrais lui parler? M'excuser, genre?

– Tu veux dire après la danse et Pierre-Marc?

– Ben oui! répond Karo sur un ton qui suggère que je suis plus perdue qu'elle.

Lily nous double en **TOUSSANT** de façon tellement exagérée et je devine le sens profond de sa toux de fille *foule* grippée: «On se mêle pas de nos affaires, nous, maintenant?»

– Karo, écoute ce que ta petite voix te dit (réplique éprouvée servant à ne pas dire ce qu'on PENSE vraiment).

---

18. Le personnage principal! Vous n'aviez pas oublié?

– Quelle petite voix ? Je comprends pas, souligne miss Confusion.

– ...

– Tu veux pas répondre, c'est ça, Léa ?

– Genre !

– ...

C'est trop chouette, le parc. On jase, on marche autour du bassin, on se BALANCE mollement. Je fais de la balançoire à bascule avec Lancelot, qui me parle du film *Retour vers le futur*.

J'ai pris plein de photos pour l'album. Des gars à vélo dans le parc. Des filles qui se balancent (pour la bonne forme physique, ça ne prouve pas grand-chose, mais c'est une belle photo). Une photo du groupe assis sur le bord de la FONTAINE. Merci à la madame qui promenait son chien Milou et qui a pris la photo à ma place pour que j'y sois moi aussi.

C'est le cours de gym le plus cool de ma vie. C'est certain qu'il a fallu revenir à l'école en parcourant les mêmes trois kilomètres à l'ENVERS (évident, la distance n'a pas changé pendant qu'on était ici !). Toujours pertinente, Bilodeau nous a conseillé de ne pas faire de détour. Elle tenait à rentrer à l'école avec le même nombre d'élèves qu'à l'aller... Règle non écrite chez les profs ?

30 MAI

Ce matin, le prof de sciences nous a remis l'horaire des EXAMENS de fin d'année. Date de notre libération = 17 juin. Dernière épreuve : compréhension de texte en anglais. Bonne nouvelle : pas besoin d'étudier. Mauvaise nouvelle : la ministre de l'Éducation n'a pas aboli les examens de fin d'année. Précision : ma fête d'ANNIVERSAIRE se tiendra encore et toujours le 15 juin, malgré tout.

Le prof nous remet les notes de l'examen portant sur la génétique. Il dépose nos copies à l'envers sur nos bureaux et je tente de deviner ma note au travers de la feuille. **Fiou !** Il y a deux chiffres ! **Gloup !** Il y a un six et je sais pas si c'est le premier ou le second chiffre. Lily n'a pas l'air trop découragée. On a étudié ensemble. Je retourne ma COPIE. 86 % ! Je suis trop *bollée* ! Je regarde Lily. Signe secret *foule* joyeux. Elle est trop *bollée* aussi !

Je suis aux toilettes avec ma *BFF*. Elle me questionne au sujet de mes préférences en matière de maquillage, de MODE , etc. Pourtant, Lily me connaît mieux que ma mère ! Depuis quand elle aime perdre son temps, elle ?

– Ta couleur de vernis à ongles préférée, Léa?

– Y a-t-il une autre couleur que le rose? je réponds sur le ton le plus innocent que je connaisse.

Lily fait celle qui n'a pas COMPRIS et elle poursuit:

– Ton plat préféré, déjà? Je me souviens plus trop...

– La lasagne aux petites boulettes de Lulu! Côté desserts, j'adore le gâteau au chocolat recouvert de glaçage au chocolat!

Assise sur le calorifère, Lily prend des NOTES en hochant de la tête pendant que sa bouche dit «Mummm!».

– Quel cadeau te ferait le plus plaisir? poursuit-elle, concentrée.

– Qu'Antoine revienne de Finlande pour ma fête! Et que tu me dises ENFIN ce que Morgane t'a prédit.

Trop KC, Lily passe au prochain ÉLÉMENT de sa liste:

– T'as pas de légume préféré, ma chou, hein?

Je n'ai pas le temps de répondre. La porte s'ouvre, Geoffrion nous regarde, DÉCOURAGÉE. Elle nous fait signe de sortir, sans dire un mot. Et notre *Salon étudiant*? On l'aura jamais, c'est évident!

Ça me tente pas d'étudier. J'ouvre la porte du passage secret qui relie la maison de Lulu à la nôtre. Ça sent tellement BON le sucré. À+++.

Lulu sursaute. Elle fait signe à son amoureux, qui m'entraîne à l'extérieur pour me montrer les pivoines qu'il a plantées dans la plate-bande. Aussi intéressant qu'une visite au Jardin botanique…

– Monsieur H, je veux te demander quelque chose…

– Quoi donc, miss? Je gage que tu veux savoir où j'ai acheté ma chemise hawaïenne! me dit-il en riant.

– Pas vraiment… Tu vas être à ma fête, hein?

Il ne répond pas tout de suite. Il a même l'air un peu ému. MALAISE...

– C'est ce que tu veux, miss Léa? répond en souriant mon grand-père qui n'est pas mon vrai grand-père.

Je lui fais un gros câlin. Il a sans doute compris que ça veut dire oui!

– À une condition! Moi, je ne regarde pas vos films de filles! ajoute-t-il avec un clin d'œil.

Mes yeux sont collés. J'ai les cheveux en bataille. Je mange mes céréales du bout des **dents**. Pourquoi? J'ai jasé avec **Antoine** sur Skype jusqu'à 3 h du matin. Et là, j'ai plus rien à dire! À personne!

– Léa, comment vas-tu ce matin? me demande ma mère, énergisée par sa énième **tasse** de café.

– Grommmbeul...

Elle comprend que je n'ai pas envie de jaser; alors elle se tait. Elle a des qualités, ma mère. Celle-là est une de mes *préférées*.

Milieu de l'après-midi. Mes **neurones** to-tal épuisés m'**annoncent** que j'étudie depuis mille ans. Selon l'horloge, certainement détraquée, ça ferait «seulement» deux heures!! Je texte Lily qui me répond immédiatement. Elle aussi, ses neurones ont perdu connaissance.

Elle a traversé chez moi et on a révisé l'**HIS**-**TOIRE** et les math ensemble. Quand on ne comprenait pas quelque chose en math, on allait sur **Facebook**. Lancelot et **PVP** y étaient et on leur posait nos questions. Super marathon de *nerds*. C'était à qui répondrait le plus vite.

À l'heure qu'il est, PVP a deux  d'avance sur Lancelot. Et nous? Nous sommes de moins en moins *poches*! Même pas besoin de nous présenter à la récupération, lundi. C'est Trunchbull qui sera déçue. *Blink!*

Lily m'a demandé si j'ai lu cyber-astrologue, ce que je n'ai pas fait parce que je le trouve de plus en plus PAS RAPPORT. Je jure que Lily m'a forcée. Sur la tête d'Antoine!

Amours: La distance n'a pas vraiment d'importance. (Pas d'accord. Ça a beaucoup d'importance. S'embrasser sur Skype, c'est tellement pas pareil!) **Amitiés:** C'est le mois de votre anniversaire. (*LOL!* Il. Est. Trop. FORT.) Amusez-vous en compagnie de vos amis. (Je les ai invités à ma fête d'anniversaire! Objectif atteint.) **Finances:** Soubresauts en vue à la Bourse. (Ça me concerne tellement! Je suis ironique.) **Famille:** Vous vous rapprocherez de votre famille. (Pendant les VACANCES d'été? Les chances sont élevées.) **Votre chiffre chanceux:** le 7. (*Pfff!* Cliché!)

– Ma chou, ta fête sera une réussite! Pour le reste...

– Pour le reste, avoue qu'il dit n'importe quoi ! ai-je souligné à Lily, qui croit toujours qu'elle **DÉCODE** les prédictions de cyber-astrologue mieux que moi.

Ma *BFF* ne m'a pas répondu. Elle a préféré engloutir sept framboises suédoises pour faire semblant que le chiffre **CHANCEUX** de cyber-astrologue a *foule* rapport dans nos vies. Je crois plutôt qu'elle panique parce que demain, c'est l'examen de math. Au dernier cours, Trunchbull a déclaré que ce sera l'examen le plus difficile de notre vie. Comme cyber-astrologue n'annonce rien en ce qui concerne des examens couronnés de succès éclatant, mais qu'il prévoit plutôt des **soubresauts**, Lily s'inquiète.

Moi ? Un : c'est son horoscope à elle qu'elle devrait consulter, pas le mien ! Deux : j'ai de sérieux doutes sur les pouvoirs de ce personnage depuis le mois de **JANVIER** ! Alors, je reste to-tal zen lorsqu'il parle de la Bourse qui a le **HOQUET**. N'importe quoi !

5 JUIN

Je suis assise à mon pupitre. Je fais de la visualisation. J'applique à la lettre les super conseils trouvés dans une vidéo publiée sur YouTube. Je me tiens **droite** mais je relaxe en même temps (pas facile). Je ferme les yeux. Je respire **PRO-FON-DÉ-MENT**. Je tente de me voir lisant avec joie le premier problème (niveau de difficulté extrême) qui est trop facile. Je me vois rédiger la solution et appliquer les mille (j'exagère) étapes de la démarche... Léger problème d'**INTERFÉRENCE**; je vois tout à coup Antoine dans son nouvel uniforme de soccer. Ça lui va bien, le bleu et le blanc... **Couic!**

À rayer de la liste des métiers potentiels : «visuali-satrice». Mes neurones trouvent ça ennuyant et ils projettent une image pas rapport sur l'écran défectueux de mon cerveau.

Reste une chose à faire. Par ordre de grandeur, j'aligne devant moi les éléments qui composent mon kit de survie aux examens :

- Une efface Hello Kitty.

- Ma calculatrice scientifique.

- Cinq crayons pousse-mines roses.

- Une loooooooooooooooongue **RÈGLE** rose à pois vert pomme.

Et sur le coin de mon bureau, une roche en forme de cœur, arrivée directement de Finlande. *Blink!*

C'est monsieur Patenaude qui nous surveille. En me tendant un questionnaire, il jette un œil amusé sur ma **Roche** porte-bonheur et me demande si tout baigne. J'ai répondu oui, ce qui l'a to-ta-le-ment rassuré. (Je suis vraiment bonne pour rassurer mes adultes.)

Mais au fait... Tout **baigne** où? J'ai vraiment dit oui? À la veille de l'examen le plus cruel de toute de ma vie, mes neurones se font bronzer sur une plage au lieu de me souffler une réplique **BRILLANTISSIME**? Ce n'est pas rassurant du tout!

Aucun incident notable, à part le fait que Karo a terminé son examen vingt minutes avant tout le monde et que nous avons tous dit «Oooh!» lorsqu'elle s'est levée pour remettre sa copie à monsieur Patenaude. L'examen n'était pas si **CHIEN** que Trunchbull l'avait annoncé, mais quand même...

7 JUIN

Examen de français: coché. **Faf!**

Lundi: examen de sciences. **AU SECOURS**. Ce week-end sera peut-être mon dernier parce que je ne prévois pas survivre aux sciences, même si c'est monsieur Patenaude qui m'a enseigné.

10 JUIN

(5 dodos avant ma fête)

Dans le bus qui nous **conduit** à l'école. Nous souhaiterions tous avoir un Game Boy de l'ancien temps pour nous distraire de notre vie. **PVP** révise à haute voix, ce qui est la chose la plus max **INTÉRESSANTE** du monde entier. Pourquoi? Parce qu'il s'attarde à des détails tellement pas rapport et, surtout, qu'il nous demande notre avis lorsqu'il hésite...

On ne les a même pas remarqués, ces détails. Lily et moi, on se concentre sur l'essentiel depuis vendredi passé. C'est notre nouvelle philosophie. Rien que L'ESSENTIEL! Mais **PVP** veut creuser jusqu'en **Chine** pour découvrir la vérité. À notre arrivée à l'école, nous nous précipitons à l'intérieur pour ne plus entendre ses questions giga stressantes.

Malheureusement pour nous, PVP marche vite. Il continue sa **chasse** aux détails nuls dans la zone des cases. Alors, Lily et moi nous cachons de ce réviseur fou dans les toilettes. Seul endroit sécuritaire dans cette **galaxie** (pour combien de temps encore?). En compagnie de Karo, d'Aglaé et de Justine qu'il a aussi prises pour **CIBLE**. Nous faisons le pacte du silence. Lily et moi, assises sur le **calorifère**. Aglaé et Justine, sur le rebord de la fenêtre. Karo, dans une cabine. La porte s'ouvre. Pas lui!!! Fausse alerte! C'est seulement Geoffrion qui... fait semblant qu'il n'y a personne?! Elle est repartie en avertissant un secondaire un qu'il ne faut pas courir dans les corridors de notre belle école. Quand je dirai ça à Antoine, il croira que je mens!

Au sujet des détails pas rapport, Lily et moi avions raison. **À retenir pour les autres examens :** on a toujours tort de trop s'en faire.

14 JUIN

(1 dodo avant ma fête)

Aujourd'hui, c'est mon vrai de vrai anniversaire de naissance. J'ai quinze ans. Dans le bus, monsieur Gilles m'a souhaité de GRANDIR en âge et en sagesse. J'ai apprécié son vœu à l'exception de la partie qui implique que je grandisse. Ça m'a paru inapproprié vu que je suis déjà plus grande que tout le monde. Pour SOULIGNER mon anniversaire, il me donne le droit de jouer avec le Game Boy pendant le trajet. Parce que j'ai quinze ans, j'ai refusé. Lily m'a offert un sac de framboises dans le bus. Quinze ans ou pas, je l'ai accepté. **PVP** m'a fait une *bine*. Je suis certainement la seule fille ayant reçu une *bine* sur l'épaule en CADEAU pour ses quinze ans !

À l'école, Lancelot m'a fait une *accolade*. À la demande de mon amoureux finlandais, Guillaume m'a installé son 🔊🔊🔊🔊 sur les oreilles pour que j'écoute *I Only Want To Be With You*[19]. Je me

---

19. C'est toujours Vonda Shepard qui interprète cette chanson-culte !

DANDINAIS mollement au milieu du corridor, vraiment absorbée par les paroles de cette chanson que j'aime trop. Quand j'ai ouvert les yeux, j'ai constaté que sept secondaire un (selon cyber-astrologue, c'est *foule* chanceux) me regardaient, crampés. Vous ne connaissez rien à l'amour, bande de **VERS DE TERRE**!

Constatation: je n'ai pas vraiment changé depuis hier soir, à part le fait que je pense comme la Trunchbull de *Matilda*. Je ne sais pas si c'est une bonne ou une mauvaise nouvelle. Mais avouez que j'ai le meilleur amoureux au monde entier! Tiens, justement, il m'appelle sur Skype. Il doit vouloir me donner pleins de **BISOUS** virtuels de bonne fête!

15 JUIN

(Danse de la joie! C'est aujourd'hui!)

Ce matin, je range le sous-sol pour qu'on puisse y écouter nos films, nous raconter nos vies et dormir si on n'a plus d'idées pétillantes en stock. Les FFF: coché! Mon **OREILLER**, mon **TEDDY** rude et mon sac de couchage dans un coin: coché! Époussetage: coché! Aspirateur passé et repassé: coché! Changement au programme: il fait froid aujourd'hui. Alors, pour le bain de minuit, on repassera...

Idées pour souligner les QUINZE ANS de Léa Beaugrand

☆ ~~Assister à une course de rennes en Finlande (Plus précisément en Laponie, c'est là que les rennes finlandais s'affrontent.)~~

→ (idée exotique tuée par l'adultite aiguë)

❀ ~~Paintball~~
~~(plus proche que la Laponie)~~
· Trop salissant +
· douloureux +
je suis poche

☆ Gâteau franchement incontournable

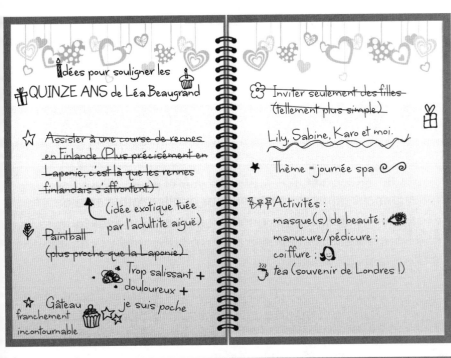

❀ ~~Inviter seulement des filles~~ (tellement plus ~~simple~~)

Lily, Sabine, Karo et moi.

★ Thème = journée spa ✍

Activités :
masque(s) de beauté ;
manucure/pédicure ;
coiffure ;
tea (souvenir de Londres !)

♀ Marathon FFF (Profession : hôtesse de l'air/ Quatre filles et un jean / ~~≡≡≡≡≡~~)

💡 + À tout jamais/ Sydney White

❀ Trouver une vieille paire de jeans pour écrire dessus (trouée de préférence, car c'est la mode, ET qui me fait bien, car je l'exhiberai partout comme dans le film) 😄

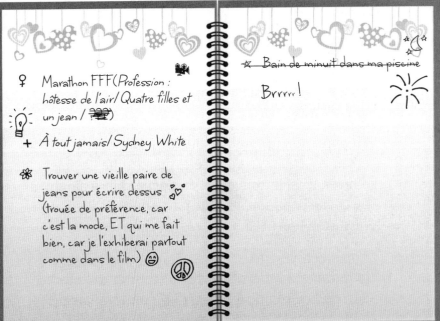

☆ ~~Bain de minuit dans ma piscine~~

Brrrrr !

J'entends du bruit en haut. Je monte. À+.

Nous portons toutes un peignoir de ratine blanche. C'est Lulu qui les a faits et mes invitées pour-ront conserver le leur en souvenir de cette journée. Il y a quatre chaises longues dans le salon pour la relaxa-tion. Bonne idée parce que les examens n'étaient pas vraiment reposants. Alors, pour oublier cette semaine to-tal troublante, nous nous sommes fait un masque. Les étapes essentielles, d'après ma *BFF* qui s'y connaît en soins de beauté depuis hier :

1. Bien nettoyer notre peau. Coché ! Sabine y est allée tellement fort qu' elle était *foule* essoufflée à force de frotter son front. Résultat : visage aussi rouge que le BANDEAU qui retient ses cheveux. *Clic ! Clic !*

2. **Exfolier** sa peau parce que... en tout cas, faut faire ça car... c'est vraiment mieux, bon. Coché ! Rien à signaler. Tout le monde a fait ça comme il faut d'après Lily.

3. Préparer son propre masque à la farine d'avoine et au MIEL d'été (parce que le miel d'hiver, c'est introuvable !!!). Coché ! Lily a ajouté du cacao dans son masque parce que le chocolat, c'est trop bon ! Dans son cas, coché au carré !

4. Appliquer soigneusement. Étape cruciale pour la réussite du projet. Coché ! Précision à l'inten-tion de Lily : on ne **MANGE** pas son masque même s'il est *foule* délicieux.

5. Attendre vingt minutes, des **rondelles** de concombre sur les yeux, étendues sur une chaise longue en écoutant de la musique relaxante. Coché! À signaler: Karo s'est endormie. Coché au carré.

6. Enfin – je ne suis pas zen du tout, la petite musique douce m'a vite tapé sur les **nerfs** –, enlever doucement en rinçant avec de l'eau tiède. Encore une fois, Sabine y est allée trop fort et son visage vire maintenant au mauve. Elle est vraiment intense quand il est question de beauté! J'espère qu'elle retrouvera sa couleur normale avant le bal de fin d'études de son Tactac.

7. Admirer le résultat mirifique dans un miroir comme celui qu'utilisait la méchante reine dans *Blanche-Neige*; mon **CADEAU** de Lulu et de monsieur H pour décorer ma chambre. Il est beaucoup plus beau que celui du film *Miroir, miroir*. Avouez! Ce miroir était tellement ordinaire!

La manucure a étalé ses **FIOLES** de toutes les couleurs devant moi. Elle a verni mes ongles avec le rose fuchsia le plus pétulant de la planète. Sur un de mes petits doigts (ma mère n'a pu s'empêcher de souligner qu'on dit «auriculaire»), elle a appliqué des **billes** comme celles qui décorent les gâteaux. Lily a demandé si ça se mangeait. N^{O}O$_O$n!

À **FOYOF** de la liste des métiers potentiels: manucure. Zéro aptitude pour parler de la pluie et du beau temps avec une inconnue en ayant l'air intéressée. Aussi parce que j'ai tendance à dépasser les limites de l'ongle pour **BARBOUILLER** le doigt.

C'est au tour de Sabine, qui a choisi la même couleur que moi. Elle pose mille questions à la manucure (elle est tellement douée pour le papotage improductif!) parce qu'elle ira au bal dans sept dodos et qu'elle aimerait que son VERNIS tienne jusque-là. En plus de ne pas dormir d'ici au bal (elle est trop excitée), je pense qu'elle ne se lavera plus les mains.

Avant de nous quitter, la manucure nous a annoncé en primeur mondiale que, cet été, c'est totalement *out* de VERNIR ses ongles d'orteils avec la même couleur de vernis que sur les mains. D'après elle, nos orteils doivent oser la différence! **Ouate de phoque!** Comme la manucure m'a offert le vernis qu'elle a appliqué sur mes ongles, je lui pardonne cette poussée d'adultite aiguë pas rapport au max.

– Les filles, dans un spa, on offre toujours des tisanes, a souligné Lily, sûre d'elle.

– ???

– Mais comme c'est pas buvable, la maison nous offre du *tea* venu directement de Londres, *my dear*! Avec des cupcakes, *indeed*! a-t-elle conclu avec un accent très approprié.

LULU a sorti ses plus belles tasses en porcelaine. J'ai servi le *tea*. Sabine a BU le sien comme une vraie princesse, sans *slurper* une seule fois. Étonnante, cette fille.

– Léa, tu n'as pas eu une seconde pour penser à Antoine, aujourd'hui, hein? me demande Sabine en reposant sa **TASSE** de *tea* comme Kate Middleton le ferait certainement.

Euh... Grâce à toi, voilà que ça y est, Sabine! Merci. Vraiment.

– Je sais pas ce que je ferais si Tactac partait..., murmure-t-elle, tellement encourageante.

Sabine est la championne du papotage improductif. Elle **PREND** le *tea* comme une véritable Anglaise, mais pour le réconfort, elle est loin d'être douée!

J'ai éteint mes quinze **BOUGIES** d'un coup. Mes amies m'ont applaudie. Quand Lulu a apporté le gâteau pendant que tout le monde – monsieur H aussi – chantait «Bonne fête, Léa», j'ai été époustouflée. C'est le plus beau gâteau au chocolat du monde entier. Trois étages. Recouvert de Smarties. Et de bâtonnets sur lesquels il y a de la barbe à papa au **SIROP** d'érable, faite maison par Lulu. Le **PARFUM** de sucre dans sa maison, c'était ça? Je le savais!

J'ai **COUPÉ** les morceaux de gâteau parce que c'est le travail de la fêtée. Sabine et Karo pépiaient pour souligner qu'elles ne voulaient qu'un petit morceau parce que c'est trop sucré et blablabla. Une chance que Lily aime plus la vie qu'elles. Je lui ai servi un super MORCEAU, presque aussi gros que celui de monsieur H. Puis, ce fut lequel des deux mangerait le plus rapidement et ferait les commentaires les plus capotés. Ils sont vraiment bébés lorsqu'ils sont ensemble.

Lily a BRICOLÉ ma carte d'anniversaire. À l'intérieur, elle m'a dévoilé le grand secret ésotérique de Morgane :

Cette année, ton amie aura bien besoin de toi. Tu l'aimes comme une sœur. Plus même. Tu seras là pour elle.
Love u, Léa...

Je me suis raclé la gorge. Lily est plus qu'une *BFF* depuis que je l'ai rencontrée à la prématernelle chez ma tante Jojo. C'est ma sœur de CŒUR. Morgane a vu qu'on était inséparables... J'ai versé une larme en faisant une ACCOLADE à ma *sista*. Lily a compris pourquoi et elle m'a serrée contre elle. Finalement, on a toutes pleuré. Imaginez ce que ça a donné sur la photo prise par monsieur H. To-tal déprimant **au cube.**

Dans le sous-sol, la partie FFF commence. Nous écoutons le PREMIER film : *Quatre filles et un jean.* Karo capote tellement sur Kostos, l'amoureux de Lena. Nous **capotons** tellement sur lui, nous aussi. Quand elle a cru voir une ressemblance entre lui et **PVP**, on lui a toutes lancé des coussins pour qu'elle revienne à la réalité. PVP n'est pas **laid**. Mais de là à le comparer au beau Kostos... Karo est plus confuse que jamais.

– Les filles, j'ai écrit une lettre à Valois-Pépin. (**Hein ??!?**) Et je l'ai glissée dans sa case vendredi après-midi, nous confie-t-elle, fière de cette initiative plus que discutable.

– Ta lettre, tu l'as signée? demande innocemment Lily.

– Ben non! Mais je lui ai donné assez d'indices pour qu'il comprenne que c'est moi!

– Ah! soupire Lily en me regardant intensément.

On pense la même chose. **PVP** ne devinera jamais qui lui a fait parvenir ce ✉✉✉✉✉✉. C'est un peu comme si elle avait signé: *une admiratrice inconnue.* Je nous sens un peu moins coupables, Lily et moi, tout à coup. Tout est **sur la coche**! *Yesss!*

– Karo, j'aurais jamais cru que tu pouvais envoyer des lettres d'amour anonymes à un gars. T'es vraiment cool! *Give me five*, hurle Sabine.

– Les filles, on fait comme dans le film. On écrit toutes quelque chose sur ma paire de jeans, je suggère à mes amies en leur tendant des marqueurs à tissu de toutes les **COULEURS**.

– Ça veut dire que tu les laveras plus jamais! énonce Sabine en faisant une moue complètement DÉGOÛTÉE.

Comme tes mains, Sabine! *Blink!*

Résumé de ce que mes amies ont dessiné sur mon **jean** :

Lily:

> *I'll be there.*
>
> Ton éternelle

Karo:

> *Je t'aime comme amie.*

Et elle a dessiné un cœur avec des Fleurs autour de sa déclaration d'amitié.

Sabine:

> *Le rose n'est pas une couleur. C'est une attitude!!!*
>
> *Love, Sabinou*

Et elles ont fait tout plein de dessins un peu partout : un soleil, des fleurs, un troll chevelu, des vagues, des flocons de neige et un AS de cœur. Vous comprenez pourquoi c'est MON jean préféré de tous les temps?

Deuxième film : *Profession : hôtesse de l'air*. Moments qui nous ont fait capoter :

♥ Gwyneth Paltrow, l'hôtesse de l'air du titre, courant dans l'allée de l'avion en hurlant : *nous allons nous écraser*. Ou encore : *on a perdu une* **ⓇⓄⓊⒺ** *!*

♥ Quand l'examinateur aux yeux très croches perdait son sang-froid. Pour se calmer, il agitait une clochette en répétant : *Je suis un petit chat.* Nous avons revu cette scène en boucle au moins mille fois en répétant : *Je suis un petit chat.* INOUBLIABLE.

Nous avons ri à tue-tête, puis nous avons parlé de nos *jobs* d'été. Parce que lorsqu'on a quinze ans, c'est un autre rite de passage. Il faut travailler. Résumé de ce que nous ferons cet été au lieu de PROFITER du temps qui passe et de ma piscine :

🦋 Lily fera le ménage au salon de coiffure d'une amie de Ginette. Comme ça lui demandera seulement une heure par jour, on pourra faire des BOMBES dans ma piscine en nous nourrissant de Mr. Freeze.

🦋 Karo cueillera des fraises bio. Elle a insisté sur le mot BIO comme pour faire oublier toute la *pochitude* de cette occupation.

🦋 Sabine classera des papiers au bureau de son père et répondra au téléphone lorsque la réceptionniste sera en pause. Elle est contente, ça lui permettra de se maquiller tous les jours et d'utiliser sa voix de souris.

🦟 Moi ? Je garderai Mia quand Sara ira chez le coiffeur ou lorsqu'elle fera ses courses. Ça tombe bien, Lily m'a offert un mascara hydrofuge pour mon **ANNIVERSAIRE**. Je suis prête ! Aussi, je terminerai la mise en page de l'album. J'ai hâte.

Avouez qu'ils sont assez **poches**, nos premiers emplois. Nous croyions toutes qu'en ayant quinze ans, nous pourrions occuper un véritable travail. Lorsque j'ai abordé ce sujet avec mon père, LA référence pour tout ce qui touche le **TRAVAIL** dans ma famille, il m'a répondu que je dois commencer au bas de l'échelle, comme tout le monde. J'ai répliqué que c'était tellement bas que je n'apercevais même pas le premier **BARREAU** de sa supposée échelle. Il a éclaté de rire. Précision : ce n'était pas une blague.

Il y a une chose que je ne comprends pas. Les adultes reprochent aux jeunes d'être **paresseux** et de passer leur temps libre sur Internet. Quand on leur demande du travail, ils invoquent le fait qu'on est trop jeunes et refusent, ce qui nous redonne tout notre temps pour aller sur Internet. Constatation : les adultes ne savent pas ce qu'ils veulent.

Nous nous sommes endormies à la fin du film *À tout jamais*. Dommage. Dans ce film, Cendrillon prend vraiment sa vie en main ! Et le **PRINCE** charmant est tellement... charmant !

16 JUIN

Ma seizième année débute mal. J'ai dormi pendant quatre heures seulement. Je n'ai encore RIEN mangé et Lily m'a traînée de force au parc. Karo et Sabine nous suivaient en piaillant.

Guillaume est ici? Lancelot et Philippe aussi? Qu'est-ce qui se passe?

Sans que je comprenne comment c'est arrivé, je tiens un oreiller de plumes et je suis au centre de la plus grosse bataille d'oreillers du monde entier. Tout le monde frappe tout le monde en riant. L'oreiller de Lily éclate, le mien aussi et bientôt, un NUAGE de plumes nous ENVELOPPE. Je regarde le ciel en riant. Je pense à Dame Holle. Elle secoue son plus gros édredon au-dessus de nous.

Nous CRIONS. Nous nous bousculons. Nous rions aux larmes. Il fait beau. Je suis entourée de mes meilleurs amis.

Je me suis trompée. Ma seizième année commence VRAIMENT bien!

À paraître en 2014

Ouate de phoque !

Tome 5. Courrier du cœur

Tenez-vous au courant
des actualités concernant la série
Ouate de phoque !
en devenant membre de la page Facebook

www.facebook.com/pages/ouate-de-phoque

ou découvrez d'autres titres de la collection
Génération Filles sur

www.facebook.com/collectiongenerationfilles

Merci à...

Chloé, pour être montée dans le bateau pour notre plus grand bonheur.

Sandy, parce que c'est comme ça !

Vivianne et Géraldine, pour votre talent.

Nancy, parce que tu es unique.

Antoine, Étienne-Alexandre, Isabelle, Lancelot, Maude, Mickaël, Nathalie, Richard, pour ce que vous êtes, pour vos idées lumineuses et pour vos réponses toujours pétillantes.

Toute l'équipe des Éditions de Mortagne, parce que vous aimez Léa autant que nous.

Prologue, notre distributeur, pour son travail inlassable.

Tous nos lecteurs.

Merci d'avoir accueilli Léa et sa bande.

Merci pour vos idées, vos témoignages et vos réflexions amusantes.

génération

LA collection pour jeunes adolescentes.

Des romans à la fois drôles et tristes, intenses et légers.

Dans la même collection

Audrey Parily

Amies à l'infini
Tome 1. Quand l'amour
s'en mêle

Ophélie a quinze ans, le cœur brisé, et autant envie de reprendre l'école que de se faire arracher une dent sans anesthésie. Disons seulement que la fin de sa 3e secondaire n'a pas été une partie de plaisir ! Entre le rejet d'Olivier (cœur en miettes pour toujours) et les coups bas que Zoé – son ex (?) meilleure amie – et elle se sont faits pendant des semaines, non, vraiment, Ophélie n'a pas du tout la tête à retourner à l'école.

Zoé, de son côté, ne sait toujours pas si elle doit pardonner à Ophélie. Mais à qui d'autre parler de ce qu'elle ressent dès que Jérémie s'approche un peu trop près ? Elle qui se contrôle si bien d'habitude, la voilà qui bafouille et rougit dès qu'il la regarde ! Tomber amoureuse n'était pas dans ses plans... et encore moins de Jérémie !

C'est au milieu de tout ça que Chloé arrive de Paris, sauf qu'elle ne pense qu'à une chose : repartir (et au plus vite !!!!!!). Québécoise de naissance, elle a toujours vécu en France et n'avait aucune envie de venir passer un an au Québec. D'ailleurs, elle ne pardonnera jamais à ses parents de l'avoir déracinée et forcée à quitter F-X, son chum. (Non mais, quelle idée !)

Les trois jeunes filles commencent donc une nouvelle année sans enthousiasme, mais qui sait ce qu'elle leur réserve ? Entre questionnements, rêves, amours et amitiés, Ophélie, Zoé et Chloé verront leur vie changer. Sauront-elles s'adapter ?

Audrey Parily
Vérités et
conséquences

ÉDITIONS DE MORTAGNE

Dans la même collection

Audrey Parily

Amies à l'infini
Tome 2. Vérités
et conséquences

Ophélie a le cœur en miettes (encore !), mais elle ne peut s'en prendre qu'à elle-même. Quelle idée, aussi, de se faire passer pour une autre fille auprès d'Olivier ! Et que dire de sa réaction lorsqu'il l'a appris... Ophélie a donc décidé de faire une croix sur une éventuelle histoire d'amour avec lui, et ce, DÉ-FI-NI-TI-VE-MENT. Et tiens, pourquoi ne pas tirer un trait sur TOUS les gars de la planète, au passage ?

De son côté, après un choix déchirant, Chloé se retrouve elle aussi dans le cercle des célibataires. F-X fait désormais partie du passé. Déterminée à ne pas se laisser abattre, elle se tourne vers l'équitation, rencontre de nouvelles personnes et finit même par envisager de terminer son secondaire au Québec. Et l'amour, dans tout ça ? Frappera-t-il à nouveau à sa porte ?

Quant à Zoé, elle flotte sur son nuage depuis qu'elle sort avec Jérémie. Jusqu'au fameux party de la Saint-Valentin... qui s'annonce des plus explosifs ! Entre les sentiments que Jessica développe pour SON amoureux et le comportement surprenant de ce dernier, Zoé est sur le point de craquer... et de le laisser !

À chaque vérité, sa conséquence... Les trois amies le découvriront à leur manière et devront apprendre à vivre avec leurs décisions. Complications imprévues, amours et rebondissements seront au rendez-vous. Heureusement que les filles peuvent compter sur l'amitié qui les lie pour tout surmonter et finir l'année scolaire en un seul morceau !

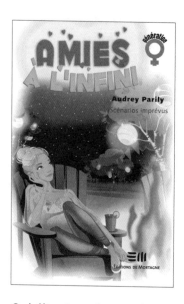

Dans la même collection

Audrey Parily

Amies à l'infini
Tome 3. Scénarios imprévus

Ophélie s'envole pour la France avec la ferme intention de ne plus vivre d'histoires d'amour catastrophiques. Aucune chance que ça se produise avec Benjamin, un gars trèèèès désagréable, assis à côté d'elle dans l'avion. Quoique... Il se révèle finalement être un peu charmant, sous son armure. Un amour d'été serait-il en chemin ? Peut-être, si seulement Olivier voulait bien arrêter d'écrire à Ophélie...

Chloé, de son côté, découvre que les sentiments qu'elle éprouve pour Simon sont partagés. Hourra ! Youppi ! Danse de la joie ! Euh... non. C'est. Le. Chum. De. Clémentine. Après un déchirement éprouvant, elle décide de suivre son cœur, au risque de perdre une amitié précieuse. Mais les conséquences sont désastreuses et elle découvre vite que la vengeance des autres peut aller très loin.

Quant à Zoé, elle part sans grande motivation pour son camp de danse, à Toronto. Elle se sent seule, délaissée par Jérémie (trop occupé par l'écriture et la réalisation de son film) et par ses amies, qui passent leurs vacances ensemble de l'autre côté de l'océan. Elle fait néanmoins la connaissance de Laurie, une passionnée de ballet obsédée par son apparence physique.

Les trois jeunes filles entament leur dernière année de secondaire avec le sentiment qu'elle ne sera pas de tout repos. Entre jalousies, intimidation et vengeances, Ophélie, Chloé et Zoé découvriront la force de l'amitié. Et de l'amour.

Dans la même collection

Laura Summers

Un cœur pour deux

À quatorze ans, Becky rencontre les mêmes problèmes que beaucoup d'adolescentes : un petit frère trop collant, une mère surprotectrice et des camarades de classe vraiment détestables. À la différence qu'elle doit affronter un défi de taille qui n'est pas le lot de plusieurs : une greffe du cœur.

Pas facile de s'adapter à cette nouvelle vie quand les germes te terrorisent et que des idiots racontent n'importe quoi sur ton compte, allant jusqu'à te surnommer Miss Frankenstein ! Heureusement que Léa, Julie et Alicia sont là pour épauler Becky... du moins, jusqu'à ce que leur amie devienne un peu étrange !

En effet, depuis l'opération, la jeune fille adooore le beurre d'arachides (qu'elle avait auparavant en horreur !), joue au hockey comme une pro et a tendance à remettre les gens à leur place de façon, disons, pas mal violente ! Aussi, des images de personnes et de lieux inconnus apparaissent dans son esprit. Que signifient-elles ? Mystérieusement attirée par un parc de l'autre côté de la ville, Becky y fait la rencontre de Sam, un beau garçon qu'elle a l'impression de déjà connaître. Pourra-t-il l'aider à retrouver cette maison aux volets verts qui surgit constamment dans sa tête ?

Dans la même collection

Kate Le Vann

Ce que je sais sur l'amour

Ce que je sais sur l'amour? Pas grand-chose... Mais je sais que:

1. Les gars ne vous disent pas toujours la vérité.

2. Ce qui se passe entre deux personnes reste rarement secret.

3. Survivre à une peine d'amour peut être (trrrrrrrrrès) long.

La vie amoureuse de Livia n'a jamais été du genre conte de fées. Nulle ou décevante serait plus proche de la réalité. Et la maladie en est la principale responsable... Mais cet été-là, un répit lui est enfin accordé pour ses dix-sept ans.

Lorsque sa mère (poule) accepte qu'elle aille rejoindre son grand frère, qui étudie aux États-Unis, Livia est en transe. Pour une fois dans sa vie, elle compte bien s'amuser et profiter de sa nouvelle liberté.

Et qu'est-ce qui peut arriver quand on se retrouve à des milliers de kilomètres de chez soi? L'amoooooooooooooour!!!!!!!!!!!!!!

Dans la même collection

Kate Le Vann

C'était écrit...

J'ai connu une fille qui s'appelait Sarah. Je l'aimais plus que tout au monde. Mais elle est morte avant que j'aie eu la chance de bien la connaître. Elle avait vingt-six ans. C'était ma mère.

Passer l'été à Londres, chez sa grand-mère maternelle... Voilà qui est loin de l'idée que Rose se faisait de ses vacances. Quel ennui !

Toutefois, dès son arrivée, deux événements inattendus l'amènent à changer d'avis :

1) la rencontre de Harry, un étudiant qui effectue des travaux chez sa grand-mère. Vraiment très beau mais aussi trèèèès énervant !!!

2) la découverte du journal intime de sa mère, que Rose trouve dans le placard de l'ancienne chambre de Sarah. Journal qui dévoile des faits troublants à la jeune fille...

Poussée par Harry, Rose partira à la quête de la vérité. Elle doit savoir si elle vit dans le mensonge depuis toutes ces années. Au fil de leurs recherches, un amour timide naîtra entre eux. Mais il y a Maddie, l'étudiante-beaucoup-trop-belle qui tourne autour du jeune homme...

Dans la même collection

Kate Le Vann

Tessa et l'amour

Tessa est désespérée à l'idée d'avoir un jour un chum. Sa meilleure amie, Mathilda (incroyablement belle avec ses cheveux fabuleusement acajou et sa peau extraordinairement resplendissante), file le parfait amour avec Lee depuis un an, contrairement à elle, qui est toujours, désespérément, totalement, seule. Bon, il faut reconnaître que personne n'a su éveiller son intérêt jusqu'à présent. Trouver un garçon mature, et beau, ET qui lit les journaux, ça n'a rien de facile, surtout quand on a seize ans!

Mais quand il s'agit de sauver la forêt à côté de chez elle, menacée par la construction d'un centième supermarché, Tessa est hyper motivée (bien plus que pour trouver l'amour!). Et si ce garçon – vraiment original et au surnom peu commun – qu'elle croise le jour de la manifestation était celui qu'elle espérait?

La vie telle que Tessa la connaissait est sur le point de basculer...

Pour le meilleur ou pour le pire?